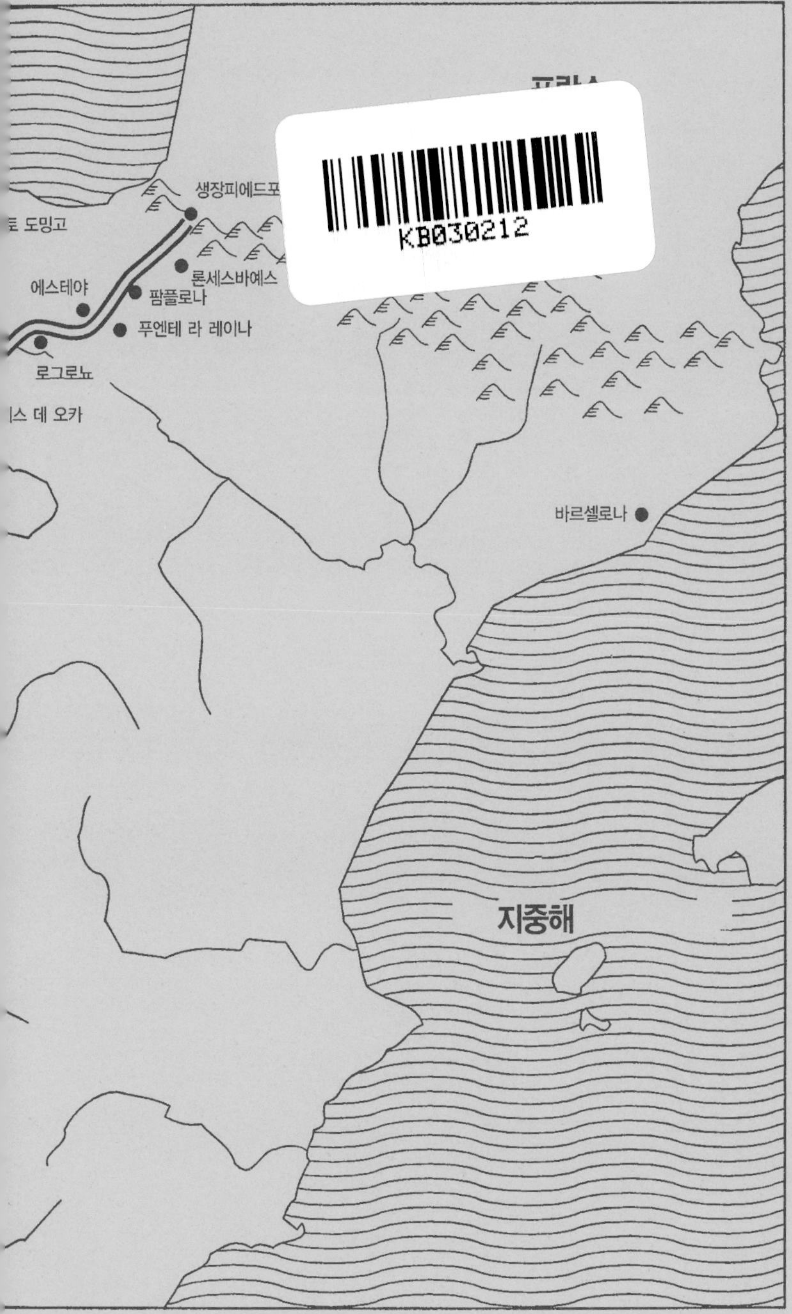
생장피에드포
도밍고
에스테야
론세스바예스
팜플로나
푸엔테 라 레이나
로그로뇨
바르셀로나
지중해

순례자

O Diário de um Mago

O DIARIO DE UM MAGO
by Paulo Coelho

순례자

O Diário de um Mago

파울로 코엘료
박명숙 옮김

문학동네

이 말씀을 듣고 그들이 말했다.
"주님, 여기에 두 개의 검이 있습니다."
그러자 예수께서 말씀하셨다.
"그만하면 되었다."
—누가복음 22장 38절

차례

O Diário de um Mago

일러두기

1. 원주 표시가 없는 주석은 옮긴이주입니다.
2. 본문 중의 고딕체는 원서에서 강조한 부분입니다.

헌사

십 년 전, 생장피에드포르의 한 작은 집에 들어서면서 나는 시간 낭비를 하고 있다고 생각했다. 그 당시 나는, 세상에는 비밀과 신비한 길들이 숨어 있고 대부분의 인간들에게는 금지되어 있는 것들을 이해하고 주관하는 능력을 가진 이들이 존재한다는 생각에 바탕을 두고 영적 탐색을 하고 있었다. 그런 내게 '평범한 사람들의 길'을 따라 걷는다는 건 아무런 의미 없는 시도일 뿐이었다.

나 자신을 포함하여 우리 세대에 속하는 몇몇 사람들은 삶의 신비를 깨우쳐주는 것은 비밀스러운 종파宗派나 단체들이며 어렵고 복잡한 것이라는 견해에 매혹되어 있었다. 1974년, 난 그로 인한 대가를 혹독하게 치러야만 했다. 하지만 두려움이 지나가자, 불가해한 것에 대한 매혹이 내 삶 속에 자리잡게 되었다. 따라서 마스터가 내게 요구한 산티아고 순례는 내겐 피곤하고 불필요한 것으로 여겨졌을 뿐이었다. 나는 람RAM을 떠날 생각까지도 했다. 람은 상징적인 언어의 구전口傳에 기반을 둔 작은 단체였다.

마침내 마스터의 요구를 실행에 옮겨야 할 때에 이르러, 나는 상황을 내 방식대로 받아들이기로 마음먹었다. 순례 초기에는 안내자 페트루스를, 작가 카를로스 카스타네다가 비범한 것과의 접촉을 설명하기 위해 등장시킨 주술사 돈 후안 같은 인물이라고 상상하고자 했다. 약간의 상상력만 동원한다면 산티아고 순례의 여정이 좀더 즐거워지지 않을까 해서였다. 그리하여 계시된 것은 불가해한 것으로, 단순한 것은 복잡한 것으로, 명쾌한 것은 신비로운 것으로 대체해 생각하기로 한 것이다.

하지만 페트루스는 내가 그를 영웅으로 변모시키려고 시도할 때마다 저항했다. 우리의 관계는 그로 인해 매우 악화되었고, 마침내 우리는 헤어지게 되었다. 우리 사이에 형성된 친밀함이 각자에게 별 도움이 되지 않음을 깨달았기 때문이었다.

그렇게 그와 헤어지고 난 후 한참이 지나서야 난 그때의 경험이 내게 무엇을 가져다주었는지 깨닫게 되었다. 그리고 그 깨달음은 내게 가장 소중한 보물이 되었다. 비범한 것은 평범한 사람들의 길 위에 존재한다는 것. 그것은 모든 위험을 무릅쓰고 내가 믿는 것의 궁극에 도달할 수 있도록 이끌어준 깨달음이었다. 나로 하여금 생애 첫 책인 『순례자』를 쓰도록 용기를 불어넣어준 것도, '평범한 사람들의 길'을 계속 따라걷기 위해 매일같이 치러내야 하는 나 자신과의 '선한 싸움'에서 존엄과 끈기를 발견할 수 있도록 날 북돋워준 것도 역시 그것이었다.

그후로 다시는 내 안내자를 볼 수 없었다. 브라질에서 『순례자』의 초판이 나왔을 때 연락을 시도했지만 그는 응답하지 않았다. 영문판이 나왔을 때, 우리가 함께 겪은 일들의 이야기를 마침내 그가 읽을 수 있게 되었다는 것에 나는 마냥 기뻤다. 그래서 다시 그에게 연락했지만 그는 이미 전화번호를 바꿔버린 후였다.

그리고 십 년 후, 『순례자』가 내가 여정을 시작한 나라, 페트루스를 처음으로 만난 프랑스에서 출간되었다. 언젠가 그를 다시 만난다면 이렇게 말하고 싶다.

"고맙습니다, 이 책을 당신에게 바칩니다."

프롤로그

"람의 신성한 얼굴 앞에서 그대의 손으로 생명의 말씀을 만짐으로써, 그 강력한 힘을 받아 세상 끝닿는 데까지 그의 증인이 되도록 하시오!"

마스터는 칼집에 꽂혀 있는 나의 새 검을 높이 치켜들었다. 탁탁거리며 타오르는 불꽃은 의식儀式이 계속되어야 함을 뜻하는 좋은 징조였다. 나는 몸을 숙여 맨손으로 내 앞의 땅을 파기 시작했다. 1986년 1월 2일 밤이었고, 우리는 세하 두 마르 산 정상의 검은 봉우리라 불리는 지역 부근에 있었다. 그곳에는 나와 마스터 외에 아내와 내 제자 한 명과 지역 안내자, 그리고 전 세계의 비의秘義적 교단을 집결시켜놓은, 성전聖傳*이라는 이름으로 알려진 대규모 연합체의 대표자가 참석해 있었다. 의식이 어떻게 거행되는지 알고 있는 안내자를 포함한 다섯 명은 람의 마스터로 승격되는 나의 서품식을 지켜보고 있었다. 람은 1492년에 기독교 평신도회에서 창설한 오래된 단체였다.

난 별로 깊지는 않지만 넓게 구덩이를 팠다. 그러고는 매우 엄숙하게 의식의 주문을 외우며 땅을 두드렸다. 아내가 다가와, 내가 십 년 넘게 사용하며 보조자처럼 여겨왔던 검을 넘겨주었다. 난 검을 구덩이 안에 내려놓고 흙으로 덮은 다음 땅을 평평하게 다독였다. 그러는 동안, 지난날 겪은 시련들과 배운 것들, 그리고 소중한 친구인 이 오래된 검이 곁에 있어주었기에 일으킬 수 있었던 놀라운 일들이 나의 뇌리를 스쳐갔다. 이제 그 검을 검은 땅이 삼켜버렸다. 검은 이제 그토록 많은 힘을 부여해주었던 대지로 돌아가 칼날의 철과 손잡이의 나무를 자양분으로 제공하게 될 것이다.

내 앞으로 다가온 마스터는 옛 검을 파묻은 땅 위에 나의 새 검을 내려놓았다. 모두가 팔을 넓게 펼쳐들었고, 마스터는 우리 주위에 기이한 빛을 밝혔다. 환하진 않지만 선명한 그 빛은 모닥불에 비춰져 노랗게 보이는 사람들의 형체에 다른 색을 드리우

* 가톨릭에서 성서에 기록되지 않은 채 초기 교회부터 전해내려오는 예수의 가르침과 신앙생활상의 여러 관행을 이르는 말.

고 있었다. 마스터는 자신의 검을 뽑아들고 내 어깨와 머리에 대며 말했다.

"람의 권능과 사랑으로, 오늘과 앞으로 남은 생애 동안 그대를 교단의 마스터이자 기사로 임명하노라. 엄격함Rigor의 R, 숭배Adoration의 A, 자비Mercy의 M. 또한 왕국Regnum의 R, 어린양Agnus의 A, 세계Mundi의 M으로. 이제 그대의 검은 칼집 속에 너무 오래 머물러 녹이 슬지 않도록 해야 할 것이다. 또한 칼집에서 검을 꺼내들면 선한 업을 이루거나 하나의 길을 열거나 적의 피를 맛보게 하기 전에는 결코 그곳으로 돌아갈 수 없을 것이다."

마스터는 칼끝으로 내 이마에 작은 상처를 냈다. 이제 난 침묵할 필요가 없었다. 더는 내 능력을 감출 필요도, 성전의 길 위에서 내가 실현할 수 있는 경이를 숨길 필요도 없었다. 이 순간부터 나는 마법사였다.

그런 생각을 하면서 나는 검은 칼집 속에 든 녹슬지 않는 강철의 검, 썩지 않는 나무로 만들어진 붉고 검은 손잡이의 새 검을 잡기 위해 손을 내뻗었다. 그러나 내 손끝이 칼집에 닿는 순간, 한 발 앞으로 나선 마스터가 온 힘을 다해 내 손가락을 짓밟았다. 난 고통의 비명을 지르며 손을 거두었다.

나는 놀란 얼굴로 그를 쳐다보았다. 우리를 둘러싸고 있던 기이한 빛은 사라지고 없었다. 일렁이는 모닥불의 불꽃을 담고 있는 그의 얼굴이 환영처럼 보였다.

그는 차가운 표정으로 나를 내려다보더니 내 아내를 불러 새 검을 건네주었다. 그러고는 나를 향해 돌아서면서 말했다.

"자신을 속이는 그대의 손을 거두게! 성전의 길은 몇몇 선택된 자들의 길이 아니라 모든 사람의 길이네! 그대가 지니고 있다고 믿는 힘은 아무런 가치도 없는 것이야. 다른 이들과 나눌 수 없는 힘이기 때문이지! 그대는 검을 물리쳤어야 했네. 그랬다면 검은 그대에게 전해졌을 것이야. 그대의 순결한 마음에 말일세. 하지만 내가 염려했던 대로, 지고의 순간에 그대는 미끄러져 추락하고 말았네. 탐욕으로 인해, 그대는 또다시 자신의 검을 찾아 길을 떠나야 할 것이야. 오만으로 인해, 그대는 평범한 사람들 가운데서 검을 찾아야 하네. 비범한 것에 대한 미혹으로 인해, 그대에게 이미 풍성히 주어졌던 것을 되찾기 위해 부단히 투쟁해야 할 것이야."

내가 딛고 선 세상이 홀연 사라져버린 것만 같았다. 나는 아무 말 없이, 무릎을 꿇고 망연자실 앉아 있었다. 내 옛 검을 대지에 되돌려준 지금 그것을 돌려달라고 할 수는 없는 노릇이었다. 또한 새 검을 아직 받지 못했으므로 무방비 상태에서 무력하게 처음부터 다시 시작하는 상황에 처하게 된 것이다. 가장 중요한 천상 서품식의 날, 나의 마스터는 내 손가락을 짓밟는 폭력으로 날 다시 증오로 가득한 세속의 땅으로 돌려보낸 것이다.

안내자가 모닥불을 껐다. 아내가 다가와 나를 일으켜주었다. 나의 새 검을 가지고 있는 건 바로 그녀였다. 하지만 성전의 규율에 따라 내 마스터의 허락 없이는 나는 결코 그것에 손을 댈 수 없었다. 우리는 말없이 안내자가 든 초롱을 따라 숲을 내려와 마침내 자동차들이 주차되어 있는 작은 비포장도로에 도착했다.

아무도 작별 인사를 하지 않았다. 아내는 검을 차 트렁크에 넣은 다음 시동을 걸었다. 곳곳이 패고 튀어나온 울퉁불퉁한 도로를 조심스레 천천히 운전하는 내내 침묵을 지키던 그녀가 말했다.

"걱정하지 말아요. 당신은 검을 꼭 되찾을 수 있을 거예요."

난 마스터가 그녀에게 무슨 얘기를 했느냐고 물었다.

"세 가지였어요. 첫째로는, 따뜻한 옷을 가져왔어야 했다고 말했어요. 고도가 높은 곳은 생각보다 훨씬 추우니까요. 둘째로는, 이런 일들이 놀라운 일이 전혀 아니라고 했어요. 당신만큼 어느 경지에 이른 많은 이들에게 수없이 일어나는 일이라는 거예요. 그리고 셋째로는, 검이 당신이 따라 걸어야 할 길의 어느 지점에서 당신을 기다리고 있을 거라고 했어요. 그 날짜와 시간은 저도 몰라요. 다만 마스터는 당신이 발견할 수 있도록 내가 그 검을 어디에 숨겨야 할지만 말했어요."

"그 길이 어딘데?"

내가 신경질적으로 물었다.

"아! 거기에 대해선 자세히 설명해주지 않았어요. 스페인 지도 위에서 신비로운 산티아고 순례길이라고 알려진 오래된 중세도로를 찾아야 할 거라고만 말했어요."

도착

아내가 들고 간 검을 한참 들여다보던 세관원은 그걸로 무엇을 할 것인지 물었다. 난 경매에 부치기 전에 친구에게 감정을 부탁하기 위한 것이라고 둘러댔다. 그 말을 믿은 그는 우리가 검을 가지고 바라하스 공항으로 입국한 것을 확인했다는 증명서를 써주었다. 그러고는 출국 시 문제가 생기면 세관에 그 서류를 보여주면 될 것이라는 설명을 덧붙였다.

우리는 두 대의 차를 예약하기 위해 렌터카 수속대로 향했다. 그리고 티켓을 받은 후 헤어지기 전에 요기를 위해 공항 식당에 들렀다.

비행기를 타고 오는 내내 나는 비행 공포증과 앞으로의 일에 대한 두려움 때문에 뜬눈으로 시간을 보냈다. 그럼에도 불구하고 정신은 또렷했고 다소 흥분되기까지 했다.

"걱정하지 말아요. 프랑스의 생장피에드포르로 가서 사뱅 부인을 찾아요. 그녀가 당신을 산티아고 순례길로 안내해줄 누군가와 만나게 해줄 거예요."

아내는 이미 수차례나 반복한 얘기를 되풀이해서 말했다.

"그럼 당신은?"

나 역시 이미 대답을 알고 있으면서도 거듭 똑같은 질문을 했다.

"정해진 곳으로 가서 내게 맡겨진 것을 갖다놓아야 해요. 그리고 마드리드에 며칠간 머무른 다음 브라질로 돌아갈 거예요. 거기에서의 일들은 나도 당신만큼 잘 이끌어나갈 수 있다고요."

"물론 그건 나도 알고 있다고."

난 그 문제에 관해서는 이야기하고 싶지 않았다.

내 머릿속은 온통 브라질에 남겨두고 온 일에 대한 걱정으로 꽉 차 있었다. 검은 봉우리에서의 일이 있은 후 산티아고 순례에 관해 필요한 주요 정보를 파악하는 데는 보름밖에 걸리지 않았지만, 만사를 제쳐두고 순례에 나서자고 결심하기까지는 일곱 달에 가까운 시간이 필요했다. 마침내 어느 날 아침, 아내는 그 시간이 다가오고 있다고, 결정을 내리지 못한다면 영원히 람과 그 형제들을 잊고 살아야 할 거라고 말했다. 나는 이렇게 쉽사리 내가 해야 할 일상적인 업무를 내팽개칠 수는 없다고, 마스터가 내게 부과한 것은 실행이 불가능한 임무라고 애써 항변했다. 그러자 아내는 웃으며 그건 별로 그럴듯한 변명이 못 된다고 반박했다. 최근 일곱 달 동안 여행을 가야 하나 말아야 하나를 놓고 밤낮으로 고민하는 것 말고는 내가 한 일이 사실상 거의 없음을 상기시켜주기엔 그걸로 충분했다. 아내는 지극히 자연스러운 몸짓으로 출국 날짜가 찍혀 있는 두 장의 비행기표를 내게 내밀었다.

"이제 여기 왔으니 하는 말이지만, 우리가 지금 여기 있는 것은 당신의 결정 때문이야."

공항 카페테리아에서 나는 침울한 목소리로 아내에게 말했다.

"어차피 내 검을 찾으러 가는 건데 다른 사람이 그 결정을 내렸으니 일이 잘 풀릴지 모르겠기에 하는 말이야."

아내는 그런 바보 같은 말이나 늘어놓을 생각이라면 빨리 일어나서 각자 갈 길이나 재촉하는 게 낫겠다는 투로 대꾸했다.

"당신은 죽을 때까지 아주 사소한 결정 하나라도 당신 인생에 관해 다른 사람이 결정하도록 용납할 사람이 아니에요. 이제 가요, 늦겠어요."

그녀는 짐을 들고 여행사 쪽으로 향했다. 나는 꼼짝도 하지 않았다. 매 순간 팔 아래로 미끄러져 떨어질 것 같은 내 검을 정성껏 옆구리에 끼고 있는 아내의 모습을 지켜보며 그대로 앉아 있었다.

아내는 발걸음을 멈추더니 테이블로 다시 돌아와 내 입술에 소리가 나도록 입을 맞췄다. 그러고는 한참 동안 말없이 나를 바라보았다. 갑자기 나는 이곳이 스페인 땅이며, 다시 뒤로 돌아갈 수 없음을 깨달았다. 실패할 위험이 크다는 것을 끔찍할 정도로 확신하면서도 첫발을 이미 내디뎠다는 것을. 난 아내를 품에 안고, 그 순간 느낄 수 있는 모든 사랑을 담아 키스했다. 그리고 아내를 힘껏 껴안으며 간구했다. 내가 믿는 모든 것과 모든 사람에게 기도를 올렸다. 나의 검과 함께 아내에게 돌아올 수 있는 힘을 내게 부어달라고.

"멋진 검이야. 당신도 봤어요?"

아내가 자리를 뜨자 옆 테이블에 앉아 있는 여자의 목소리가 들려왔다.

"걱정 마, 똑같은 걸 사줄 테니까. 여기 스페인에 있는 기념품점에 가면 저런 건 얼마든지 살 수 있는데 뭘."

대답하는 남자의 목소리도 들려왔다.

운전을 시작한 지 한 시간 정도 지나자 간밤에 쌓였던 피로가 몰려오기 시작했다. 펄펄 끓는 8월의 열기 때문에 차는 교통량이 많지 않은 도로 위에서조차 과열 증상을 보였다. 난 지도에 유적지로 표시되어 있는 소도시에서 잠시 쉬어가기로 마음먹었다.

도시로 향하는 가파른 언덕길을 올라가면서, 산티아고 순례에 관해 배워 들은 것들을 머릿속에 떠올렸다.

무슬림 전통에 의하면, 모든 신자는 적어도 생애에 한 번은 메카로 순례를 떠나야 한다. 마찬가지로 기독교 탄생 이후 첫 천 년 동안 세 개의 신성한 순례길이 존재했다. 누구든 그곳 중 하나를 따라 걷는 사람에게는 많은 축복과 관용이 베풀어졌다. 첫 번째 길은 로마에 있는 성 베드로의 무덤으로 가는 길이었다. 그 상징은 십자가이고, 그 길을 따라 걷는 사람들은 '로마의 방랑자'라고 불렸다. 두번째 길은 예루살렘의 예수의 성묘聖墓로 향하는 길이었다. 그 길을 따라 걷는 사람들은 '수상가手相家'라고 불렸다. 예수가 예루살렘에 입성했을 때 그를 맞아준 이들이 흔들었다는 종려나무 가지가 그 길의 상징이기 때문이다. 세번째 길은 이베리아 반도에 묻힌 사도 야고보의 성 유골에 이르는 길이었다. 그곳은 어느 날 밤 양치기가 들판 위에서 빛나는 별을 봤다는 장소이다. 전해 내려오는 이야기에는, 예수 그리스도가 죽은 후 성 야고보와 성모마리아가 복음을 전파하기 위해 복음서의 말씀을 가지고 그곳을 지나갔다고 한다. 그곳에는 콤포스텔라(별들의 들판)라는 이름이 붙여졌고, 오래지 않아 모든 기독교도 국가의 여행객들이 몰려드는 도시가 세워지게 되었다. 이 신성한 세번째 길을 따라 걷는 사람들에게는 '순례자'라는 이름이 주어졌고, 그들은 가리비껍데기를 상징으로 선택했다.

순례의 황금시대였던 14세기에는 해마다 전 유럽에서 몰려든 백만 명 이상의 사람들이 '은하수길'을 따라 걸었다(밤에는 순례자들이 은하수를 보고 길을 찾아갔기 때문에 이런 이름이 붙게 되었다). 오늘날에도 여전히 수많은 열성 신자들과 수도사들 그리고 연구가들이 프랑스의 생장피에드포르에서 스페인의 산티아고 데 콤포스텔라의 대성당에 이르는 칠백 킬로미터의 길을 걸으며 순례를 하고 있다.*

1123년 콤포스텔라로 순례를 떠난 프랑스 사제 에임리 피코 덕분에 오늘날의 순례자들은 중세의 샤를마뉴 대제와 아시시의 성 프란체스코와 카스티야의 이사벨라 여왕, 좀더 가까이로는 교황 요한 23세가 따라갔던 여정과 같은 길을 갈 수 있게 된 것이다. 피코는 자신의 경험을 다섯 권의 책으로 써냈는데, 이는 사도 야고보의 신봉자인 교황 갈리스토 2세의 업적으로 기록되었고, 훗날 '칼릭스티누스 사본'으로 알려지게 되었다. 피코는 '칼릭스티누스 사본'의 제5권 『순례자의 가이드』에서 순례길을

* 산티아고 순례길 중에서 프랑스 영토에 속하는 지역은 여러 개인데, 그들은 스페인의 도시 푸엔테 라 레이나에서 하나로 합쳐진다. 생장피에드포르는 그런 여러 길 중 하나에 위치하고 있는 도시이다. (원주)

따라 걸어가며 알아볼 수 있는 자연의 표지들과 도중에 있는 샘, 숙박을 할 수 있는 수도원, 피신처와 도시들을 열거해놓았다. 피코의 주해에 기반을 둔 '성 야고보의 친구들' 수도회에서는 오늘날까지 이 자연 지표들을 보존하여 순례자들을 이끌어주고 있다.

12세기경 스페인은 이베리아 반도를 침략해온 무어인들과의 싸움에서 성 야고보의 신비주의를 이용하기 시작했다. 순례길을 따라 여러 군단이 조직되었고, 사도의 유골은 마호메트를 등에 업고 있는 무슬림들을 물리치는 강력한 영적 보루 역할을 수행했다. 그러나 레콩키스타*가 끝나자, 강력한 힘을 가진 군단이 위협 세력이 될 것을 두려워한 스페인의 왕들은 그들이 귀족계급에 대항하는 반란을 일으키지 못하도록 개입하게 되었다. 그로 인해 순례길은 점차 잊혀져갔고, 오늘날에는 루이스 브뉴엘의 영화 〈은하수〉나, 호안 마누엘 세라트의 노래 〈여행자〉 같은 예술작품에 등장할 때 외에는, 훗날 신세계를 번성케 한 수천의 순례자들이 그 길을 거쳐갔음을 기억하는 사람이 없게 되었다.

차를 달려 도착한 마을은 참으로 적막한 곳이었다. 한참을 찾

---

* '국토 수복'이라는 뜻. 8세기에서 15세기에 걸쳐 이베리아 반도 대부분을 점령했던 이슬람교도들(무어인들)로부터 영토를 되찾기 위해 중세 스페인과 포르투갈의 기독교도 국가들이 벌인 일련의 전투를 지칭한다.

아 헤맨 끝에 오래된 중세식 건물에 자리잡은 작은 술집을 발견할 수 있었다. 주인은 보고 있던 텔레비전 드라마에서 눈을 떼지 않은 채, 지금은 시에스타* 시간이며 이 뜨거운 대낮에 나돌아다니는 걸 보니 제정신이 아닌 것 같다고 중얼거렸다.

나는 시원한 음료를 주문하고 잠시 텔레비전으로 시선을 돌려 보았지만 그 어느 것에도 집중할 수가 없었다. 이제 이틀 후면 이 20세기에, 트로이에서 귀향하는 오디세우스와 라만차의 돈키호테, 지옥의 단테와 오르페우스 그리고 아메리카 대륙을 발견한 크리스토퍼 콜럼버스가 겪은 것과 같은 위대한 모험에 뛰어든다는 생각이 온통 나를 사로잡고 있었다. 미지의 무언가를 향해 길을 떠나는 모험에.

다시 차로 돌아갔을 때 난 좀더 차분해져 있었다. 설사 검을 되찾지 못한다 하더라도, 산티아고 순례는 궁극적으로 나 자신을 찾도록 도울 것이라는 생각이 들었다.

---

* 지중해 연안 국가와 라틴아메리카 등지에서 낮잠을 자는 습관.

생장피에드포르

팡파르가 울려 퍼지는 가운데 가면을 쓴 사람들이 생장피에드포르의 주요 대로에서 행진을 하고 있었다. 모두 프랑스 쪽 바스크 지방의 색깔인 붉은색, 초록색, 흰색으로 차려입은 모습이었다. 그날은 일요일이었다. 차에서 이틀을 보낸 후라 더는 축제 같은 걸 구경하며 지체할 여유가 없었다. 나는 차를 몰고 사람들 틈을 뚫고 지나갔다. 사람들이 프랑스어로 소리 지르며 내뱉는 욕설을 듣긴 했지만, 마침내 도시의 가장 오래된 부분을 이루고 있는 성벽을 통과할 수 있었다. 그곳에서 나는 사뱅 부인을 만나야 했다. 피레네 산맥의 구석진 이곳에서도 한낮의 열기는 뜨거웠다. 난 땀에 젖은 채로 차에서 내렸다.

문을 두드렸지만 아무런 대답이 없었다. 두번째, 세번째에도 마찬가지였다. 침묵만이 되돌아올 뿐이었다. 난 불안한 마음을 누른 채 나지막한 담 위에 걸터앉았다. 아내는 내가 바로 이날 이곳에 도착해야 한다고 말했지만, 아무도 내 부름에 응답하지 않았다. 어쩌면 사뱅 부인은 축제 행렬을 보러 나갔을 수도 있었다. 너무 늦게 도착한 나를 만나지 않으려고 마음먹었는지도 몰랐다. 그렇다면 산티아고 순례는 시작하기도 전에 끝이 난 셈이었다.

그때 갑자기 문이 열리더니 한 여자아이가 뛰어나왔다. 나는 벌떡 일어나서 서툰 프랑스어로 사뱅 부인이 집 안에 있는지 물어보았다. 어린 소녀는 까르르 웃더니 손으로 문 안쪽을 가리켰다. 그제야 난 내 실수를 알아차렸다. 문 안쪽으로는 커다란 안뜰이 보였고, 그 주위로 발코니가 달린 오래된 중세식 가옥들이 둘러 있었던 것이다. 문은 열려 있었는데, 나는 문고리를 잡을 생각도 하지 않았던 것이다.

난 안뜰을 가로질러 소녀가 가리켰던 집으로 향했다. 집 안에서는 한 뚱뚱한 노부인이 우수에 찬 갈색 눈을 가진 가냘픈 소년에게 바스크어로 호통을 치고 있었다. 내가 부인이 진정하기를 기다리는 동안, 그녀는 욕을 퍼부으며 소년을 부엌으로 돌려보냈다. 그제야 나를 향해 돌아본 사뱅 부인은 용건은 묻지도 않고, 세심한 동작으로 내 등을 밀며 작은 집의 이층으로 나를 안내했다. 이층에 문이 열려 있는 방은 딱 하나였는데, 책과 이런 저런 물건들과 성 야고보의 성인상들과 순례길의 기념품들로 가득 찬 사무실이었다. 그녀는 책꽂이에서 책 한 권을 꺼내들더니 나를 세워둔 채로 방에 하나뿐인 테이블 뒤에 가서 앉았다.

"산티아고 순례지로 가는 분 맞죠."

그녀는 단도직입적으로 말했다.

"당신 이름을 순례자 명부에 기록해놓아야 해요."

내가 이름을 말하자, 그녀는 내가 가리비껍데기를 가지고 왔는지 물었다. 순례자들은 순례의 상징으로 사도의 무덤 위에 가리비껍데기를 쌓아놓는데, 이는 순례자들끼리 서로 알아보게 해주는 표지이기도 했다.* 스페인에 오기 전, 브라질에 있는 아파레시다 두 노르치라는 이름의 순례지에 간 적이 있었다. 나는 그곳에서 산, 세 개의 가리비껍데기로 만든 받침대를 딛고 선 성모상을 가방에서 꺼내 사뱅 부인에게 내밀었다.

"예쁘긴 하지만 별로 실용적이진 않군요."

조각상을 돌려주면서 그녀가 핀잔을 주듯 말했다.

"가다가 깨질 수가 있거든요."

---

* 산티아고 순례길이 프랑스 문화에 남겨놓은 유일한 흔적은 바로 프랑스인들이 자부하는 식도락 중의 하나이다. 가리비(coquilles Saint-Jacques)가 바로 그것이다. (원주)

“깨지지 않을 겁니다. 전 이걸 사도의 무덤 위에 가져다놓을 겁니다.”

사뱅 부인은 내게 할애할 시간이 많은 것 같지 않았다. 그녀는 내게 순례길 도중에 있는 수도원에서 숙박을 하는 데 도움이 될 소책자를 하나 건네주면서, 어디서 여행을 시작했는지 알 수 있도록 생장피에드포르의 소인을 찍어주었다. 신의 축복과 함께 떠날 거라는 말과 함께.

“그런데 내 안내자는 어디 있죠?”

“안내자라뇨?”

내 물음에 약간 놀란 듯했지만, 내게 되묻는 그녀의 눈은 순간 반짝였다.

난 가장 중요한 것을 잊고 있음을 깨달았다. 서둘러 도착해서 사뱅 부인을 만나는 일에만 신경을 쓰느라 고대의 언어를 말하는 걸 잊은 것이다. 고대의 언어는 예전에 성전에 속했거나 지금 속해 있는 단원들끼리 서로 알아볼 수 있는 암호와 같은 것이었다. 난 즉시 실수했다고 말하고, 고대의 언어를 말했다. 그러자 사뱅 부인은 몇 분 전에 내게 주었던 소책자를 재빨리 낚아챘다.

“당신에겐 이게 필요 없어요.”

그렇게 말하면서 그녀는 종이상자 위에 놓여 있는 낡은 신문지 뭉치를 내려놓았다.

"당신의 여정과 쉴 곳은 당신 안내자의 결정에 달려 있어요."

사뱅 부인이 상자에서 꺼낸 것은 모자와 망토였다. 오래되어 보였지만 보관 상태가 아주 양호해 보였다. 그녀는 내게 방 한가운데 서 있으라고 한 다음 조용히 기도하기 시작했다. 그런 다음 내 어깨에 망토를 둘러주고, 머리에는 모자를 씌워주었다. 모자 위와 망토 견장에는 가리비껍데기가 꿰매어져 붙어 있었다. 기도를 계속하던 노부인은 사무실 구석에 있는 순례자 지팡이를 가져와서는 내 오른손에 쥐어주었다. 기다란 순례자 지팡이 끝에는 물을 담는 호리병박이 붙어 있었다. 나는 진으로 된 버뮤다 팬츠와 'I love NY'이라고 씌어진 티셔츠를 입은 위에, 콤포스텔라의 순례자들을 위한 중세식 의상을 걸치고 그곳에 서 있었다.

노부인은 내게 가까이 다가오더니 두 손을 펴 내 머리 위에 얹은 채 최면 상태에 빠진 듯이 말했다.

"사도 야고보가 그대와 함께하여 그대가 발견해야 하는 유일한 것을 보여주기를. 너무 빠르게도 너무 느리게도 걷지 말 것이며, 언제나 길의 법칙과 요구를 존중하며 걸어가기를. 그대를 인도할 이에게 복종하기를. 심지어 그가 살인이나 신성모독이나 몰지각한 행동을 명할지라도. 그대는 그대의 안내자에게 절대적인 복종을 맹세해야만 하느니."

난 맹세를 했다.

"성전의 옛 순례자들의 영靈이 여정 동안 그대와 동반할 것이니. 모자는 햇빛과 나쁜 생각들로부터, 망토는 비와 나쁜 언어들로부터, 지팡이는 적들과 나쁜 행위들로부터 그대를 보호할 것이니. 신과 성 야고보와 성모마리아의 축복이 매일 밤낮으로 그대 곁에 함께하기를, 아멘."

다시 평소의 모습으로 되돌아온 노부인은 다소 언짢은 표정으로, 의상은 재빠르게 거두어 다시 상자 속에, 지팡이와 호리병박은 방 한구석에 가져다놓았다. 그리고 내게 암호를 가르쳐주고는 속히 떠나라고 말했다. 나의 안내자가 생장피에드포르에서 일이 킬로미터 떨어진 곳에서 기다리고 있다면서.

"그는 팡파르 소리를 아주 싫어해요. 하지만 이 킬로미터 떨어진 곳에서도 소리는 들릴 거예요. 피레네 산맥은 아주 훌륭한 공명상자니까."

다른 말은 덧붙이지 않은 채 아래층으로 내려간 노부인은 우수에 젖은 눈을 가진 소년을 좀더 들볶으려는 듯 부엌으로 돌아갔다. 나는 그 집을 떠나면서 차를 어떻게 처리할 것인지 물었다. 그러자 그녀는 누군가 찾으러 올 것이니 열쇠를 두고 가라고 말했다. 난 침낭이 달려 있는 작은 파란 배낭을 찾으러 차 트렁크로 갔다. 그리고 가장 안전한 배낭 속 주머니에 아파레시다의 성모상과 가리비껍데기를 넣은 다음, 배낭을 등에 멘 채 사뱅 부인에게 열쇠를 건네주러 돌아갔다.

"이 길을 따라 저기 성벽 끝에 있는 문까지 가서 도시를 떠나요. 그리고 산티아고 데 콤포스텔라에 도착하게 되면, 날 위해 '아베마리아'를 한 번 암송해줘요. 난 그 길을 이미 수차례 다녀왔지요. 아직도 그때의 감흥을 기억하지만 이젠 나이 때문에 다시 온전하게 경험할 수가 없어요. 그래서 순례자들의 눈 속에서 그걸 대신 느끼죠. 내 이야기를 성 야고보에게 꼭 전해줘요. 언젠가는 좀더 빠르고 덜 힘든 다른 길을 통해 그를 만나러 갈 거라고요."

난 스페인 문을 지나 성벽을 통과해 그 작은 도시를 떠났다. 그곳은 옛적에 로마의 침략자들에게 중요한 경로였고, 샤를마뉴와 나폴레옹의 군대가 지나갔던 길이기도 했다. 나는 멀리서 울리는 팡파르 소리를 들으며 생장피에드포르와 가까운 한 마을의 폐허를 말없이 걷다가 갑자기 강렬한 마음의 동요에 사로잡혔다. 눈물이 가득 차올랐다. 그 폐허 한가운데서 내 발이 신비로운 산티아고 순례길을 밟고 있음을 실감할 수 있었다.

계곡 주위로 펼쳐진 피레네 산맥은 음악과 아침 햇살을 받아 다양한 색채로 물들어, 인간이 까마득하게 잊고 있었던 태곳적의 한 장면 같았다. 어떤 방식으로도 그 실체를 묘사해낼 수는 없지만 기이하고 강렬한 느낌이었다. 나는 안내자가 기다리고 있을 거라고 사뱅 부인이 말해준 장소로 가능한 한 빨리 가기로 마음먹고 걸음을 재촉했다. 티셔츠를 벗어 배낭에 넣고 건자 멜빵이 맨살의 어깨를 짓누르기 시작했다. 다행히 오래된 테니스화는 발에 몹시 잘 맞아 아무런 불편함도 느낄 수 없었다. 사십 분 정도 걸어 거대한 바위를 돌아가자 버려진 것처럼 보이는 오래된 우물이 나타났다. 그곳에 검은 머리칼에 집시처럼 보이는 쉰 살가량의 남자가 땅바닥에 주저앉은 채 배낭에서 무언가를 찾고 있었다.

"안녕하십니까."

낯선 이를 만날 때마다 매번 그렇듯 난 머뭇거리며 스페인어로 인사를 건넸다.

"날 기다리고 있었죠. 파울로라고 합니다."

남자는 배낭을 뒤지던 것을 멈추더니 나를 위아래로 훑어보았다. 그의 시선은 차가웠고, 내가 온 것을 보고도 별로 놀라는 것 같지 않았다. 나 역시 전부터 그를 알고 있던 것 같은 막연한 느낌에 사로잡혔다.

"그렇소. 당신을 기다렸지만 이렇게 빨리 만나게 될 줄은 몰랐소. 원하는 게 뭐요?"

그의 질문에 다소 당황했지만, 난 그의 안내로 검을 찾으러 온

하수길로 떠나기 위해 왔다고 대답했다.

"꼭 그럴 필요는 없소. 당신이 원하면, 내가 대신 찾아줄 수도 있소. 하지만 지금 당장 결정해야 하오."

난 점점 더 기이한 느낌에 사로잡혔다. 하지만 절대적인 복종을 맹세한 터였으므로 대답을 해야 했다. 그가 내 대신 검을 찾아줄 수 있다면 내겐 엄청난 시간을 벌게 해주는 것이었다. 내 머릿속을 떠나지 않고 있는 브라질의 가족과 일 곁으로 즉시 돌아갈 수 있을 테니까. 일종의 술수일 수도 있지만, 대답한다고 해서 잘못될 것도 없지 않은가.

난 제안을 받아들이기로 결심했다. 그때 갑자기 내 뒤에서 아주 투박한 억양의 스페인어로 말하는 목소리가 들려왔다.

"산이 높다는 걸 알기 위해 산에 올라가는 건 아닙니다."

암호였다. 뒤를 돌아보니 카키색 버뮤다 팬츠와 땀에 젖은 흰 셔츠를 입은 마흔 살가량의 남자가 집시를 뚫어지게 바라보며 서 있었다. 희끗희끗한 머리칼에 햇볕에 그을린 피부를 가진 남자였다. 아차 싶었다. 나는 성급한 마음에 가장 기본적인 보호의 규칙조차 잊어버린 채 처음 만난 낯선 이에게 선뜻 나 자신을 내맡겼던 것이다.

"배는 항구에 있을 때 가장 안전하지만, 배는 항구에 머물기 위해 만들어진 게 아닙니다."

암호에 대한 내 대답이었다. 하지만 남자는 집시에게서 눈을 떼지 않았고, 집시 또한 남자를 계속 응시하고 있었다. 그들은 서로 두려워하는 빛 없이 진지한 표정으로 몇 분간 뚫어지게 마주 보았다. 마침내 집시는 경멸하는 듯한 미소를 띠며 배낭을 땅에 내던지더니 생장피에드포르 방향으로 떠났다.

"내 이름은 페트루스*요."

조금 전에 내가 지나쳐왔던 거대한 바위 뒤로 집시가 사라지자, 그가 입을 열었다.

"다음에는 좀더 조심하십시오."

집시나 사뱅 부인에게서는 느끼지 못했던 다정한 어감이 배어 있는 목소리였다. 그는 땅에 내던져진 배낭을 집어들었다. 배낭의 뒤에 가리비껍데기가 매달려 있었다. 그는 배낭에서 포도주병을 꺼내 한 모금 마신 후 내게 건넸다. 그걸 마시고 난 후, 난 그 집시가 누구였는지 물었다.

"이 길은 국경과 가까워서 밀수업자들과 스페인령 바스크 지방에서 피신 온 테러리스트들이 자주 출몰하는 곳입니다. 경찰들은 이곳에 오지 않거든요."

---

* 사실, 페트루스는 내게 그의 진짜 이름을 알려주었다. 하지만 그의 사생활을 보호하기 위해 나는 그의 이름을 변형시켰다. 산티아고 순례길에서 만난 다른 이들의 이름도 마찬가지다. (원주)

"그건 대답이 아니잖아요. 당신들은 오래전부터 알고 지내온 사람들처럼 서로를 바라보았어요. 그리고 나 또한 그를 알고 있는 것 같은 인상을 받았고요. 그래서 내가 그처럼 아무런 의심 없이 그를 대했던 거라고요."

페트루스는 내 말에 웃음을 터뜨리더니 이제 길을 떠나자고 말했다. 난 짐을 챙긴 후 그와 말없이 걷기 시작했다. 그러나 페트루스의 웃음은 그 역시 나와 같은 생각을 하고 있음을 깨닫게 해주었다. 우린 악마를 만났던 것이다.

우리는 한동안 말없이 걸었다. 사뱅 부인의 말이 옳았다. 거의 삼 킬로미터나 떨어진 곳에서도 끊임없이 연주하는 팡파르 소리가 들려왔다. 난 페트루스의 삶과 일, 그가 여기까지 오게 된 연유에 관해 많은 질문을 하고 싶지 않았다. 하지만 앞으로 칠백 킬로미터를 함께 걸어가야 했기에, 언젠가는 이 모든 질문에 대한 대답을 얻게 될 순간이 올 것이었다. 그러나 집시에 대한 생각을 머릿속에서 떨쳐버릴 수가 없었다. 나는 결국 침묵을 깨뜨렸다.

"페트루스, 그 집시는 악마였던 것 같아요."

"그래요, 그는 악마였어요."

그가 확인을 시켜주자 두려움과 동시에 안도감이 느껴졌다.

"하지만 당신이 성전을 통해 알고 있는 그런 악마는 아닙니다."

성전에서는, 악마는 선하지도 악하지도 않은 하나의 영일 뿐이다. 그는 인간이 캐낼 수 있는 거의 모든 비밀을 지키는 수호자로 간주되며, 물질적인 것들에 영향을 미칠 수 있는 힘과 능력을 가지고 있다. 타락한 천사인 그는 자신을 인간과 동일시하며, 언제라도 협정을 맺고 호의를 교환할 준비가 되어 있다.

난 집시가 성전의 악마들과 어떻게 다른지 물었다.

"앞으로도 길을 가다보면 또 만나게 될 겁니다."

페트루스는 웃으면서 말했다.

"그러다보면 저절로 깨닫게 될 겁니다. 하지만 한 가지 귀띔해준다면, 당신이 집시와 나눈 대화를 다시 잘 생각해보십시오."

난 그와 나눈 단 두 마디 말을 머릿속에 떠올렸다. 그는 나를 기다리고 있었으며, 날 위해 검을 대신 찾으러 가겠다고 말했다.

그러자 페트루스는 그것이야말로 도둑질을 하다 들킨 도둑의 입에서 나오는 말이라고 설명했다. 시간을 벌려고 하면서, 도망칠 기회를 엿보며 호의를 얻고자 하는. 그리고 그는 그 두 마디 안에 좀더 깊은 의미가 숨어 있거나, 그 집시의 생각이 그대로 반영되었을 수도 있다고 덧붙였다.

"그 두 가정 중에서 어떤 것이 맞는 거죠?"

"두 가지 다 맞습니다. 그 불쌍한 도둑은 자신을 방어하는 동시에, 임기응변으로 생각해낸 말을 당신한테 한 거예요. 제 딴에는 영리하다고 생각했을지 모르지만 실상 그는 더 위대한 힘에 의해 도구로 사용된 것일 뿐이죠. 내가 도착했을 때 그가 도망을 갔다면, 우리는 지금 이런 대화를 하고 있지 않았을 겁니다. 하지만 그는 내게 맞섰고, 난 그의 눈 속에서 당신이 앞으로의 여정에서 만나게 될 악마의 실체를 보았습니다."

페트루스는 그 만남을 좋은 징조로 여겼다. 악마가 꽤 일찍 그 모습을 드러냈기 때문이었다.

"하지만 이제 그에 대한 생각은 더 하지 마세요. 이미 얘기했듯 그는 하나가 아니니까요. 어쩌면 그가 가장 중요한 악마일 순 있지만 유일한 존재는 아니란 말입니다."

우린 계속 걸었다. 그때까지 다소 황량했던 풍경에는 이제 여기저기 흩어져 있는 작은 관목들이 눈에 띄었다. 어쩌면 페트루스의 충고대로 그냥 흘러가게 내버려두는 편이 나을지도 몰랐다. 때때로 페트루스는 우리가 지나는 장소에서 있었던 역사적 사건들에 관해 설명해주었다. 한 여왕이 죽기 전 마지막 밤을 보낸 집과, 그 지역의 몇 안 되는 주민들이 기적을 행한다고 믿었던 한 성인의 암자였던 작은 바위 예배당도 볼 수 있었다.

"기적은 매우 중요한 겁니다. 그렇게 생각하지 않나요?"

그가 물어왔다.

난 그렇다고 대답했지만, 지금까지 한 번도 위대한 기적을 본 적은 없었다. 성전에 관한 학습은 아주 지적인 것이었다. 나는 검을 찾기만 하면 비로소 나도 마스터처럼 위대한 것들을 행할 수 있으리라고 믿고 있었다.

"하지만 그런 건 기적은 아니죠. 자연의 법칙을 바꾸는 게 아니니까요. 내 마스터가 한 것은, 힘을 사용하여……"

난 말을 끝맺을 수가 없었다. 마스터가 영혼에 형체를 부여하고, 손 하나 대지 않고 사물을 이동시키고, 또 내가 수차례에 걸쳐 목격했듯 대낮에 구름이 잔뜩 낀 하늘에 파란 틈새를 만든 것에 대해 어떻게 말해야 할지를 몰랐던 것이다.

"그는 아마도 자신이 앎과 힘을 가지고 있음을 당신에게 확신시키기 위해 그랬을지도 모르죠."

페트루스가 말했다.

"어쩌면 그럴지도 모르지요."

난 확신을 가지지 못한 채 동의했다.

우리는 바위 위에 걸터앉았다. 페트루스는 걸으면서 담배 피우는 것을 싫어한다고 했다. 폐가 훨씬 더 많은 니코틴을 흡수하여 욕지기를 유발한다고 했다.

"마스터가 검을 건네주기를 거부한 것도 그래서입니다. 그가 그러한 놀라운 일들을 당신에게 보여준 이유를 당신이 이해하지 못했기 때문이죠. 앎으로 난 길은 모든 이, 즉 평범한 사람들에게 열려 있다는 것을 당신이 잊고 있었기 때문입니다. 함께 여행하는 동안 난 당신에게 람의 의례儀禮로 알려진 몇 가지 훈련과 의식을 가르쳐줄 겁니다. 누구라도 살아가는 동안 적어도 그중 하나를 접해보았을 것입니다. 인내와 통찰력을 가지고 탐색하는 사람이라면, 삶이 우리에게 주는 가르침 속에서 예외 없이 그 의례들 모두를 발견할 수 있습니다.

람의 의례들은 매우 간단해서, 당신처럼 삶을 복잡하게 만드는 데 익숙해진 사람들은 그것들이 아무런 가치도 없다고 생각하기 쉽죠. 하지만 그것들은 인간으로 하여금 자신이 원하는 것을, 원하는 모든 것을 얻을 수 있도록 도와줍니다.

예수는 제자들이 기적을 행하고 병자들을 치유하기 시작하자 하느님 아버지를 찬양했지요. 그리고 그분께 감사했어요. 그분께서 이 모든 것들을 학자들에게는 숨긴 채 평범한 사람들에게 드러내 보여주셨기 때문이지요. 결국 우리가 신을 믿는다고 할 때 그것은 신께서 정의롭다는 걸 믿는 것이죠."

페트루스의 말은 옳았다. 진정한 앎이 돈과 시간에 여유가 있어 값비싼 책을 사고 교육을 받을 수 있는 사람들에게만 허락되는 것이라면 그것은 신의 부당한 처사일 것이다.

"지혜로 향하는 진정한 길은 세 가지 요소를 포함해야 합니다.

첫째, 그 길은 아가페를 포함해야 합니다. 하지만 그에 관해서는 좀더 나중에 말하도록 하죠. 그다음으로는, 살아가면서 실제로 사용할 수 있어야 합니다. 그렇지 않으면 지혜는 아무짝에도 소용이 없는 것이죠. 써보지 못한 검이 녹슬어버리고 마는 것과도 같습니다. 마지막으로는, 누구라도 갈 수 있는 길이어야 합니다. 바로 우리가 지금 걷고 있는 산티아고 순례길처럼 말이죠."

우린 오후 내내 걸었고, 산 너머로 해가 뉘엿뉘엿 자취를 감추기 시작할 무렵에야 비로소 페트루스는 다시 쉬었다 가기로 결정했다. 우리를 둘러싸고 있는 피레네 산맥의 가장 높은 봉우리들은 하루의 마지막 햇빛을 받아 여전히 빛나고 있었다.

페트루스는 내게 땅바닥의 한 부분을 깨끗이 치운 다음 그곳에 무릎을 꿇고 앉을 것을 명했다.

"람의 첫번째 의례는 다시 태어남을 실행함에 있습니다. 당신은 이 훈련을 일주일 동안 연속해서 실행해야 합니다. 새로운 방식으로 세상과의 첫 만남을 경험하는 것입니다. 당신은 모든 것을 내팽개쳐둔 채 검을 찾으러 산티아고 순례길을 따라 걷고자 결심한 것이 얼마나 어려운 일이었는지 잘 알고 있을 겁니다. 하지만 그것은 당신이 과거에 붙잡힌 포로이기 때문에 겪은 갈등입니다. 과거에 겪은 실패 때문에 또다시 실패할까 두려워하는 것이고, 과거에 쟁취한 것을 잃을까봐 두려운 것이죠. 그럼에도 그 어떤 것보다 강렬한 감정이 당신에게 있었죠. 검을 찾고자 하는 간절한 소망이 그것입니다. 그래서 당신은 위험을 무릅쓰기로 결심한 것입니다."

난 그렇다고 대답했지만, 그가 언급한 걱정거리들에서 벗어난 것은 아니라고 덧붙였다.

"괜찮습니다. 훈련을 실행하다보면, 당신이 살아오면서 스스로 만들어낸 짐들에서 차차 자유로워질 것입니다."

그리고 페트루스는 내게 람의 첫번째 의례를 가르쳐주었다. 그것은 거듭남의 훈련, '씨앗 훈련'이었다.

씨앗 훈련

땅에 무릎을 꿇으십시오. 엉덩이를 뒤꿈치에 대고 앉아 얼굴이 무릎에 닿을 정도로 웅크리고 두 팔은 뒤로 뻗으십시오. 당신은 이제 태아의 형상을 하고 있습니다. 이제 마음을 편히 가지고 당신 안에 있는 모든 긴장을 풀어내십시오. 천천히 깊게 호흡하십시오. 차차 자신이 안락한 대지에 안겨 있는 아주 작은 씨앗이라는 걸 느끼게 됩니다. 주위의 모든 것은 따뜻하고 감미롭습니다. 당신은 편안하게 잠이 듭니다. 깊고 아늑한 잠에 빠져듭니다.

•

갑자기, 손가락이 움직입니다. 씨앗은 이제 더는 씨앗에 머무르고 싶어하지 않습니다. 태어나고 싶어합니다. 천천히, 몸부림이 일어납니다. 천천히, 팔을 움직이기 시작합니다. 웅크린 몸을 천천히 펴기 시작합니다. 그리고 천천히, 천천히, 조금씩 몸을 일으켜서는 등을 똑바로 편 채로 무릎을 꿇고 앉습니다. 이 모든 시간 동안, 씨앗에서 새싹으로 변화하며 점차로 흙을 뚫고 나가고자 하는 자신의 모습을 상상하십시오.

•

이제 완전하게 땅을 갈라야 하는 순간이 왔습니다. 천천히 먼저 한 발을, 그리고 천천히 다른 한 발을 땅에 내디디며 몸을 일으킵니다. 자신의 공간을 확보하기 위해 투쟁하는 새싹처럼 불균형에 맞서 싸우면서, 마침내 완전히 똑바로 일어섭니다. 주위에는 들판과 태양, 물, 바람 그리고 새들이 있습니다. 이제 당신은 자라나는 하나의 새싹입니다. 부드럽게, 하늘을 향해 두 팔을 들어올립니다. 그러고는 몸을 자꾸만 더 쭉 내뻗습니다. 당신 위에서 빛나며 힘을 불어넣어주고, 당신을 끌어당기는 거대한 태양을 붙잡으려는 듯이 조금 더 조금 더 뻗어나갑니다. 몸은 점점 굳어지고, 근육은 팽팽해집니다. 당신은 자꾸만 커지고 커져서 거대해지는 자신을 느낍니다. 긴장이 점차 고조되어 고통스러울 만큼 참을 수 없을 만큼 팽팽해집니다. 더는 참을 수 없습니다. 참을 수 없어서 당신은 소리를 지르며 눈을 뜹니다.

•

이 훈련을 매일 같은 시간에, 일주일 동안 반복해서 실행하십시오.

"이제 실행해보십시오."

그가 말했다.

난 무릎 사이에 머리를 묻고 심호흡을 하며 긴장을 풀기 시작했다. 내 몸은 순순히 응했다. 하루 종일 걷느라 지친 탓인 듯했다. 그리고 대지의 소리를 듣기 시작했다. 둔탁하면서도 다소 거친 듯한 소리. 차차 난 씨앗으로 변해갔다. 아무런 생각도 나지 않았다. 주위는 어두웠고 나는 깊은 땅속에 잠들어 있었다. 갑자기, 무언가 움직이기 시작했다. 그것은 나의 일부분이었다. 잠든 나를 깨우면서, 이곳에서 나가야만 한다고 속삭이는 아주 작은 나의 일부분. 그것은 '저 높은 곳'에 다른 무언가가 있다고 말하고 있었다. 난 여전히 잠들어 있었지만, 그 일부분은 계속 나를 흔들어댔다. 마침내 손가락이 조금씩 움직이기 시작했고, 손가락은 팔을 움직였다. 하지만 그것은 손가락도 팔도 아닌, 무거운 흙을 뚫고 나가 '저 높은 곳'으로 향하기 위해 고군분투하는 작은 새싹이었다. 내 몸은 팔의 움직임을 따라 하기 시작했다. 매 순간이 영원 같았다. 씨앗은 세상 밖으로 나와 '저 높은 곳'이 어떤 곳인지 알고 싶어했다. 나는 아주 힘겹게 머리와 몸을 일으켜세웠다. 모든 것은 아주 느리게 진행되었다. 나는 지금까지 평화롭게 영원한 잠에 빠져 있던 깊은 땅속으로 나를 끌어당기는 강력한 힘에 맞서 싸워야 했다. 그리고 이겨내고 마침내 그 힘을 꺾고 일어설 수 있었다. 땅을 뚫고 나온 나는 '저 높은 곳의 무언가'에 둘러싸이게 되었다.

그곳은 들판이었다. 태양의 열기가 느껴지고 벌레들이 윙윙거리는 소리, 멀리서 흘러가는 강물의 속삭임이 들렸다. 난 눈을 감은 채 천천히 몸을 일으켰다. 어느 순간에라도 균형을 잃고 땅속으로 되돌아갈 것만 같았다. 하지만 난 계속 자라났다. 팔을 활짝 벌리자, 몸은 굳어져갔다. 난 다시 태어나고 있었다. 더 자라날 수 있도록 내게 빛을 비춰주면서, 활짝 뻗은 나의 가지들로 자신을 한껏 포옹할 것을 요구하는 거대한 태양 속으로 풍덩 빠져들 수 있기를 바라면서. 있는 힘껏 팔을 뻗자 온몸의 근육이 아파오기 시작하면서, 마치 산이라도 감싸안을 수 있을 것처럼 몸이 수천 미터까지 자라났다. 몸이 자꾸만 자꾸만 뻗어나감에 따라 근육의 통증은 더욱 극심해졌다. 더는 견딜 수 없는 지경에 이른 나는 급기야 외마디 소리를 지르고 말았다.

눈을 뜨자, 미소를 지으며 담배를 피우고 있는 페트루스가 내 앞에 서 있었다. 아직 해가 완전히 진 것은 아니었지만, 상상했던 것보다 햇빛이 밝지 않은 것을 보고 난 깜짝 놀랐다. 그에게 내가 느낀 감흥에 대해 알고 싶은지 물어보았지만 그는 아니라고 대답했다.

"그건 극히 개인적인 영역에 속하는 것이니까요. 당신 혼자만 간직해야 하는 거죠. 내가 어떻게 판단할 수 있겠습니까? 당신에게만 속하는 것들인데."

그리고 그는 여기에서 밤을 보낼 것이라고 말했다. 우리는 모닥불을 피우고 병에 남아 있는 포도주를 마셨다. 나는 생장피에드포르에 도착하기 전에 산 푸아그라 파테*로 샌드위치를 만들었다. 페트루스는 부근 개울에서 물고기를 잡아와 불에 구웠다. 간단한 저녁식사를 마친 우리는 각자 자신의 침낭에서 잠을 청

* 잘게 썬 고기를 양념해 질그릇에 끓인 후 그대로 식혀서 먹는 요리.

했다.

살아오는 동안 겪은 수많은 일들 중에서, 난 산티아고 순례길에서 보낸 그 첫날 밤을 잊을 수가 없다. 여름인데도 추웠던 그날 밤, 페트루스가 건네주었던 포도주의 향이 아직도 입안에서 맴돌고 있다. 침낭에 들어가 누운 내 눈앞에 펼쳐진 밤하늘에는 우리가 앞으로 거쳐가야 할 광막한 길을 보여주는 은하수가 반짝이고 있었다. 다른 상황에서였더라면, 그러한 광대함은 커다란 불안을 불러일으키는 동시에 난 결코 성공할 수 없으며 내 앞에 닥칠 일을 감당할 수 없을 거라는 엄청난 두려움 속으로 나를 빠뜨렸을 것이다. 그 광대함을 감당하기에는 내가 너무 작다는 걸 일깨워주니까. 그러나 오늘 나는 작은 씨앗이 되었다. 나는 새롭게 다시 태어났다. 내가 빠져 있던 깊은 잠과 대지가 안락함으로 가득 차 있음에도 불구하고, 난 '저 높은 곳'의 삶이 훨씬 더 아름다운 것임을 발견했다. 난 내가 원하는 만큼 새롭게 또다시 태어날 수 있었다. 내 팔이 충분히 자라나, 내가 태어난 대지를 넉넉하게 감싸안을 수 있을 때까지.

창조자와 피조물

우리는 엿새 동안 산들을 오르내리며 피레네 산맥을 가로질러 걸었다. 하루해가 저물기 시작해 햇빛이 산봉우리들 위만 비추는 시각이 되면 페트루스는 내게 '씨앗 훈련'을 되풀이하도록 했다. 사흘째 날에는 시멘트로 된 푯말이 우리가 이제 스페인 땅에 들어섰음을 알려주었다. 페트루스는 조금씩 자기 이야기를 들려주기 시작했다. 그는 이탈리아인이며 산업디자이너*였다. 검을

* 콜린 윌슨은 이 세상에 우연이란 건 없다고 단언했는데, 나는 그의 주장이 옳았음을 확인할 수 있었다. 마드리드에서 머물렀던 한 호텔의 홀에서 난 어느 날 오후 잡지들을 뒤적이고 있었다. 그때 '프린시페 데 아스투리아스' 상에 관한 기사가 내 눈길을 끌었는데, 호베르투 마리뉴라는 브라질 기자가 그 수상자 중 한 명이었기 때문이었다. 그 속에 실린 축하연의 사진을 유심히 살펴보던 나는 소스라치게 놀랐다. 테이블 중 하나에, 턱시도를 입고 우아하게 앉아 있는 페트루스

찾아가는 한 순례자를 안내하기 위해 그가 버려두고 와야 했던 일들이 걱정되지 않는지 물었다.

"당신이 분명히 알아야 할 게 있습니다. 난 당신이 검을 찾도록 안내하는 게 아닙니다. 검을 찾는 일은 오직 당신에게 달려 있어요. 난 산티아고 순례길을 안내하면서 람의 의례들을 가르치기 위해 이곳에 있는 겁니다. 검을 찾기 위해 그걸 어떻게 적용할지는 당신이 알아서 할 문제입니다."

"그건 내 질문에 대한 대답이 아니지 않습니까."

"여행을 하다보면 거듭남의 행위와 관련된 매우 실제적인 경험을 하게 되지요. 당신은 완전히 새로운 상황에 처한 겁니다. 하루는 예전보다 느리게 지나가고, 길에서 만나는 낯선 사람들이 하는 말을 대부분 알아듣지 못합니다. 어머니 배 속에서 갓 나온 아기처럼 말이죠. 갓난아기처럼 주위의 것들에 훨씬 더 많은 중요성을 부여하게 되지요. 그래야만 살아남을 수 있으니까요. 사람들과도 더욱 가까워지게 되지요. 어려운 상황에 처했을 때 도움을 받을 수 있으니까요. 그리고 신들이 베푸는 아주 작은 호의조차 몹시 기쁘게 받아들이죠. 마치 남은 생애 내내 그걸 기

가 눈에 띄었던 것이다. 그에 관한 기사에서 그는, '당대 가장 뛰어난 유럽의 디자이너 중 하나'로 소개돼 있었다. (원주)

억하기라도 할 것처럼 말입니다.

또한 모든 것이 새롭기 때문에, 사물의 아름다운 면만 보게 되고 살아 있음을 더 행복하게 느끼게 됩니다. 그런 이유로 언제나 사람들은 성지 순례가 계시에 이르는 가장 객관적인 방법 중 하나라고 여겼던 것이지요. 자신의 죄를 속죄하기 위해서는, 언제나 조금씩 더 앞으로 나아가야 합니다. 새로운 상황에 적응해가고, 구하는 자에게 삶이 관대하게 베풀어주는 수많은 축복을 답례로 받아들이면서 말이죠.

당신과 이곳에 함께 있기 위해 내가 포기한 여러 계획들 때문에 걱정할 거라고 생각하십니까?"

페트루스가 고개를 돌려 주위를 둘러보았다. 난 그의 시선을 따라갔다. 산 중턱에서 풀을 뜯고 있는 염소 떼들이 보였다. 그중 한 마리가 대담하게도 꽤 높은 바위의 돌출 부위에 서 있는 게 눈에 띄었다. 문득 녀석이 어떻게 그곳까지 올라갔는지 어떻게 내려올 것인지 궁금했다. 그러나 내가 그런 의문을 품는 순간, 염소는 내 눈엔 보이지 않는 지점에 의지해 뛰어내려 무리에 다시 합류했다. 주위의 모든 것은, 불안하지만 살아 움직이는 역동적인 평화를 보여주고 있었다. 평화는 여전히 계속 자라나고 생성되는 과정 속에 있었다. 세상은 알고 있었다. 성장하기 위해서는 계속해서 나아가고 끊임없이 움직여야 한다는 것을. 격렬한 지진이나 태풍과 폭우 역시 자연의 여정 중에 있는 순환이라는 것을. 자연 역시 계시를 찾아 여행을 하고 있는 것이다.

"난 지금 이곳에 있는 것에 깊이 만족하고 있어요."

페트루스가 말했다.

"내가 하지 않은 일은 아무 의미가 없고, 앞으로 내가 행할 것들이 훨씬 가치 있는 일이기 때문이죠."

카를로스 카스타네다의 작품을 읽으면서, 책에 나오는 늙은 인디언 주술사 돈 후안을 만날 수 있기를 바란 적이 있다.* 산을 응시하는 페트루스를 보면서, 난 돈 후안과 형제처럼 꼭 닮은 누군가와 함께 있는 것만 같았다.

일주일째 되는 날 오후, 우리는 소나무 숲을 통과하여 작은 산의 꼭대기에 도착했다. 샤를마뉴 대제가 스페인 땅에서 처음으로 기도를 올린 곳이었다. 오래된 기념물 위에는, 그 역사적 사건을 기념하기 위해 여행객들에게 "살베 레기나"**라고 읊조리라고 라틴어로 적혀 있었다. 우린 둘 다 비문이 권하는 대로 외쳤다. 그리고 페트루스는 그곳에서 내게 마지막으로 '씨앗 훈련'을

---

* 카를로스 카스타네다는 식물학자로 인디언의 성자 돈 후안의 제자이다.

** 라틴어로 '자애로우신 어머니, 하례하나이다'라는 의미로, 성모마리아를 찬미하는 기도의 하나이다.

실행하라고 말했다.

바람이 세차게 불고 몹시 추웠다. 난 오후 세시밖에 되지 않았고 너무 이른 시간이라고 반박했지만, 그는 내게 따지지 말고 즉시 실행하라고 명령했다.

난 땅바닥에 무릎을 꿇고 앉아 훈련을 시도했다. 모든 것이 이제까지 하던 것처럼 진행되었다. 팔을 내뻗고 빛나는 태양을 상상하기 시작하는 순간까지는. 그런데 거대한 태양이 내 앞에서 빛나는 순간에 이르자, 난 커다란 황홀경에 빠져들었다. 인간으로서의 기억이 조금씩 사라져갔다. 이제 나는 훈련을 하고 있는 것이 아니었다. 나는 나무가 되었다. 난 행복했고 그대로 만족했다. 태양은 빛나면서 제자리에서 돌고 있었다. 이전에는 한 번도 본 적이 없는 장면이었다. 난 가지를 뻗은 채, 바람에 흔들리는 잎새와 함께 그대로 영원히 머물러 있기를 바랐다. 무언가 날 흔들어 순간적으로 모든 것이 어두워질 때까지.

난 즉시 눈을 떴다. 페트루스가 내 뺨을 때리더니 어깨를 잡고 흔들었다.

"목표를 잊지 말아요!"

그는 화를 내며 말했다.

"검을 찾기 전까지 아직 배울 게 많다는 걸 잊지 말란 말이오!"

난 얼음같이 차가운 바람에 몸을 떨면서 땅바닥에 주저앉았다.

"이런 일이 다른 사람들에게도 일어나나요?"

"거의 대부분의 사람들에게 일어나는 일이죠. 특히 부분에 도취되어 자신이 추구하는 것이 무엇인지 망각하는 당신 같은 사람들에게 말입니다."

페트루스는 가방에서 스웨터를 꺼내 입었다. 나는 셔츠를 꺼내 'I love NY' 티셔츠 위에 껴입었다. 신문에서 '십 년 만의 무더위'라고 떠든 여름이 이렇게 추울 줄은 상상하지 못했다. 셔츠 두 개를 껴입은 덕분에 그나마 바람은 좀 막을 수 있었지만, 몸이 따뜻해지도록 좀더 빨리 걷자고 페트루스에게 말했다.

이제 우리는 아주 완만한 언덕 내리막길로 접어들었다. 난 내가 느꼈던 추위가 너무 변변찮은 식사 때문이라고 생각했다. 우리가 먹은 것은 고작 생선과 산에서 얻은 나무 열매*뿐이었으니까. 하지만 페트루스는 산을 넘는 우리의 여정 가운데서 가장 높은 봉우리에 올라갔기 때문이라고 설명했다.

오백여 미터도 채 가지 않아 굽은 길을 돌자 갑자기 확 달라진 풍경이 눈앞에 펼쳐졌다. 광대한 평원이 우리 앞에 물결치듯 펼쳐져 있었다. 왼쪽으로는, 이백 미터도 채 내려가지 않은 곳에

---

* 이름도 모르는 붉은 열매였는데, 산티아고 순례길을 걷는 동안 어찌나 많이 먹었던지, 지금도 보기만 해도 구역질이 날 정도다. (원주)

굴뚝에서 연기가 피어오르는 작은 마을이 우리를 기다리고 있었다. 걸음을 재촉하려는 나를 페트루스가 붙잡았다.

"지금이 당신에게 람의 두번째 의례를 가르쳐주기에 가장 좋은 때인 것 같군요."

그는 땅바닥에 주저앉으면서 내게 자신을 따라 하라고 손짓했다.

마지못해 그를 따라 앉았지만, 눈앞에 보이는 작은 마을에서 피어오르는 연기가 마음을 산란하게 했다. 그러고 보니 일주일 전부터 벌판 한복판에서 아무도 만나지 못했고, 하루 종일 걷고 노천에서 잠을 잤다는 사실이 새삼 떠올랐다. 내가 가져온 담배도 다 떨어져 페트루스가 말아 피우는 독한 담배를 피울 수밖에 없었다. 스무 살이었다면 침낭 속에서 잠을 자고 양념간도 하지 않은 생선을 구워먹는 일들을 좋아했을지도 몰랐다. 하지만 산티아고 순례길에서 그것은 커다란 단념을 요구하는 일이었다. 나는 조바심을 내며 페트루스가 담배 마는 일을 마칠 때까지 초조하게 기다렸다. 그가 말없이 담배를 피우는 동안 나는 걸어서 오 분도 걸리지 않을 곳에 보이는 술집에서 몸을 데워줄 포도주 한잔을 마시는 광경을 그려보고 있었다. 따뜻한 스웨터를 입고 평온해 보이는 페트루스는 광대한 평원을 멀거니 바라보고 있었다.

"피레네 산맥을 넘어온 소감이 어떻습니까?"

잠시 후 그가 물었다.

"아주 좋았어요."

대화를 길게 이어갈 생각이 없어서 난 간단하게 대답했다.

"아주 좋았을 겁니다. 하루면 충분한 거리를 엿새나 걸려서 왔으니까요."

내가 그 말을 믿지 않으려 하자, 그는 지도를 펼쳐 내게 거리를 알려주었다. 십칠 킬로미터 거리였다. 오르막과 내리막 때문에 천천히 걷는다 해도 여섯 시간이면 충분한 거리였다.

"검을 찾는 일에 집착하다보니 가장 중요한 걸 잊어버린 겁니다. 검이 있는 곳까지 걸어가야 한다는 사실 말입니다. 여기서는 보이지도 않는 산티아고 쪽만 바라보느라, 우리가 똑같은 장소를 각각 다른 길들로 네댓 번씩 지나는 걸 깨닫지 못한 거죠."

페트루스의 말을 듣고서야 우리가 지나온 노정 중에 그 지역에서 가장 높은 이차쉬가이 산이 어떤 때는 내 오른쪽에, 또 어떤 때는 왼쪽에 있었음을 깨달았다. 하지만 그걸 그때 알았더라도 난 유일한 이 한 가지 결론에는 도달하지 못했을 것이다. 우리가 같은 곳을 여러 번 반복해서 왕복했다는 것을.

"난 밀수업자들이 이용하는 숲속의 각기 다른 길들을 이용했지요. 매번 다른 경로들을 따라 오고 갔던 것이죠. 어쨌거나 그 사실을 알아차리는 것은 당신의 몫이었습니다. 당신에겐 길을 따라 움직이는 과정이 중요하지 않았기 때문에 그걸 깨닫지 못했던 겁니다. 오직 목적지에 도달하려는 욕망만이 앞섰던 거죠."

"만약 내가 알아차렸다면?"

"그래도 우리는 일주일이 걸렸을 겁니다. 람의 의례가 그렇게 하기를 요구하기 때문이죠. 하지만 당신은 다른 방식으로 피레네를 느낄 수 있었겠죠."

난 너무나 놀라서 추위와 마을에 대해 더 생각하지 않게 되었다. 페트루스는 다시 말을 이었다.

"어떤 목표를 향해 움직일 때, 길에 집중하는 것은 매우 중요합니다. 목표에 도달하는 최선의 방법을 가르쳐주는 건 언제나 길이기 때문이죠. 길은 언제나 우리가 걸은 만큼 우리를 풍성하게 해줍니다. 성행위와 비교하자면, 다들 아는 것처럼 오르가슴의 강도를 결정하는 전희와 같은 거라고 말할 수 있지요.

삶의 목표를 가질 때 역시 마찬가지입니다. 목표에 도달하기 위해 어떤 길을 선택하느냐와 그 길을 어떻게 나아가느냐에 따라, 그 목표는 더 나은 것이 될 수도 있고 더 나쁜 것이 될 수도 있습니다. 람의 두번째 의례가 매우 중요한 건 그래서입니다. 우리가 매일같이 습관적으로 바라보는 것들 속에서, 너무 익숙한 것이라 무관심해진 우리가 알아보지 못했던 신비를 발견하는 훈련이죠."

페트루스가 그렇게 말한 람의 두번째 의례는 '속도 훈련'이었다.

"도시에서 일상적으로 활동할 때에는 이 훈련을 이십 분 안으로 실행합니다. 하지만 지금 우리는 신비로운 산티아고 순례길 위에 있으므로, 마을까지 가는 데 한 시간을 할애할 것입니다."

잠시 잊고 있었던 추위가 다시 파고들었다. 나는 낙담한 표정으로 페트루스를 바라보았다. 하지만 그는 내게 눈길도 주지 않은 채 배낭을 집어들고 일어나, 바로 눈앞에 보이는 이백여 미터 거리의 마을을 향해 절망적일 만큼 느린 걸음으로 걸어가기 시작했다.

속도 훈련

보통 걸음걸이보다 두 배 이상 느린 속도로 이십 분 동안 걸으십시오. 당신 주위에 있는 사물들의 세세한 부분과 사람들, 그리고 풍경에 주의를 집중하십시오.

•

이 훈련을 하기에 가장 적당한 시각은 점심식사 후입니다. 이 훈련을 일주일 동안 매일 반복해서 실행하십시오.

처음에는 문 위에 나무 간판이 걸려 있는 오래된 이층 건물의 선술집만을 바라보았다. 건물이 처음 세워진 1652년이라는 연도까지 읽을 수 있을 정도로 우리는 건물과 가까이 있었다. 조금씩 나아갔지만, 그 자리에서 거의 움직인 것 같지 않았다. 페트루스는 아주 느리게 한 발을 다른 쪽 발 앞으로 가져다놓았고, 나도 그를 따라 했다. 나는 가방에서 시계를 꺼내 손목에 찼다.

"그건 별로 좋은 방법이 아닙니다. 시간은 항상 같은 리듬으로 흘러가지 않거든요. 시간의 리듬을 결정하는 건 우리 자신입니다."

끊임없이 시계를 들여다보던 나는 그의 말이 옳다는 것을 깨달았다. 시계를 들여다볼수록, 시간은 더 느리게 흘러갔다. 난 그의 충고를 따르기로 결심하고 시계를 가방에 집어넣었다. 나는 풍경과 들판, 내가 밟고 있는 돌들에 주의를 기울이고자 노력했다. 하지만 매 순간 선술집 쪽을 바라보게 되었고, 우리가 전혀 나아가지 않았음을 확신하게 되었다. 마음속으로 나 자신에게 이야기를 건네고 싶었지만, 신경이 너무 예민해진 탓에 집중할 수가 없었다. 더는 견딜 수가 없어서 나는 가방에서 다시 시계를 꺼내들었다. 겨우 십일 분이 흘렀을 뿐이었다.

"이 훈련이 고문이 되게 하지 마십시오. 그러자고 하는 게 아니니까요."

페트루스가 느리게 말했다.

"익숙하지 않은 속도에서 즐거움을 찾아내도록 노력하세요. 일상적인 몸짓을 다른 방식으로 행함으로써, 당신 안의 새로운 존재가 깨어날 수 있도록 하는 거죠. 하지만 결정은 결국 당신이 하는 겁니다."

마지막 한마디의 상냥한 느낌이 다소 나를 진정시켜주었다. 무엇을 할 것인지 결정하는 게 나 자신이라면, 차라리 상황을 이용하는 편이 나을 것이었다. 나는 심호흡을 한 다음 깊이 생각하지 않으려고 노력했다. 그리고 마치 시간이 전혀 흥미롭지 않은 멀리 떨어져 있는 대상인 것처럼, 내 안의 감미로운 상태를 일깨웠다. 점차 차분해져가는 나를 느낄 수 있었다. 나를 둘러싸고 있는 것들을 또다른 시선으로 바라보기 시작했다. 긴장했을 때는 저항하던 상상력이 호의적으로 작동하기 시작했다. 눈앞에 있는 작은 마을을 바라보며 하나의 이야기를 만들어가기 시작했다. 마을이 어떻게 생겨났는지, 그 마을을 거쳐간 순례자들이 피레네 산맥의 차가운 바람을 맞은 후 마을에 내려와 사람들을 만나고 환대받으며 얼마나 행복해했을지 상상했다. 한순간 나는 마을 한가운데서 강력하고 현명하며 신비스러운 존재를 본 것만 같았다. 내 상상 속에서 평원은 수많은 기사들이 격렬하게 싸우고 있는 전장이었다. 햇빛을 받아 번쩍거리며 빛나는 검들이 눈앞에 보이고, 전쟁터에서 지르는 비명소리가 들렸다. 이제 마을은 포도주로 내 영혼을 데우고 모포로 내 몸을 감싸주는 장소만이 아니었다. 이 외로운 곳에 정착하기 위해 모든 것을 버려두고 온 영웅적인 이들이 만들어낸 역사적인 기념비였다. 그곳에 하나의 세계가 있었다, 바로 내 주위에. 난 나를 둘러싼 주위에 거의 관심을 가지지 않았음을 깨달았다.

내가 그것을 깨달았을 때 어느덧 우리는 선술집 문 앞에 도착해 있었다. 페트루스는 내게 들어가자고 말했다.

"제가 포도주를 한잔 사겠습니다. 그리고 일찍 잠자리에 들도록 하죠. 내일은 위대한 마법사를 한 분 소개하겠습니다."

나는 꿈도 없는 깊은 잠을 잤다. 론세스바예스*에 두 개뿐인 거리에 아침햇살이 비치기 시작할 무렵 페트루스가 내 방문을 두드렸다. 우린 호텔을 겸하는 선술집의 이층에 묵고 있었다.

우리는 블랙커피와 올리브 오일을 곁들인 빵을 먹은 다음 다시 길을 나섰다. 마을에는 안개가 짙게 깔려 있었다. 론세스바예

* 스페인 북부 나바라 주에 있는 마을. 프랑스 국경에 가까운 피레네 산맥 중 해발고도 981미터에 위치한다. 778년 샤를마뉴 대제가 스페인 원정에 나섰을 때 매복하고 있던 사라센군에게 패배한 곳으로, 이 전투의 영웅 롤랑에 관해서 읊은 서정시 「롤랑의 노래」가 유명하다.

스는 내가 처음에 생각했던 그런 마을이 아니었다. 산티아고 순례길에 많은 순례자들이 몰려왔던 시대에 이곳은 이 지방에서 가장 영향력 있는 수도원이었으며, 나바라 국경 지대에 이르는 영토에까지 영향력을 미쳤다. 아직도 마을은 그때의 특색을 그대로 간직하고 있었다. 몇몇 건물은 여전히 성직자회에 속해 있었는데, 종교와 무관하게 건축된 유일한 건물은 우리가 묵은 선술집뿐이었다.

우린 안개 속을 걸어 성직자회에 속하는 성당 안으로 들어갔다. 흰 제의를 입은 사제 몇 명이 아침미사를 드리고 있었다. 미사는 바스크어로 집전되었기 때문에 한마디도 알아들을 수가 없었다. 구석에 있는 장의자에 자리를 잡은 페트루스는 나를 자신의 옆으로 불렀다.

거대한 규모의 성당은 가치를 평가할 수 없는 예술품들을 간직하고 있었다. 페트루스는 나지막한 목소리로, 이 성당은 포르투갈, 스페인, 프랑스 그리고 독일의 왕과 여왕들의 기부를 받아 샤를마뉴 대제가 지정한 장소에 건립된 것이라고 설명해주었다. 제대 위에는, 귀한 나무로 조각된 얼굴에 몸통은 순은으로 만든 론세스바예스의 성모마리아가 세공한 보석으로 만든 꽃다발을 들고 서 있었다. 향료가 내는 향기와 고딕 양식의 건축, 흰색 제의의 사제들과 성가聖歌는 나로 하여금 성전의 의례를 행하던 중 경험했던 황홀경과 비슷한 상태에 빠져들게 했다.

"그런데 마법사는……?"

난 전날 페트루스가 한 말을 떠올리며 물었다.

그는 제단 주위의 장의자에 다른 수도사들과 함께 앉아 있는 마르고 안경을 낀 중년의 사제를 고갯짓으로 가리켰다. 마법사 사제라니! 난 미사가 빨리 끝나기를 바랐지만, 페트루스가 전날 알려주었듯이 시간의 리듬을 결정하는 건 우리 자신이었다. 나의 초조함으로 인해 미사가 한 시간도 넘게 걸린 것 같았다.

미사가 끝나자, 페트루스는 날 혼자 내버려둔 채 사제들이 나간 문으로 사라져버렸다. 혼자 남아 성당을 응시하던 나는 기도를 하려 했지만 어느 것에도 집중할 수가 없었다. 성상聖像들이, 결코 다시는 재현되지 못할 산티아고 순례의 황금시대처럼, 다시는 돌아가지 못할 과거에 사로잡힌 듯 아득히 멀게만 느껴졌다.

다시 문 앞에 나타난 페트루스는 아무 말 없이 내게 따라오라는 손짓만 했다.

우리가 도착한 곳은 회랑으로 둘러싸인 수도원 안뜰이었다. 안경 낀 사제가 안뜰 중앙에 자리한 샘의 둘레돌에 걸터앉아 우리를 기다리고 있었다.

"호르디 신부님, 이분은 순례자입니다."

페트루스는 나를 소개했다.

사제는 내게 악수를 청했다. 우리는 인사를 주고받은 후 침묵했다. 무슨 일이 일어나기를 기다렸지만, 멀리서 수탉의 울음소리와 일용할 먹이를 찾아다니는 갈매기들의 울음소리만이 들려올 뿐이었다. 사제는 무심한 눈길로 나를 바라보았다. 내가 고대 언어를 말했을 때 사뱅 부인이 내게 던진 것과 비슷한 시선이었다.

부담스러운 오랜 침묵의 시간이 지난 후, 마침내 호르디 신부가 입을 열었다.

"성전의 단계를 너무 일찍 올라간 것 같군요, 형제님."

나는 서른여덟 살이며, 모든 신명심판*을 성공적으로 통과했다고 대답했다.

"가장 중요한 마지막 것만 빼고 말이죠."

그는 여전히 무표정한 시선으로 날 응시하면서 말을 이었다.

"그것 없이는 그동안 배운 모든 게 아무런 의미가 없을 텐데 말입니다."

---

* 신명심판(神明審判)은 신봉자의 열성뿐 아니라 그것을 시행하는 동안 나타나는 징조를 가지고 죄를 판단하는 시죄법(試罪法)이다. 이 말의 기원은 성청(聖聽, 종교 재판)의 시대로 거슬러 올라간다. (원주)

"그래서 제가 산티아고 순례를 하는 겁니다."

"그런다고 보장을 받는 건 아니지요. 나를 따라오세요."

페트루스는 그대로 안뜰에 남았고, 나는 호르디 신부를 따라갔다. 우리는 회랑을 지나고 강인왕 산초*가 잠들어 있는 곳을 지나 작은 예배당 안으로 들어갔다. 그곳은 론세스바예스 수도원을 이루고 있는 주 건물들에서 더 안쪽으로 들어간 곳에 위치해 있었다.

안에는 탁자 하나와 책 한 권, 그리고 검 하나 외에는 아무것도 보이지 않았다. 그 검은 내 것이 아니었다.

호르디 신부는 나를 세워둔 채 탁자 뒤로 가서 앉았다. 그리고 약간의 풀을 집어 불을 붙여 방 안의 공기를 향기롭게 했다. 점점 더 사뱅 부인과의 만남을 떠올리는 상황이 펼쳐지고 있었다.

"우선 형제님에게 주의를 하나 주어야 할 것 같군요."

호르디 신부가 통고하듯 말했다.

"산티아고 순례길은 네 개의 길 중 하나일 뿐입니다. 스페이드의 길이죠. 이 길은 형제님에게 힘을 불어넣어줄 수는 있지만, 그걸로 충분하진 않습니다."

---

* 나바라의 국왕 산초 7세. 이슬람 교도들과 친선을 맺음으로써 로마 교황청의 비위를 거슬렀다. 허세가 심하고 성격이 복잡했던 인물로 알려져 있다.

"다른 세 개는 어떤 건가요?"

"아마 적어도 두 개는 이미 알고 있을 것입니다. 하트의 길이자 성배聖杯의 길인 예루살렘의 길과 클로버의 길인 로마의 길이지요. 예루살렘의 길은 형제님에게 기적을 행할 수 있는 능력을 가져다줄 겁니다. 로마의 길은 다른 세계와 소통할 수 있게 해줄 것이고요."

"그럼 카드의 네 가지 패를 완성하려면 다이아몬드의 길만 있으면 되겠군요."

난 농담처럼 말했다.

호르디 신부도 웃었다.

"그렇습니다. 다이아몬드의 길은 비밀스런 길이며, 언젠가 형제님이 그것을 알게 되더라도 아무에게도 얘기해서는 안 됩니다. 하지만 지금은 그 얘기는 접어둡시다. 그런데 가리비껍데기는 어디에 있나요?"

내가 배낭을 열어서 가리비껍데기와 아파레시다의 성모상을 꺼내자 사제는 그것을 탁자 위에 놓았다. 그런 다음 그 위로 손을 편 채 정신을 집중했다. 그는 내게도 똑같이 하라고 명했다. 공기 중에 향기가 점점 짙어졌다. 우리가 동시에 눈을 뜨자, 갑자기 이타치아이아에서 목격한 것과 똑같은 현상이 일어나고 있음을 확인할 수 있었다. 가리비껍데기가 은은한 빛을 내뿜고 있었다. 광채는 점점 더 강렬해졌고, 호르디 신부의 목에서 신비한 느낌을 주는 목소리가 흘러나왔다.

"너희 보물이 있는 곳에 너희 마음도 있으리라."

성서 구절이었다. 목소리가 계속 이어졌다.

"또한 그대의 마음이 있는 곳에, 그리스도 재림의 요람이 있을 것이다. 이 가리비껍데기들처럼, 산티아고의 순례자는 하나의 껍데기에 지나지 않는다. 세속의 삶으로 가득 찬 껍데기가 부서지면, 아가페로 가득 찬 진정한 삶이 그 모습을 드러낼 것이다."

그가 손을 거두자 가리비껍데기에서 나오는 빛도 사라졌다. 그는 탁자 위에 있는 책 속에 내 이름을 적어넣었다. 산티아고 순례길을 따라 걷는 동안 내가 본 유일한 세 권의 책 속에 내 이름이 남아 있다. 사뱅 부인의 책, 호르디 신부의 책, 그리고 후에 나 자신이 직접 이름을 써넣은 권능의 책이었다.

"다 끝났습니다. 이제 형제님은 론세스바예스의 성모마리아와 검을 수호하는 성 야고보의 축복과 함께 떠날 수 있습니다."

"산티아고 순례길은 스페인 전역에 두루 퍼져 있는 노란 표지標識들로 표시되어 있지요."

페트루스가 기다리는 안뜰을 향해 걸으면서 사제가 설명했다.

"어느 순간 길을 잃게 되면 그 표지를 찾으세요. 나무, 돌, 신호 표지판 위 어디든. 그러면 확실한 장소를 발견할 수 있을 겁니다."

"제겐 훌륭한 안내자가 있습니다."

"무엇보다 스스로를 믿도록 하세요. 피레네 산중에서 엿새 동안 왔다갔다하는 일이 없도록 말이지요."

사제는 이미 그 이야기를 알고 있었다.

페트루스와 나는 그에게 작별 인사를 했다. 우리가 아침에 론세스바예스를 떠날 무렵 이미 안개는 말끔히 걷혀 있었다. 곧고 평평한 길이 우리 앞에 펼쳐져 있었다. 난 호르디 신부가 말한 노란 표지들을 찾기 시작했다. 페트루스의 만류에도 불구하고 선술집에서 산 포도주 병 때문에 내 배낭은 좀더 무거워져 있었다. 론세스바예스부터는 백여 개의 마을들이 줄지어 있기 때문에 길에서 잠을 잘 일은 거의 없을 터였다.

"페트루스, 호르디 신부님은 그리스도의 재림이 마치 곧 일어날 일인 양 말하더군요."

"그리스도 재림은 늘 일어나고 있는 일이지요. 그게 당신 검의 비밀입니다."

"그리고 당신은 내게 마법사를 만나게 해준다고 했었는데, 내가 만난 건 사제였고요. 가톨릭교회와 무슨 상관이 있을 수 있죠?"

페트루스는 단 한 마디만 했다.

"모두 다."

잔인성

"바로 여기서 사랑이 살해당했다오."

늙은 농부는 바위 위에 세워진 작은 예배당을 가리키면서 말했다.

우리는 먹을 때와 잠잘 때만 제외하고 닷새 동안을 내리 걸었다. 페트루스는 자신의 사생활에 관해서는 별로 드러내지 않았지만, 브라질과 내가 하는 일에 많은 관심을 보였다. 그는 브라질을 아주 좋아한다고 말했다. 그가 가장 좋아하는 예수상이 그곳에 있기 때문이라고 했다. 십자가에서 고통받는 모습이 아니라 구세주의 모습으로 두 팔을 활짝 벌리고 있는 코르코바두의 그리스도 상*이 그것이었다. 그는 브라질에 대해 뭐든지 알고 싶어했고, 걷는 동안 계속 브라질 여자들이 이곳 여자들처럼 아름다운지 물었다. 낮 동안에는 열기를 견디기 힘든 지경이었다. 우리가 도착한 마을과 들르는 선술집마다 사람들은 가뭄에 대해 불평을 하고 있었다. 우리는 햇빛이 가장 뜨거운 시각인 오후 두 시와 네시 사이에는 걷기를 멈추고, 낮잠을 자는 스페인의 관습을 따랐다.

그날 오후 올리브 경작지 한복판에서 쉬고 있는데, 한 늙은 농부가 우리에게 다가와 포도주를 건넸다. 타는 듯한 더위에도 포도주는 수세기 전부터 그 지역 주민들의 일상을 이루고 있었다.

"여기서 사랑이 살해당했다니 무슨 말씀입니까?"

나는 우리와 대화를 하고 싶어하는 노인에게 물었다.

"몇백 년 전에 산티아고를 순례하던 아키텐의 펠리시아 공주가 있었소. 그녀는 콤포스텔라에서 돌아오는 길에 모든 것을 버리고 이곳에 정착하기로 결심했지요. 그녀는 진정한 사랑 그 자체였다오. 그녀는 자신의 재물을 이곳의 가난한 이들에게 모두 나누어주고 병든 사람들을 돌봐주었소."

페트루스는 말아 피우는 독한 담배를 습관처럼 피워물었다.

---

* 브라질의 수도 리우데자네이루 시내와 해변을 한눈에 내려다보는 해발 710미터 높이의 코르코바두 언덕에 위치한 거대 예수상. 팔을 활짝 벌린 높이 38미터, 가로 30미터의 조각상은 리우 시 전체를 품에 안고 있는 것처럼 보인다.

그의 표정은 무심해 보였지만 나는 그가 노인의 이야기를 주의 깊게 듣고 있음을 알 수 있었다.

"그러자 왕은 그녀의 오빠 기예르모 공작에게 동생을 데려올 것을 명령했지요. 하지만 펠리시아는 궁으로 돌아가기를 거절했다오. 절망한 공작은 저기 보이는 작은 예배당에서 그녀를 칼로 찔러 죽였소. 그녀가 가난한 이들을 돌보고 신을 찬양하기 위해 손수 지은 저곳에서 말이오.

정신을 차린 후에야 자신이 무슨 짓을 저질렀는지 깨달은 공작은 로마로 가서 교황의 용서를 구했다오. 교황은 그에게 속죄의 의미로 콤포스텔라까지 순례할 것을 명했소. 그런데 신기한 일이 일어난 거요. 돌아오는 길에 이곳을 지나던 공작이 공주와 똑같은 충동에 사로잡힌 거라오. 그는 동생이 세운 저 작은 예배당에 자리를 잡고 긴 여생의 마지막 날까지 가난한 사람들을 돌보며 보냈다오."

"회귀의 법칙이죠."

페트루스가 웃으며 말했다.

농부는 페트루스의 말을 이해하지 못했지만 난 그 의미를 이해할 수 있었다. 페트루스와 나는 한참 동안 신과 인간의 관계에 관해 신학적인 논쟁을 했다. 나는 성전에 의하면 신과 인간 사이에는 언제나 어떤 관계가 존재하지만, 우리가 산티아고 순례길

위에서 만난 마법사 사제나 악마가 된 집시, 기적을 행하는 성인들과는 그 양상이 전혀 다르다고 주장했다. 이 모든 것이 내게는 기독교와 지나치게 관련되어 있는 구태로 보였다. 그 안에는 성전의 의례들이 내 안에 불러일으켰던 매혹과 황홀감, 우아함 같은 것이 결여되어 있었다. 그러나 페트루스는 산티아고 순례길은 '소박함'의 길이며, 누구라도 걸을 수 있는 길이고, 이런 길만이 신에게 이르는 길이라고 말했다. 그는 신과 인간이 맺고 있는 관계에 대해 내가 너무 개념적이고 이성적으로만 이해하려 한다고 말했다.

"신이 존재한다고 믿지요. 나 역시 그렇습니다."

페트루스가 다시 입을 열었다.

"그렇다면 우리에겐 신이 존재하는 겁니다. 하지만 누군가 신을 믿지 않는다고 해도, 그렇다고 해서 신이 존재하지 않는 건 아니죠. 또한 신을 믿지 않는다고 해서 틀렸다거나 잘못되었다는 것도 아니지요."

"그렇다면 신의 존재는 인간의 욕망과 힘에 달려 있다는 말인가요?"

"내게는 늘 술에 취해 사는 한 친구가 있었습니다. 그 친구는 어릴 적부터 어머니가 습관을 들인 대로 매일 저녁 '아베마리아'를 세 번씩 암송했죠. 완전히 술에 절어 들어올 때도, 신을 믿지는 않으면서도 그는 언제나 '아베마리아'를 세 번씩 암송했어요. 그 친구가 죽은 후의 일입니다. 나는 성전의 의례 때 고대의 영들에게 그 친구가 어디 있는지 물었습니다. 영은 내게 그가 빛에 둘러싸인 채 아주 행복하게 지내고 있다고 대답해주었어요. 살아 있는 동안 믿음을 가졌던 적은 없지만, 습관적으로 매일 세 번의 기도문을 암송한 것밖에 없었던 노력이 그를 구원한 것이었죠.

아주 먼 옛날 우리 조상들에게 신은 동굴 속이거나 천둥번개 속에 존재했지요. 그런 것이 단지 자연 현상일 뿐이라는 걸 깨닫게 된 후에도, 신은 어떤 동물의 몸이나 신성한 숲 속에 거하는 존재로 여겨졌습니다. 신이 커다란 고대 도시의 지하 묘지에 존재한다고 생각하던 시대도 있었지요. 하지만 이 모든 시간 내내, 신은 사랑의 모습으로 인간의 마음속에 머물고 있었어요.

오늘날엔 신은 과학적으로 증명해낼 하나의 개념일 뿐입니다. 하지만 이 단계에서 역사는 다시 원점으로 돌아가고, 모든 것은 다시 시작됩니다. 회귀의 법칙이죠. 호르디 신부가 '너희 보물이 있는 곳에 너희 마음이 있다'는 그리스도의 말씀을 인용했을 때, 그가 하고자 했던 말이 바로 이것입니다. 당신이 신의 모습을 보기를 원하는 곳에서, 당신은 신을 보게 될 것입니다. 그리고 당신이 신을 보기를 원치 않는다 해도 달라질 건 하나도 없습니다.

당신의 뜻이 선한 것이기만 하다면 말이죠. 아키텐의 펠리시아가 예배당을 지어 가난한 이들을 돕기 시작할 때, 그녀는 바티칸의 신은 잊어버린 채 가장 원초적이고 지혜로운 모습으로 신을 구현한 것입니다. 바로 사랑이죠. 그런 점에서, 농부가 사랑이 살해당했다고 말한 건 전적으로 옳은 표현이었던 것이죠."

우리가 나누는 이야기를 알아듣기 힘든 농부는 별로 편한 기색이 아니었다.

"회귀의 법칙이 기예르모 공작으로 하여금 그가 중단시켰던 동생의 일을 이어가도록 작동한 겁니다. 우리에게는 모든 것이 허락되어 있습니다. 사랑이 구현되지 못하도록 막는 것만 제외하고는. 그러므로 파괴하려고 했던 자는 다시 일으켜세워야 하는 의무를 지게 되는 것이죠."

난 그에게 내 조국에서는 회귀의 법칙을 장애나 질병이 전생의 업보에 대한 응보로 나타나는 것으로 여기고 있다고 설명했다.

"말도 안 되는 얘기요!"

페트루스가 반박했다.

"신은 복수가 아닌 사랑입니다. 그분의 유일한 징벌은 사랑의 행위를 중단시킨 사람에게 그것을 계속 이어나가 완성하도록 강제하는 것뿐입니다."

농부는 늦었다며 그만 일하러 가야겠다면서 자리를 떠났다.

그것은 페트루스에게 다시 걸을 수 있는 좋은 구실이 되었다.

"이제 우리 대화를 끝내야 할 때가 된 것 같습니다."

올리브 경작지를 가로질러 건너가면서 그가 말했다.

"신은 우리를 둘러싸고 있는 모든 것 안에 존재합니다. 신은 우리가 느끼고 체험해야 하는 분입니다. 당신이 이해할 수 있도록 난 그 사실을 논리의 문제로 접근하는 겁니다. 속도 훈련을 계속하십시오. 그러면 당신은 점점 더 그분의 존재를 의식하게 될 겁니다."

이틀 후, 우리는 '용서의 봉우리'라고 불리는 산을 올라가야 했다. 여러 시간이 걸려 정상에 오른 나는 눈앞에 펼쳐진 광경에 충격을 받았다. 한 무리의 관광객들이 라디오 볼륨을 크게 높여 두고 일광욕을 즐기며 맥주를 마시고 있었다. 정상까지 이어지는 지방 도로를 따라 차를 몰고 올라온 이들이었다.

"세상의 길이 이런 겁니다. 여기서 무어인이 다시 쳐들어올까 봐 망을 보고 있는 시드*의 전사들이라도 만날 줄 알았습니까?"

페트루스가 말했다.

---

* 엘 시드(El Cid)는 스페인어로 '두목, 수령'이라는 뜻이다. 11세기경 무어인과 싸운 스페인의 영웅이자 기독교의 수호자인 로드리고 디아스에게 준 칭호이다.

내려오는 동안 난 마지막으로 '속도 훈련'을 행했다. 우리 앞에는 또다시 푸르스름한 언덕들로 둘러싸인, 가뭄으로 바싹 마르고 초목이 성기게 흩어져 있는 거대한 평원이 펼쳐졌다. 그곳에는 가시가 달린 몇몇 나무와 돌멩이 말고는 생물이라고는 거의 찾아볼 수가 없었다. 훈련이 끝나자 페트루스는 나의 일에 관해 물었다. 그제야 난 거기에 관해 생각을 놓은 지 꽤 오래되었음을 깨달았다. 내 일과 내가 포기해야만 했던 것들에 대한 염려는 사실상 사라져버린 것이었다. 그날 저녁에야 난 겨우 그것들을 뇌리에 떠올릴 수 있었다. 그마저도 별 중요성을 부여하지 않으면서. 난 산티아고 순례길에 있는 나 자신에 만족하고 있었다.

"곧 아키텐의 펠리시아를 능가하겠군요."

그런 내 느낌을 말해주자, 페트루스는 농담을 건넸다. 그리고 가던 길을 멈추더니 내게 배낭을 땅바닥에 내려놓으라고 말했다.

"주위를 둘러보고 어느 한 지점에 시선을 고정시켜보십시오."

나는 멀리 보이는 교회의 십자가를 선택했다.

"그 지점에 계속 시선을 고정시킨 채, 내가 지금부터 말하는 것에 정신을 집중하십시오. 어떤 변화를 느끼더라도, 정신을 흩뜨리지 말아야 합니다. 반드시 내가 말하는 대로 해야 합니다."

나는 그가 말하는 대로 십자가에 시선을 고정시킨 채, 긴장을 풀고 서 있었다. 페트루스는 내 뒤에 서서 손가락으로 내 목덜미

아래를 눌렀다.

“당신이 지금 가고 있는 길은 힘의 길입니다. 따라서 당신은 힘을 기르는 훈련만을 배우게 될 것입니다. 당신은 속히 목적지에 도달하기만을 바랐기 때문에 처음엔 여행이 고문처럼 느껴졌을 것입니다. 하지만 이젠 그 여행이 기쁨으로 변화하기 시작했지요. 그것은 탐색과 모험이 주는 기쁨입니다. 그렇게 당신은 가장 중요한 당신의 꿈들을 풍요롭게 만들어가는 것입니다.

인간은 결코 꿈꾸기를 멈출 수가 없습니다. 육체가 음식을 먹어야 사는 것처럼 영혼은 꿈을 먹어야 살 수 있으니까요. 살아가는 동안 이루지 못한 꿈 때문에 실망하고, 충족되지 못한 욕망 때문에 좌절하는 일이 종종 일어나지요. 하지만 그래도 꿈꾸기를 멈춰서는 안 됩니다. 그러지 않으면 우리의 영혼이 죽어버리고, 아가페가 들어갈 자리가 없게 되니까요. 아주 오랜 옛날, 지금 당신 앞에 펼쳐져 있는 들판에서는 수많은 이들의 피가 흘러내렸고 정복과 수복 사이에 잔혹한 전투들이 벌어졌습니다. 어느 편이 옳고 누가 진실을 쥐고 있느냐는 중요하지 않습니다. 중요한 것은, 양편 모두 ‘선한 싸움’을 했느냐 하는 것입니다.

‘선한 싸움’은 자신의 마음이 시켜서 하는 것입니다. 영웅들의 시대, 유랑하는 기사들의 시대엔 쉬운 일이었지요. 정복해야 할 땅과 해야 할 많은 일들이 있었으니까요. 세상이 많이 변한 오늘날 '선한 싸움'의 전장은 우리의 내면으로 옮겨 오게 되었습니다.

선한 싸움은 우리가 간직한 꿈의 이름으로 행하는 것입니다. 젊은 시절, 우리 내면에 간직한 꿈들이 힘차게 꿈틀댈 때면 우린 용기백배하지만, 그땐 아직 싸우는 법을 알지 못했지요. 각고의 노력 끝에 마침내 그 방법을 터득하게 되었을 때는, 전장에 뛰어들 용기가 남아 있지 않습니다. 그래서 자기 자신을 적대시하게 되고, 결국엔 스스로 자신의 가장 큰 적이 되고 마는 것이지요. 자신의 꿈은 유치하다거나, 실행하기 힘들다거나, 인생에 대해 몰랐을 때나 꾸는 꿈이라고 스스로를 합리화하면서 말이죠. 선한 싸움을 이끌어갈 용기가 없기 때문에 자신의 꿈을 죽여버리는 겁니다."

내 목덜미를 누르는 페트루스의 손가락에 힘이 점점 더 가해졌다. 교회의 십자가 모습이 변화하는 것 같았다. 십자가의 테두리가 날개의 모습을 닮아갔다. 천사의 모습이었다. 눈을 깜빡거리자 십자가는 다시 원래의 모습으로 돌아왔다. 페트루스는 계속해서 이야기했다.

"꿈들을 죽일 때 나타나는 첫번째 징후는, 시간이 부족하다고 말하는 것입니다. 내가 살면서 알게 된 사람들 중 가장 바빠 보였던 사람조차 무엇이든 할 시간이 있었습니다. 아무것도 하지 않는 사람들이 늘 피곤하다고 말하고, 정작 자신들이 하는 게 거의 없음을 깨닫지 못하면서 하루가 너무 짧다고 끊임없이 불평을 하지요. 그들은 사실 '선한 싸움'을 벌일 자신이 없는 겁니다.

꿈들이 죽어가는 두번째 징후는, 스스로에 대한 지나친 확신입니다. 삶이 우리 앞에 놓인 거대한 모험이라는 것을 보려 하지 않는 것이죠. 그리고 스스로 현명하고 올바르고 정확하다고 여깁니다. 아주 적은 것만 기대하는 삶 속에 안주하면서 말이죠. 일상의 성벽 안에 머무르며 세상을 바라보게 되면, 창이 서로 부딪치며 부러지는 소리, 땀과 먼지 냄새, 말에서 추락하는 소리, 정복의 열망으로 목이 마른 전사들의 불꽃같은 눈빛은 볼 수 있습니다. 하지만 그 기쁨, 싸우는 사람의 심장이 느끼는 그 엄청난 희열은 결코 알지 못합니다. 싸우는 그에게는 승리나 패배는 중요하지 않습니다. 오직 '선한 싸움'을 치르고 있다는 것만이 중요하지요.

마지막으로, 그 세번째 징후는 평화입니다. 삶이 안온한 일요일 한낮이 되는 것이지요. 우리는 자신에게 대단한 무엇을 요구하지도, 우리가 줄 수 있는 것 이상을 구하지도 않게 됩니다. 그러고는 우리는 자신이 성숙해졌다고 여깁니다. 젊은 날의 환상은 내려놓고 개인적이고 직업적인 성취를 이루었다고 생각합니다. 그래서 또래의 누군가 아직도 인생에서 이러저러한 것들을 원한다고 말하는 걸 들으면 놀라게 되는 거죠. 하지만 실상 마음속 깊은 곳에서는 무슨 일이 일어났는지 잘 알고 있지요. 우린 자신의 꿈을 위해 싸우기를 포기한 겁니다. 즉 '선한 싸움'을 벌이기를 포기한 것이죠."

교회의 십자가는 매 순간 변화하고 있었고, 이제 날개를 활짝 펼친 천사가 솟아오르는 것 같았다. 아무리 눈을 깜빡거려도 그 모습은 사라지지 않았다. 페트루스에게 말하고 싶었지만, 그는 아직 할 말을 마치지 않았다. 잠시 후 그가 다시 얘기를 시작했다.

"꿈을 포기하고 평화를 찾게 되면, 얼마 동안은 평온함을 맛볼 수 있습니다. 그러나 죽은 꿈들이 우리 안에서 썩어가면서 우리의 존재 전체를 감염시키기 시작합니다. 우리는 주위 사람들에게 잔인해지게 되고, 마침내는 그 잔인성을 자기 자신에게 들이대게 됩니다. 그리고 고통과 강박관념이 그 모습을 드러냅니다. 싸움에서 만날까봐 두려워 피했던 실망과 패배가 우리 비겁함의 결과로 우리 앞에 나타나게 되는 것이죠. 그리고 어느 날, 죽어서 썩어버린 꿈들 때문에 더는 숨쉴 수도 없게 된 우리는 죽음을 바라게 됩니다. 우리의 확신, 우리의 일, 그리고 일요일 한낮의 끔찍한 평화로부터 벗어나 자유롭게 해줄 죽음을요."

이제 나는 정말로 천사를 보고 있다고 확신했다. 페트루스의 말에 집중할 수가 없었다. 그걸 알아차렸는지 그는 내 목덜미에서 손가락을 치우고 이야기를 중단했다. 천사의 이미지는 잠시 머물다가 사라졌고 그 자리엔 다시 교회의 십자가가 서 있었다.

우리는 잠시 침묵을 지켰다. 페트루스는 담배 한 개비를 말아서 피우기 시작했다. 난 가방에서 포도주 병을 꺼내 한 모금을 마셨다. 포도주는 미지근했지만 맛은 여전히 좋았다.

"뭘 보았죠?"

그가 물었다.

난 천사의 얘기를 해주었다. 처음에는 눈을 깜빡거리면 형상이 사라져버리더라고 말했다.

"당신 또한 '선한 싸움'을 벌이는 법을 배워야 합니다. 당신은 삶의 모험과 도전들을 받아들이는 것은 배웠지만, 여전히 일상적이지 않은 것들을 부인하고 싶어합니다."

그는 자신의 가방에서 작은 물건을 하나 꺼내더니 내게 건넸다. 금으로 된 핀이었다.

"내 할아버지가 남기신 선물입니다. 람 교단의 옛 단원들은 모두 이런 물건을 하나씩 가지고 있었지요. '잔인성의 바늘'이라고 부르는 겁니다. 당신은 교회 종각에 천사가 나타나는 걸 보았을 때 그것을 부인하고 싶어했지요. 당신에게 익숙한 것이 아니기 때문입니다. 세상에 대한 당신의 관점에서는 교회는 교회일 뿐이고, 환영은 성전의 의례 중에 다다르는 황홀경 속에서만 볼 수 있는 것이죠."

나는 내가 본 환영은 그가 내 목덜미를 눌렀기 때문에 생긴 것이었을 거라고 대답했다.

"그래요, 하지만 그렇다고 달라질 건 없습니다. 중요한 건 당신이 환영을 거부했다는 사실입니다. 아키텐의 펠리시아 또한 분명히 그런 환영을 보았을 겁니다. 그녀는 자신이 본 것에 자신의 전 생애를 걸었죠. 그 결과, 그녀는 자신의 일을 사랑으로 변화시켰습니다. 그녀의 오빠에게도 같은 일이 일어났을 거고요. 이런 일들은 매일, 모든 사람들에게 일어나고 있습니다. 하지만 우리는 언제라도 선택할 수 있는 최선의 길을 눈앞에 두고도 우리에게 익숙한 길만을 따라가는 것이죠."

페트루스는 다시 걷기 시작했고 난 그를 따라갔다. 내 손에 들고 있는 핀이 햇빛을 받아 반짝이며 빛났다.

"우리의 꿈을 구할 수 있는 유일한 방법은 우리 자신에게 관대해지는 것입니다. 자기 자신에게 징벌을 가하려는 시도는 그것이 아무리 사소한 것일지라도 엄격하게 다루어야 합니다. 스스로에게 얼마나 잔인해지는가를 알기 위해서는 죄의식, 자책감, 우유부단함, 비겁함 같은 정신적인 고통이 조금이라도 나타나면 그것을 육체적인 고통으로 변화시켜야 합니다. 정신적인 고통을 육체적인 고통으로 변화시킴으로써 우리는 그것이 야기하는 해악을 알게 될 것입니다."

페트루스는 나에게 '잔인성 훈련'을 가르쳐주었다.

"예전에는 금으로 된 핀을 사용했지요. 오늘날에는 그것도 달라졌어요. 산티아고 순례길의 풍경이 변했듯이."

아래쪽에서 올려다본 평원은 작은 언덕들의 연속처럼 보였다.

"오늘 당신 자신에게 가한 잔인한 일을 생각하며 훈련을 실행하십시오."

잔인성 훈련

당신 자신을 부정적으로 느끼게 하는 생각, 이를테면 질투, 자기연민, 시기심, 증오 등이 머릿속을 스칠 때마다 이 훈련을 하십시오.

•

검지손톱을 엄지손톱 뿌리에 대고 세게 누르십시오. 고통이 아주 심해질 때까지 계속 누릅니다. 그리고 느껴지는 고통에 정신을 집중하십시오. 그것은 당신이 정신적으로 느끼는 고통을 육체적으로 반영하는 것입니다. 그런 생각이 당신의 머릿속에서 나가버릴 때까지 손가락을 계속 누르십시오.

•

> 이 훈련을 필요한 만큼 반복해서 실행하십시오. 그런 생각이 떠나버릴 때까지 멈추지 마십시오. 그러면 그 생각은 점점 더 긴 간격을 두고 돌아오다가, 종내는 완전히 사라져버릴 것입니다. 그런 생각이 날 때마다 훈련을 실행하는 것을 잊어버리지 않는다면 그럴 것입니다.

난 아무것도 떠올릴 수가 없었다.

"늘 그렇지요. 우리는 엄격함이 필요한 아주 드문 순간에만 우리 자신에 대해 관대해지거든요."

순간, 용서의 봉우리에서 차를 타고 올라온 관광객들을 보면서 힘겹게 올라간 나 자신이 어리석게 느껴졌던 것이 떠올랐다. 하지만 사실은 그렇지 않으며, 내가 스스로에게 잔인했음을 깨달았다. 관광객들은 햇볕을 쬐러 올라갔던 것이고, 나는 검을 찾아나선 길이었다. 난 어리석은 게 아니었다. 그런데도 스스로를 그렇게 느낀 것이었다. 엄지손톱의 뿌리에 검지손톱을 대고 아주 세게 눌렀다. 강렬한 고통이 느껴졌고, 고통에 집중하는 동안 스스로를 바보로 생각하며 느꼈던 감정은 사라졌다.

페트루스에게 설명하자 그는 말없이 웃기만 했다.

그날 저녁에는 쾌적한 호텔에 묵었다. 멀리서 집중하며 바라보았던 교회가 있는 마을이었다. 저녁식사를 한 후 우리는 소화도 시킬 겸 산책을 하러 거리로 나섰다.

"인간이 스스로에게 고통을 주기 위해 찾아낸 모든 방법 중에서 가장 나쁜 것은 사랑입니다. 우리는 언제나 우리를 사랑하지 않는 누군가로 인해, 우리를 떠난 누군가로 인해, 그리고 우리를 떠나려 하지 않는 누군가로 인해 고통을 받지요. 혼자인 사람은 아무도 자신을 사랑하지 않는다는 생각에 고통받고, 결혼한 사람들은 결혼을 예속 상태로 변화시키지요. 정말 끔찍한 일입니다."

그의 얼굴에 언짢은 기색이 스쳐갔다.

우리가 도착한 곳은 아까 바라보았던 교회가 서 있는 작은 광장이었다. 난 십자가를 바라보며 천사를 다시 보려 했지만 성공하지 못했다. 페트루스 역시 교회 꼭대기에 있는 십자가를 살펴보고 있었다. 난 그가 천사를 본 거라고 생각했지만 아니었다. 그는 내게 이야기하기 시작했다.

"신의 아들이 인간 세상에 내려왔을 때, 그는 사랑을 가져다주었습니다. 그러나 인간들은 사랑을 고통과 희생으로만 이해했기 때문에 결국 그를 십자가에 못 박아 죽인 것입니다. 또 그들이 그렇게 하지 않았다면 아무도 그의 사랑을 믿지 않았을 것입니다. 모든 인간은 자신의 열정으로 인해 매일 고통받는 것에 익숙해져 있기 때문이죠."

우리는 낮은 담 위에 앉아 교회를 바라보았다. 다시 페트루스가 침묵을 깼다.

"파울로, 바라바Barabbas가 무슨 뜻인지 알아요? '바르Bar'는 아들, '아바Abba'는 아버지를 뜻합니다."

그는 종각 위 십자가를 물끄러미 바라보았다. 그의 눈은 빛나고 있었고, 난 무언가가 그를 사로잡고 있음을 느낄 수 있었다. 어쩌면 그토록 그가 버릇처럼 말하는, 하지만 나는 제대로 이해하지 못하는 그 사랑인지도 몰랐다.

"영광스런 신의 뜻은 얼마나 현명한 것입니까!"

텅 빈 광장을 가로질러 그의 목소리가 메아리치며 울려 퍼졌다.

"본디오 빌라도가 백성들에게 선택하라고 했을 때, 사실상 그는 어떤 선택의 여지도 남겨놓지 않은 것이었습니다. 그는 채찍질당하고 부서져버린 한 남자와 도도한 혁명가 바라바를 함께 보여주었죠. 신은 사람들이 약한 자를 죽음으로 내몰 것을 알고 있었습니다. 그가 자신의 사랑을 증명해 보이도록 말이죠."

그리고 그는 결론지었다.

"하지만 선택이 어떠했든지 간에, 신의 아들은 결국엔 십자가에 못 박혔겠지요."

사자使者

우리는 아침 일찍 푸엔테 라 레이나에 도착했다.

'이곳은 산티아고로 향하는 모든 길이 하나로 합쳐지는 곳입니다.'

중세식 의상에 삼각모, 망토, 가리비껍데기, 손에는 지팡이와 호리병박을 든 순례자 동상의 받침돌에 새겨져 있는 글귀였다. 동상은 지금 우리가 다시 체험하고 있는, 이제는 거의 잊혀진 순례의 시대를 상기시켜주었다.

우리는 지난밤을 순례길을 따라 위치한 수많은 수도원 중 한 곳에서 보냈다. 우리를 맞아주었던 문지기 수도사는 수도원 성벽 안쪽에서는 단 한 마디도 해서는 안 된다고 주의를 주었다. 한 젊은 수도사가 우리를 각각 독방으로 안내했다. 방에는 딱딱

한 침대와 낡았지만 깨끗한 시트, 물 항아리와 세수를 하기 위한 대야 등 꼭 필요한 것만 갖추어져 있었다. 수도도 더운물도 없었고, 식사 시간표는 문 뒤에 붙어 있었다.

우리는 정해진 시간에 식당으로 내려갔다. 침묵 서원을 한 수도사들은 눈빛으로만 소통을 했는데, 그들의 눈은 보통 사람들의 그것보다 훨씬 더 빛나는 것 같았다. 투박한 갈색 옷을 입은 수도사들과 함께 기다란 테이블에 앉자 식사가 나오기 시작했다. 페트루스가 자기 자리에서 내게 신호를 보냈다. 담배가 피우고 싶어 죽을 지경이라는 얘기였다. 하지만 아무래도 그 욕구를 포기한 채 밤을 지새워야만 할 상황인 것 같았다. 나 역시 마찬가지였다. 난 이미 생살이 거의 드러난 엄지손톱 뿌리에 검지손톱을 박고 있었다. 이처럼 좋은 시간에 나 자신에게 조금이라도 잔인해질 수는 없었으니까.

저녁식사는 야채수프와 빵, 생선과 포도주였다. 모두 기도를 했고 우리도 따라했다. 우리가 식사하는 동안, 한 수도사가 사도 바울의 서한을 단조로운 목소리로 낭독했다.

"그런데 하느님께서는 지혜 있다는 자들을 부끄럽게 하시려고 이 세상의 어리석은 사람들을 택하셨으며, 강하다는 자들을 부끄럽게 하시려고 이 세상의 약한 사람들을 택하셨습니다……"

수도사는 가늘고 억양 없는 목소리로 편지를 읽어나갔다.

“우리는 그리스도를 위하여 바보가 되었습니다. 우리는 지금 이 시간에도 굶주리고 목마르고 헐벗고 매 맞으며 집 없이 떠돌아 다니고 있습니다. 그러나 하느님의 나라는 말에 있지 않고 능력에 있습니다.”

코린트인들을 향한 사도 바울의 꾸짖음은 식사를 하는 내내 맨 벽으로 둘러싸인 식당 안에 울려 퍼졌다.

우리는 푸엔테 라 레이나로 들어서면서 수도원에서의 전날 밤에 대해 얘기를 나누었다. 나는 누군가 담배 냄새를 맡을까봐 잔뜩 겁에 질린 채 방에서 몰래 담배를 피웠음을 고백했다. 페트루스가 웃는 모습을 보고 그 역시 나와 같았음을 알 수 있었다.

“세례 요한은 사막으로 갔지만, 예수는 죄 지은 이들에게 돌아가 여행을 계속했지요. 나 역시 그걸 더 좋아합니다.”

사막에 머물렀던 기간을 제외하고, 예수는 생의 대부분을 사람들 사이에서 보냈다.

“그가 일으킨 첫번째 기적은, 영혼을 구원하거나 병자를 치유하거나 악마를 쫓아버린 게 아니라, 혼인 잔치에서 물을 맛좋은 포도주로 변화시킨 것이었지요. 집주인이 내놓을 포도주가 다 떨어졌기 때문이었죠.”

그 말을 하던 중 그는 갑자기 멈춰 섰다. 너무 급작스러운 그의 태도에 불안해진 나도 걸음을 멈췄다. 우리는 마을 이름이 유래하게 된 이름을 가진 다리 앞에 와 있었다. 하지만 페트루스는 우리가 가야 할 길을 바라보고 있지 않았다. 그는 강가에서 고무공을 가지고 놀고 있는 두 사내아이를 응시하고 있었다. 여덟 살에서 열 살 사이로 보이는 아이들은 우리의 존재를 알아차리지 못하고 있는 것 같았다. 페트루스는 다리를 건너가는 대신 제방의 경사면을 내려가더니 아이들 쪽으로 향했다. 난 늘 그랬듯이 아무 질문도 하지 않은 채 그의 뒤를 따라갔다.

아이들은 우리가 보고 있다는 것을 아직 모르고 있었다. 앉아서 그들이 노는 걸 지켜보던 페트루스는 공이 자기 옆으로 떨어지자 잽싸게 집어서는 내게 던져주었다. 날아오는 공을 잡은 나는 다음에 어떤 일이 일어날 것인지 궁금해졌다.

나이가 더 많아 보이는 소년이 내게 다가왔다. 처음에는 공을 돌려주고 싶은 충동을 느꼈지만, 난 너무나 이상해 보이는 페트루스의 행동에 무슨 일이 일어나는지 알아보기로 마음먹었다.

"공을 돌려주세요, 아저씨."

아이가 말했다.

난 내 앞 이 미터 정도 떨어진 곳에 있는 작은 얼굴을 바라보았다. 아이의 얼굴은 왠지 낯이 익었다. 집시를 만났을 때와 같은 느낌이었다.

공을 돌려달라고 되풀이해 말하던 소년은 나의 묵묵부답에 몸을 숙이더니 돌멩이 하나를 집어들었다.

"공을 돌려주지 않으면 이 돌을 던질 거예요."

아이는 위협을 했다.

페트루스와 또다른 아이는 말없이 나를 지켜보고 있었다. 소년의 도발이 날 자극했다.

"돌을 던지렴. 만약 돌이 날 맞혔다가는 널 잡아서 때려줄 테니까."

페트루스가 안도의 한숨을 쉬는 게 느껴졌다. 내 머릿속 깊은 곳에서 무언가 솟아나오려고 하는 것 같았다. 어디선가 이미 이 장면을 경험했던 것 같은 분명한 느낌이었다.

내 말에 겁을 집어먹은 소년은 돌을 땅바닥으로 던져버리고는 다른 접근을 시도했다.

"여기 푸엔테 라 레이나에는 아주 부자 순례자의 것이었던 성유물함이 있어요. 가리비껍데기가 있는 배낭을 보니 아저씨도 순례자인 줄 알겠네요. 공을 돌려주면 그 성유물함을 드릴게요. 강가에 있는 모래 속에 숨겨놓았거든요."

"난 이 공을 원해."

마음에도 없는 말이었다. 사실 내가 원한 것은 성유물함이었다. 소년은 진실을 말하고 있는 것 같았다. 하지만 페트루스가 어떤 이유로든 공을 필요로 하는 거라면 그를 실망시킬 수는 없었다. 그는 내 안내자니까.

"아저씨 제발요, 아저씨는 그 공이 필요하지도 않잖아요."

눈에 눈물이 그렁해진 아이가 말했다.

"아저씬 힘도 세고, 여행도 많이 하고 세상을 잘 아시잖아요. 난 이 강가밖에는 모르고, 장난감은 그 공밖에 없어요. 그러니까 돌려주세요, 제발."

아이의 말은 내 가슴에 곧바로 와닿았다. 하지만 이상할 정도로 익숙한 분위기와 어디선가 이미 이런 상황을 겪어본 것 같은 느낌이 나로 하여금 다시 저항하게 만들었다.

"아니, 난 이 공이 필요해. 네가 다른 공을 사도록 돈을 주마, 더 좋은 걸로 살 수 있도록. 하지만 이건 내 거야."

그 말을 했을 때, 시간이 홀연 멈춘 듯했다. 페트루스가 손가락으로 내 뒷덜미를 누르고 있지 않았는데도 내 주위의 풍경이 변하는 것 같았다. 아주 짧은 시간 동안 우리는 광활하고 공포스러운, 잿빛 사막으로 순간 이동해 간 것 같았다. 그곳에는 페트루스도 다른 소년도 없었다. 오직 나와 내 앞의 소년만이 있었다. 그는 나이가 더 들어 있었고, 친근하고 호감이 가는 모습을 하고 있었지만 그의 눈은 날 두렵게 하는 무언가로 빛나고 있었다.

환영은 일 초 이상 지속되지 않았다. 난 이미 푸엔테 라 레이나, 유럽의 여러 지점에서 시작되어 산티아고로 향하는 여러 갈래의 순례길이 하나로 합쳐지는 곳에 돌아와 있었다. 내 앞에는 소년이 공을 달라고 하고 있었고, 소년의 눈은 순하고 슬픈 빛을 띠고 있었다.

페트루스가 다가왔다. 그는 내 손에서 공을 가져다가 소년에게 돌려주었다.

"숨겨놓은 성유물함은 어디 있니?"

페트루스가 아이에게 물었다.

"무슨 성유물함이요?"

친구의 손을 잡고 물속으로 뛰어들며 아이가 되물었다.

제방 경사면을 다시 올라간 우리는 마침내 다리를 건넜다. 난 방금 일어난 일에 관해 질문하면서, 사막의 환영에 대해 얘기했다. 그러나 페트루스는 여기서 좀더 멀어지면 얘기하자며 화제를 돌렸다.

삼십 분쯤 지난 후, 우리는 로마제국 시대의 포장도로 유적이 남아 있는 길의 구간에 이르렀다. 그곳에는 폐허가 된 또하나의 다리가 있었다. 우린 수도사들이 싸준 아침을 먹기 위해 잠시 쉬기로 했다. 호밀빵과 요구르트, 그리고 염소젖 치즈였다.

"왜 아이의 공을 가지려고 한 거죠?"

페트루스가 물었다.

나는 공을 원했던 게 아니라고, 페트루스가 이상하게 행동했기 때문에 그렇게 한 거라고 말했다. 마치 공이 그에게 크게 중요하기라도 한 것 같았다고.

"사실 그랬어요. 난 당신이 자신의 개인 악마와 접촉해 이길 수 있도록 이끈 겁니다."

나의 개인 악마라고? 여행을 하는 내내 그토록 터무니없는 말은 들은 적이 없었다. 나는 피레네 산맥 한가운데를 엿새 동안 왕복했고, 아무런 마법도 보여주지 않는 사제 마법사를 만났고, 나 자신에 대해 우울한 생각과 죄의식과 콤플렉스 같은 잔인한 생각을 할 때마다 상처를 손톱으로 헤집어 내 엄지손톱에는 생살이 거의 드러나 있었다. 그 점에서는 페트루스의 말이 옳았다. 부정적인 생각이 현저하게 줄어든 것이다. 하지만 개인 악마 얘기는 지금까지 한 번도 들어본 적이 없었다. 그리고 그 말을 받아들이기는 쉽지 않을 듯했다.

"아까 다리를 건너기 전에 어떤 존재를 강렬하게 느꼈지요. 마치 누군가 우리한테 경고를 하려는 것 같았습니다. 그런데 경고는 내가 아닌 당신에게로 향한 것이었습니다. 곧 전투가 벌어질 것이고, 당신은 '선한 싸움'을 이끌어야 한다는 것이었습니다.

자신의 개인 악마가 누구인지 모를 때는, 그가 대개 가장 가까이 있는 사람을 통해 나타난다는 것에 주목해야 합니다. 주위를 둘러보니 아이들이 놀고 있는 게 보이더군요. 난 그 아이들을 통해 그가 경고를 하리라고 추론했지요. 하지만 그건 제 직감일 뿐이었어요. 그가 당신의 개인 악마라는 걸 확신하게 된 건, 당신이 공을 돌려주기를 거부했을 때였습니다."

난 내가 그렇게 행동했던 것은 그가 그렇게 하기를 원한다고 생각했기 때문이라고 말했다.

"왜 내 핑계를 대죠? 나는 한 마디도 안 했는데요?"

난 미약한 현기증을 느끼기 시작했다. 공복에 한 시간 동안 걸은 후 허겁지겁 먹은 음식 탓일 수도 있었다. 동시에, 소년이 내게 낯익게 느껴졌다는 것이 끊임없이 머릿속에 떠올랐다.

"당신의 개인 악마는 전형적인 세 가지 방식으로 당신을 유혹했어요. 협박과 약속, 그리고 당신의 약한 면을 건드린 거죠. 축하합니다. 당신은 용감하게 맞선 거예요."

그제야 난 아이에게 성유물함에 대해 물었던 것이 떠올랐다. 당시엔 소년이 우릴 속인 것이라고 생각했다. 그러나 숨겨져 있는 성유물함은 실제로 존재하는 것이 틀림없었다. 악마는 결코 거짓 약속을 하지 않으니까.

"소년이 성유물함에 대해 기억하지 못했던 건, 당신의 개인 악마가 이미 소년에게서 떠나버렸기 때문입니다."

그는 태연하게 계속 말했다.

"이제 그를 다시 불러들일 시간입니다. 당신은 그가 필요할 테니까요."

우리는 폐허가 된 낡은 다리 위에 앉아 있었다. 페트루스는 남은 음식을 정성스럽게 모아 수도사들이 준 종이봉지에 집어넣었다. 눈앞의 들판에는 일을 하러 모여들고 있는 농부들이 보였지만, 너무 멀어서 그들의 말소리는 알아들을 수가 없었다. 기복이 있는 대지는 구불구불한 물결을 이루고 있었고, 경작한 땅들은 신비한 풍경화를 그리고 있었다. 발 아래로는 가뭄으로 쇠잔해진 물줄기가 조용히 흘러가고 있었다.

"세상에 나오기 전에, 예수는 자신의 개인 악마와 대화하기 위해 사막으로 갔지요."

페트루스가 이야기를 시작했다.

"그는 악마에게서 인간에 대해 알아야 하는 것을 배웠지만, 악마가 자신에게 게임의 법칙을 지시하도록 내버려두진 않았죠. 그게 그가 악마를 이길 수 있었던 길이었습니다.

한 시인이 말했지요. 어떤 사람도 섬이 될 수는 없다고. 선한 싸움을 이끌기 위해서는 도움이 필요합니다. 우리에겐 친구가 필요하지만, 친구가 멀리 있을 때는 고독을 자신의 중요한 무기로 만들어야 합니다. 단호하게 목표에 다가가기 위해 주위의 모든 것으로부터 도움을 받아야 합니다. 모든 것 속에서 당신이 '선한 싸움'을 이끌어 승리하고자 하는 의지가 나타나야 합니다. 모든 사람들과 모든 것을 필요로 한다는 사실을 깨닫지 못한다면 우리는 오만한 전사가 되고 말 것이고, 그 오만함은 결국 우리 자신을 파괴하고 말 것입니다. 너무나 자신만만한 나머지 전쟁터의 함정들을 보지 못할 것이기 때문이지요."

전사와 전투 이야기를 들으면서 난 다시 카를로스 카스타네다의 작품 속의 돈 후안을 떠올렸다. 그 늙은 인디언 주술사도 제자가 아침식사를 소화시키기도 전에 설교를 했을지 궁금해졌다. 페트루스는 계속해서 말했다.

"우리를 둘러싸고 있는 물리적인 힘 외에, 우리 곁에는 근본적으로 영적인 두 개의 힘이 존재합니다. 천사와 악마지요. 천사는 언제나 우리를 보호해주는 신의 선물이죠. 그는 굳이 불러낼 필요가 없습니다. 당신 곁에 있는 천사의 모습은 어디서나 볼 수 있으니까요. 너그러운 시선으로 세상을 바라보기만 하면, 시냇물에서도, 밭에서 일하는 농부들에게서도, 그리고 파란 하늘에서도 그를 볼 수 있죠. 로마군단의 이름 없는 병사들이 만들어 우리가 강을 건널 수 있게 해주는 이 오래된 다리에도 당신을 지키는 천사의 모습은 존재합니다. 우리 조상들은 그를 수호천사라고 불렀지요.

악마 역시 일종의 천사입니다. 하지만 그는 자유롭고 반역적인 힘이죠. 난 그를 사자使者라고 부르고 싶군요. 우리와 세상을 이어주는 중요한 통로이기 때문이죠. 고대 사람들은 신들의 사자인 헤르메스와 헤르메스 트리스메기스투스*를 그런 존재로 생각했어요. 사자는 오직 물질적인 차원에서만 개입합니다. 그는 교회의 황금 안에 깃들어 있습니다. 황금은 땅에서 온 것이며, 땅은 사자의 영역입니다. 그는 우리가 하는 일과, 우리와 돈의 관계 속에 존재합니다. 우리가 자유롭게 내버려두면 그는 자기 마음대로 흩어져버리고 맙니다. 또한 쫓아내버리면, 우리는 그가 가르쳐줄 수 있는 많은 것들을 잃고 맙니다. 그는 세상과 인간에 대해 두루 알고 있으니까요. 하지만 우리가 그의 권능에 현혹당하게 되면, 우리는 그에게 소유됨과 동시에 선한 싸움에서 멀어지고 만다는 것을 명심해야 합니다.

자신의 사자가 누구인지를 알 수 있는 유일한 방법은 그와 친

---

* '세 곱절이나 위대한 헤르메스'라는 뜻의 헤르메스 트리스메기스투스는 매우 신비스러운 인물로, 전설에 따르면 기원전 3400년경에 활동했으며 이집트의 학문의 신 토트와 동일시되기도 한다. 그가 3만 6천 권에 이르는 연금술 서적을 남겼다는 설도 있다. 인류 역사상 최초의 연금술 대가이자 연금술의 원조로 숭배되고 있다.

구가 되는 것입니다. 그의 충고를 듣고, 필요할 때는 그에게 도움을 요청하는 것이죠. 그러나 결코 그가 자신의 규칙을 지시하도록 놔두어서는 안 됩니다. 당신이 소년에게 했듯이 말이죠. 그러기 위해서는, 먼저 당신이 무엇을 원하는지를 알아야 합니다. 그다음에는 그의 얼굴과 이름을 알아야 하고요."

"그걸 어떻게 알 수 있죠?"

내가 물었다.

페트루스는 나에게 '사자의 의식'을 가르쳐주었다.

"이 훈련은 가능하면 저녁에 하십시오. 그게 더 수월할 겁니다. 오늘 당신이 그를 처음 만나게 될 때, 그는 당신에게 자신의 이름을 밝힐 것입니다. 하지만 그의 이름은 절대 비밀이며, 그 누구에게도 말해서는 안 됩니다. 나한테까지도. 누구든 당신 사자의 이름을 아는 사람은 당신을 파괴할 수 있습니다."

페트루스가 일어섰고 우리는 다시 걷기 시작했다. 얼마 지나지 않아, 농부들이 경작을 하고 있는 들판에 도착했다. 우리는 그들과 몇 마디 인사를 나눈 다음 다시 길을 떠났다.

"이미지를 빌려 비유하자면, 천사는 당신의 갑옷이고 사자는 당신의 검이라고 할 수 있겠죠. 갑옷은 어떤 상황에서든 주인을 보호하지만, 검은 전투중에 땅에 떨어뜨릴 수도 있고, 친구를 죽일 수도 있고 그 칼끝이 주인을 향할 수도 있습니다. 검은 거의 모든 경우에 사용될 수 있죠, 그 위에 앉는 것만 빼고는."

그는 웃음을 터뜨리면서 말을 맺었다.

사자의 의식

자리에 앉아 완전히 긴장을 푸십시오. 마음이 자유롭게 떠돌도록, 생각이 구속 없이 흘러가도록 하십시오. 통제하지 말고 내버려두십시오. 잠시 후, 스스로에게 반복해서 말하십시오.

•

"이제 나는 편안하며 깊은 잠에 빠져든다."

•

마음이 비었고 어느 것에도 신경 쓰지 않는다고 느껴질 때, 당신 오른쪽에 굽이치는 불기둥을 상상하십시오. 활활 타오르는 밝은 불길입니다. 그런 다음 낮은 목소리로 말하십시오. "나의 잠재의식에게 모습을 드러낼 것을 명한다. 나에게 자신을 보여주고 마법의 비밀을 보여주기를."

•

잠시 기다리는 동안, 오직 불기둥에 집중하십시오. 만약 어떤 이미지가 나타난다면, 그것은 당신의 잠재의식의 발현입니다. 그것이 계속 유지되도록 노력하십시오.

•

오른쪽에 불기둥을 계속 살려두면서, 이번에는 왼쪽에 또 다른 불기둥을 상상하십시오. 불길이 활활 타오르면 나지막한 목소리로 말하십시오.

•

"나의 사자를 부르노니, 모든 사물과 모든 사람 안에서 나타나는 '어린양'의 힘이 내 안에서도 나타나기를. '사자의 이름'은 지금 내게 나타날지어다."

•

이제 두 불기둥 사이에 나타난 당신의 사자와 대화하십시오. 그에게 당신의 문제를 알려주고, 조언을 청하며, 필요한 지시를 내리십시오.

•

대화가 끝나면, 다음과 같은 말로 작별 인사를 하십시오.

•

"내가 행한 기적에 대해 '어린양'에게 감사한다. '사자의 이름'은 내가 부를 때마다 나타날 것이며, 멀리 있다 하더라도 내 과업을 실행하도록 도움을 줄지어다."

•

주註 : 처음 혹은 초기에 부를 때에는, 의식을 실행하는 사람의 집중력에 따라 사자가 자기 이름을 밝히지 않을 수도 있습니다. 그런 경우에는 다만 '그'라고 말하십시오. 의식이 제대로 실행되면, 사자는 텔레파시를 통해 자기 이름을 밝힐 것입니다. 그렇지 않은 경우에는, 이름을 밝히도록 계속 요구하십시오. 그리하여 그가 이름을 밝힌 후에만 대화를 시작하십시오. 의식이 반복되어 행해질수록 사자의 존재는 더욱 강력해지고 행동도 더욱 빨라질 것입니다.

우리는 점심식사를 하기 위해 마을에 잠시 머물렀다. 그곳에서 우리의 식사 시중을 들던 청년은 몹시 언짢은 표정이었다. 우리가 묻는 말에 대답하지도 않고, 음식을 아무렇게나 대충 놓더니, 급기야 페트루스의 버뮤다 팬츠에 커피를 쏟았다. 난 내 안내자가 완전히 달라지는 것을 지켜보았다. 그는 불같이 화를 내며 주인을 불러 격렬하게 항의했다. 결국 그는 화장실에서 여분의 반바지로 갈아입었고, 주인은 더럽혀진 바지를 빨아 널었다.

오후 두시의 햇빛이 페트루스의 반바지를 말리는 동안, 난 아침에 우리가 주고받은 이야기들을 곱씹어보았다. 소년에 관한 페트루스의 단언은 상당 부분 납득할 수 있었다. 어쨌거나 나는 사막과 얼굴의 환영을 보았으니까. 하지만 사자에 관한 이야기는 너무 오래된 옛날이야기처럼 들렸다. 지금 우리가 사는 시대에 지옥이니 죄, 악마라는 개념은 조금이라도 배운 사람이라면 믿기 어려운 이야기들이었다. 산티아고 순례길에서 배운 것보다 훨씬 더 오랜 시간 가르침을 받았던 성전에서는 사자, 즉 경멸적인 의미 없이 악마라고 불리는 존재는 땅의 힘을 지배하는 영이며 인간의 욕망에 기생하는 존재이기도 했다. 악마는 때로 마술적 작용에 쓰이기도 하고 때로 인간에게 도움을 줄 수도 있지만, 결코 일상적인 일에 관여하는 친구나 조언자는 아니었다. 페트루스는 내가 내 일이나 세속의 삶을 향상시키는 방편으로 사자의 우정을 사용할 수도 있다고 암시했지만, 그런 생각은 신성모독은 차치하더라도 내게 유치하게만 여겨졌다.

하지만 난 사뱅 부인에게 안내자에 대한 절대적인 복종을 맹세하지 않았던가. 난 한 번 더 엄지손톱 뿌리에 손톱을 깊이 박아넣어야 했다.

"그렇게까지 화를 내진 말았어야 했어요."

다시 길을 떠나면서 페트루스가 말했다.

"그가 커피를 쏟은 대상은 내가 아니라 자신이 증오하는 세상이었으니까요. 그는 자신의 상상력 너머에 거대한 세상이 존재한다는 걸 알고 있을 겁니다. 그리고 그런 세상에서 자신이 할 수 있는 일이라고는 일찍 일어나 빵집에 가서 빵을 사고, 잠시 머물다 가는 고객의 시중을 들고, 밤이 되면 결코 만날 수 없는 여인들을 꿈꾸며 자위행위를 하는 정도라는 것도."

낮잠을 자기 위해 걸음을 멈춰야 할 시간이었지만, 페트루스는 계속 걷기를 원했다. 그것이 자신의 너그럽지 못했던 행위에 대해 속죄하는 방식이라면서. 결국 아무 잘못도 하지 않은 나도 뜨겁게 내리쬐는 태양 아래 터벅터벅 걸음을 옮겨야 했다. 나는 선한 싸움에 대해 생각했고, 지금 이 순간에도 지구 곳곳에서 자신들이 원하지 않는 일을 하며 살아가는 수많은 사람들을 생각했다. 엄지손가락의 생살을 드러낸 '잔인성 훈련'은 내게 많은 것을 깨닫게 해주었다. 내 마음이 얼마나 나를 저버릴 수 있는지, 나 스스로도 받아들일 수 없는 행동을 하게 하는지, 나 자신에게 아무런 도움이 되지 않는 감정에 빠져들게 하는지 깨닫게 해준 것이었다. 그 순간 난 페트루스의 말이 옳기를 바랐다. 진정으로 사자라는 것이 존재해서 그와 함께 실제적인 일들을 의논하고, 그에게 세상사에 필요한 도움을 요청할 수도 있기를. 나는 밤이 오기를 갈망했다.

페트루스는 청년에 관한 얘기를 계속하더니 마침내 자신의 행동이 적절했다고 확신하며, 그것을 뒷받침하기 위해 또다시 기독교적인 논증을 펼쳐 보였다.

"그리스도는 부정한 여인은 용서했지만, 열매를 맺지 않는 무화과나무는 저주했어요. 나 역시 그저 좋은 사람이나 되려고 여기에 있는 것은 아닙니다."

물론 그렇다. 이제 그의 머릿속에서 문제는 해결되었다. 또다시 성서가 그를 구한 것이다.

우리는 밤 아홉시경 에스테야에 도착했다. 나는 목욕을 하고 저녁식사를 하러 내려갔다. 산티아고 순례길에 관한 첫번째 안내서의 저자인 에임리 피코는 에스테야를 "맛있는 빵과 훌륭한 포도주와 고기와 생선을 맛볼 수 있는 풍요로운 곳이며, 부드럽고 깨끗하며 수질이 뛰어난 에가의 물을 만날 수 있는 곳"으로 묘사했다. 강물을 마셔보진 못했지만, 음식으로 말하자면 피코의 말은 팔 세기가 지난 지금까지도 유효한 것 같았다. 우리는 어린 양의 넓적다리 스테이크와 아티초크, 리오하 산 최상급 포도주를 맛볼 수 있었다. 우리는 오랫동안 식탁에 앉아 포도주를 홀짝거리면서 이런저런 이야기를 나누었다. 마침내 페트루스는 내가 사자와 첫 접촉을 시도하기에 적절한 때가 되었다고 말했다.

우린 자리에서 일어나 도시의 거리를 거닐었다. 몇몇 골목길은 베네치아처럼 곧바로 물과 통하고 있었다. 난 그중 한 곳에 자리잡기로 마음먹었다. 페트루스는 이제부터 의식을 이끌 사람은 나라는 것을 알고 있었다. 그는 뒤로 약간 물러섰다.

나는 오랫동안 강물을 응시했다. 강물과 물소리는 점차 나를 세상에서 멀어지게 하면서 깊은 고요 속으로 이끌었다. 난 눈을 감고 첫번째 불기둥을 상상했다. 어느 정도 시간이 흐르자 불기둥이 나타났다.

의식의 주문을 외우자, 또다른 불기둥이 왼쪽에서 솟아올랐다. 일렁이는 두 불길 사이의 공간은 완전하게 비어 있었다. 나는 사자가 모습을 나타낼 수 있도록, 아무 생각도 하지 않으려고 노력하면서 그 공간을 응시하고 있었다. 그러나 사자는 모습을 드러내지 않았고 갑자기 이국적인 장면들이 눈앞에 나타났다. 피라미드의 입구, 순금 옷을 입은 여인, 불 주위에서 춤추는 흑인들. 난 재빠르게 연이어 지나가는 이미지들을 그저 흘러가게 내버려두었다. 지금까지 페트루스와 함께 거쳐온 순례길의 많은 노정들 역시 눈앞에 나타났다. 풍경, 식당, 숲 들의 모습이었다. 그리고 아무 예고도 없이, 아침에 보았던 잿빛 사막이 불기둥 사이에 펼쳐졌다. 잿빛 사막에 선 호감이 가는 얼굴의 한 남자가 나를 바라보고 있었다. 그의 눈은 위험해 보이는 광채로 빛나고 있었다.

그가 웃었다. 무아경 속에서 나도 미소 지었다. 그는 내게 닫혀 있는 지갑을 보여주더니 그걸 열어서 안을 보여주었다. 하지만 내가 있는 자리에서는 아무것도 볼 수가 없었다. 그때 내 머릿속에 자연스럽게 이름 하나가 떠올랐다. 아스트랭.* 난 그 이름을 마음속으로 새기며 두 불기둥 사이에서 그 이름이 출렁이게 했다. 사자는 고개를 끄덕였다. 그의 이름을 알아낸 것이었다.

이제 훈련을 끝맺을 시간이었다. 난 의식의 주문을 외우고 불기둥들을 껐다. 먼저 왼쪽 것을, 그다음엔 오른쪽 것을. 눈을 뜨자, 눈앞에 에가 강이 흐르고 있었다.

"생각했던 것보다는 수월하군요."

나는 페트루스에게 의식중에 일어난 일들을 얘기하면서 말했다.

"당신의 첫번째 접촉이었어요. 상호 인식과 우정의 접촉이죠. 그를 매일 불러내서 그와 함께 당신의 문제들에 관해 상의하고, 진정한 도움과 함정을 완벽하게 구분할 줄 안다면, 사자와의 대화는 생산적이 될 겁니다. 그를 만날 때마다 당신의 검을 반드시 곁에 두어야 한다는 것을 명심하도록 하세요."

"난 아직 내 검을 찾지도 못했는걸요."

* 이것도 물론 가명이다. (원주)

내가 반박했다.

"그래서 그가 당신한테 별 해를 끼치지 못하는 겁니다. 그렇지만 그를 너무 쉽게 생각해선 안 됩니다."

의식은 끝났다. 호텔로 돌아와 페트루스에게 인사하고 내 방에 들었다. 침대에 몸을 눕히자 점심 시중을 들던 가엾은 청년이 생각났다. 다시 돌아가 그에게 사자의 의식을 가르쳐주고 싶었다. 그가 원한다면 모든 것을 바꿀 수도 있다고 말해주고 싶었다. 하지만 세상을 구하고자 하는 게 다 무슨 소용인가. 난 아직 나 자신조차 구원하지 못했는데.*

* 여기서 '사자의 의식'은 불완전하게 묘사되었다. 사실 페트루스는 환영과 회상 그리고 아스트랭이 내게 보여주었던 지갑의 의미에 대해 설명해주었다. 하지만 사자와의 만남은 사람에 따라 다르게 나타나기 때문에, 나의 개인적인 경험을 너무 강조하는 것은 다른 이의 경험에 부정적인 방식으로 영향을 미칠 수도 있을 것 같아 여기에서는 밝히지 않았다. (원주)

사랑

"사자와의 대화는 정신적 세계에 관한 질문이 아닙니다."

다음날 페트루스가 말했다.

"사자는 물질적 세계와 관련해서만 도움을 줄 수 있습니다. 그것도 당신이 원하는 것을 정확히 알 때에만 당신을 도울 수 있어요."

우린 목을 축이기 위해 도중의 마을에 들렀다. 페트루스는 맥주를, 난 소다수를 주문했다. 내 잔받침에 고인 물을 손가락으로 찍어 식탁에 아무렇게나 그림을 그리면서 나는 생각에 잠겼다.

"사자가 내게 할 말이 있어서 소년을 통해 내게 나타난 거라고 말했었죠."

"긴급한 일이기 때문이겠죠."

페트루스가 단호하게 확인해줬다.

우리는 사자와 천사와 악마에 관해 또다시 논쟁을 벌였다. 나로서는 성전의 신비가 그처럼 실용적인 용도로 쓰인다는 게 납득하기 어려웠다. 페트루스는 우리가 항상 보상을 구해야 한다고 강조해 말했다. 나는 부자는 천국에 들어갈 수 없다는 예수의 말을 인용하며 반박했다.

"하지만 예수도 '달란트의 비유'를 들어 말하지 않았습니까. 주인의 재산을 그저 지키는 데 그치지 않고 불린 노예가 보상을 받는 것이죠. 사람들이 예수의 말을 믿고 따른 것은 그가 단지 훌륭한 설교자였기 때문이 아닙니다. 그가 기적을 행했고, 그를 따르는 사람들에게 보상을 해주었기 때문이에요."

"내 가게에선 아무도 예수를 욕되게 할 수 없소."

우리 얘기를 듣고 있던 가게 주인이 나섰다.

"우린 예수를 욕되게 한 적이 없어요. 예수를 욕되게 하는 것은, 그의 이름을 들먹이면서 죄를 짓는 것이지요. 당신들이 저기 대광장에서 했던 것처럼 말이오."

페트루스가 나직하게 말했다.

순간 가게 주인의 기세가 누그러졌다. 하지만 그는 곧 다급한 어조로 말했다.

"난 그 일과는 아무 상관이 없어요. 그때 난 어린아이였단 말이오."

"죄인은 언제나 다른 사람인 게지요."

페트루스가 중얼거렸다.

가게 주인은 부엌으로 들어가버렸다. 난 그들이 대체 무슨 이야기를 나눈 건지 물어보았다.

"오십 년 전 일이지요. 이십 세기 중반에, 한 집시가 바로 이 앞 대광장에서 화형을 당한 사건이 있었어요. 마법을 행하고 신성한 성체의 빵을 모독하는 불경한 언사로 주를 모욕했다는 게 그 죄였어요. 그 사건은 스페인 시민전쟁이 한창일 때라 묻혀버렸죠. 오늘날엔 아무도 그 일을 기억하지 않아요. 여기에 살았던 이 마을 주민들 외에는."

"근데 그걸 어떻게 알죠, 페트루스?"

"난 이미 산티아고 순례길을 따라 걸은 적이 있으니까요."

우린 텅 빈 가게에 남아 계속 마셨다. 눈부실 만큼 강렬한 햇빛이 내리쬐는 시에스타 시간이 되었다. 얼마 지나지 않아 가게 주인이 마을 신부와 함께 돌아왔다.

"당신들은 누구십니까?"

사제가 물었다.

페트루스는 자신의 배낭에 매달려 있는 가리비껍데기를 보여주었다. 천이백 년 동안 이 길을 통해 순례자들이 이 가게 앞을 지나갔고, 전통에 따라 모든 순례자는 어떤 상황에서건 존중받고 환영을 받았다. 사제는 어조를 바꾸었다.

"그런데 어째서 산티아고 순례자들이 그리스도에 대해 불경한 말을 할 수 있단 말입니까?"

교리문답에나 적절한 어조였다.

"우린 그리스도에 대해 불경한 말을 하지 않았습니다. 예수의 이름으로 저질러진 죄악에 대해 불경하게 말한 것이지요. 이곳에서 불태워져 죽임을 당한 집시의 사건처럼 말이죠."

가게 주인 역시 페트루스의 가방에 있는 가리비껍데기를 보고는 태도를 바꿔 조금은 정중하게 말했다.

"집시의 저주는 지금도 우리 마을에 남아 있어요."

가게 주인의 말에, 사제는 못마땅한 시선으로 그를 바라보았다.

페트루스가 어떤 저주가 남아 있다는 것인지 물었다. 사제는 그건 가톨릭교회에서는 인정하지 않는, 그저 마을 사람들 사이에서나 떠도는 이야기일 뿐이라고 일축했다. 그러자 주인이 나서서 말을 시작했다.

"집시가 숨을 거두기 전에, 마을에서 가장 어린아이에게 자신의 마귀가 깃들어 살게 될 거라고 했어요. 그 아이가 늙어서 죽게 되면, 마귀는 또다른 아이에게로 옮아 가고요. 그렇게 수세기 동안 계속될 거라고 했어요."

"이 마을의 땅은 주변 다른 마을들의 땅과 똑같아요."

사제가 즉시 되받아 말했다.

"그들이 가뭄으로 고통을 받으면 우리도 마찬가지로 고통을 받게 되죠. 비가 적당히 와서 수확이 좋으면 우리도 곳간을 한가득 채우게 되고요. 다른 마을들에서는 일어나지 않는 특별한 일이 이 마을에서 일어난 적은 없어요. 순전히 꾸며낸 이야기일 뿐입니다."

"그건 저주를 고립시켜놓았기 때문이에요."

가게 주인이 말했다.

"그렇다면 우리가 거기로 가보도록 하지요."

페트루스가 제안했다. 사제는 좋은 생각이라며 웃었고, 가게 주인은 재빨리 성호를 그었다. 하지만 그들은 움직일 생각을 하지 않았다. 페트루스는 계산을 한 다음, 저주를 받았다는 인물에게 우리를 안내해달라고 고집을 부렸다. 사제는 중요한 일을 하다 말고 와서 교회로 다시 돌아가야 한다며 누가 대답하기도 전에 자리를 떠나버렸다.

가게 주인은 불안한 시선으로 페트루스를 흘끗 바라보았다.

"걱정하지 마세요. 저주가 내려진 집만 알려주시면 됩니다. 우리가 이 마을에서 저주를 쫓아내도록 할 테니까요."

가게 주인은 우리와 함께 한낮의 뜨거운 태양 아래 흙먼지가 폴폴 날리는 거리로 나섰다. 마을 입구에 다다르자, 그는 멀리 보이는 순례길가에 위치한 집 하나를 가리켰다.

"우리는 저들이 필요로 하는 것이라면 음식이든 옷이든 모두 보내줍니다. 하지만 신부님도 저곳까지는 가지 않아요."

그는 변명을 늘어놓듯 말했다.

우린 그에게 작별 인사를 건넸다. 그는 설마 우리가 집 앞까지 가지는 않으리라고 생각했는지 잠시 기다렸다. 그러나 페트루스가 그 집 앞까지 가서 문을 두드릴 때, 뒤를 돌아보니 가게 주인은 사라지고 없었다. 문을 열어주러 나온 것은 예순 살쯤 되어 보이는 노부인이었다. 그녀의 옆에서 커다란 검은 개가 낯선 이의 방문을 반기는 듯 꼬리를 흔들고 있었다. 그녀는 빨래를 하던 중이며, 불 위에 솥을 올려놓았다고 하면서 우리에게 무엇을 원하는지 물었다. 우리를 보고 별로 놀라는 기색도 없었다. 저주에 관한 이야기를 듣지 못한 수많은 순례자들이 쉴 곳을 찾아 이 문을 두드렸으리라는 추측이 들었다.

"우리는 콤포스텔라로 가는 순례자들입니다. 뜨거운 물이 조금 필요해서요. 거절하지 않으시리라 믿습니다."

페트루스가 말했다.

노부인은 내키지 않은 표정으로 문을 활짝 열어주었다. 우리가 들어선 작은 거실에는 초라한 가구들이 깔끔하게 정돈되어 있었다. 비닐커버가 찢어져 있는 소파와 찬장, 포마이카 식탁과

의자 두 개가 전부였다. 찬장 위에는 예수 성심상聖心像과 성인상들, 그리고 면류관을 쓴 예수 수난상이 놓여 있었다. 작은 거실에는 두 개의 문이 나 있었는데, 살짝 열려 있는 문틈으로 방 안이 엿보였다. 노부인은 부엌으로 통하는 또다른 문 쪽으로 페트루스를 데려갔다.

"끓여놓은 물이 조금 있어요. 담을 그릇을 찾아올 테니, 가시던 길로 즉시 떠나실 수 있겠지요."

나는 거실에 커다란 개와 함께 남아 있었다. 개는 기분이 좋은지 순한 표정을 지으며 꼬리를 흔들었다. 곧 낡은 통조림 깡통을 들고 돌아온 노부인은 그 속에 더운물을 채워주고는 페트루스에게 내밀었다.

"자, 이제 떠나세요. 신의 가호가 함께하기를."

하지만 페트루스는 움직이지 않았다. 그는 자신의 가방에서 티백을 꺼내더니 물에 넣어 우려냈다. 그러면서 그녀의 환대에 감사한다며 차를 함께 마시고 싶다고 말했다.

난처한 기색이 역력해진 노부인은 잔 두 개를 가지고 와서는 페트루스와 함께 식탁에 앉았다. 난 개한테 시선을 고정시킨 채 옆에 앉아 그들의 대화를 들었다.

"마을에서 이 집에 저주가 내려졌다고 하는 말을 들었습니다."

페트루스는 담담한 목소리로 말했다. 그러자 그 말을 알아듣기라도 하는 듯이 개의 눈이 빛을 발했다. 노부인은 튀어오르듯 자리에서 벌떡 일어났다.

"거짓말이에요! 케케묵은 미신이라고요! 제발 빨리 마시고 나가주세요. 난 할 일이 많아요."

주인의 기분이 갑작스레 변한 것을 감지한 개는 경계 태세를 취한 채 움직이지 않고 가만히 있었다. 하지만 페트루스는 여전히 평온해 보였다. 그는 찻잔에 천천히 차를 따른 다음, 입술에 잔을 가져갔다가 한 모금도 마시지 않은 채 다시 식탁에 내려놓았다.

"너무 뜨겁군요. 조금 식을 때까지만 기다리죠."

하지만 노부인은 다시 자리에 앉지 않았다. 그녀는 우리의 존재를 몹시 불편해하고 있었고, 문을 열어준 것을 후회하고 있었다. 개를 응시하고 있는 내 모습을 본 그녀는 개를 자기 옆으로 불렀다. 개는 명령에 따랐지만 다시 나를 살피기 시작했다.

"친구, 그래서 그대의 사자가 어제 아이를 통해 그대에게 나타났던 거요."

페트루스가 나를 돌아보며 말했다.

문득 내가 내 의지에 따라 개를 바라보고 있는 게 아니라는 걸 깨달았다. 내가 이 집에 들어섰을 때부터 개는 내 시선을 자신에게 고정시켜두고 있었던 것이다. 그럼으로써 내가 자신의 의지대로 행동하도록 조종한 것이었다. 갑자기 엄청난 피로가 느껴지면서 찢어진 소파에 누워서 잠을 자고 싶어졌다. 바깥은 찌는 듯이 더웠고, 그 무더위에서 걷고 싶지 않았다. 모든 것이 이상해 보였고, 마치 함정에 빠진 것 같은 느낌이 들었다. 개는 계속 나를 응시하고 있었고, 개가 나를 바라볼수록 점점 더 졸음이 몰려왔다.

"자, 좀 마셔요. 부인께서 속히 우리가 떠나주기를 바라시니까."

페트루스가 자리에서 일어나 내게 찻잔을 내밀며 말했다.

난 약간 어지러웠지만 떨어뜨리지 않고 찻잔을 잡을 수 있었다. 뜨거운 차는 원기를 돋워주었다. 난 뭔가를 말하고 개의 이름을 묻고 싶었지만, 목소리가 나오지 않았다. 내 안에서 무언가 깨어나 실체를 드러내기 시작했다. 페트루스가 내게 가르쳐주지 않은 그 무엇이었다. 나 자신도 그 뜻을 모르는 이상한 언어를 소리내어 말하고 싶은, 통제할 수 없는 욕구였다. 페트루스가 차에 이상한 걸 넣은 게 아닌가 하는 의심이 들었다. 모든 것이 아득하게 느껴졌다. 페트루스에게 이제 그만 떠나달라고 반복해서 말하는 노부인의 목소리가 먼 곳에서 들려오는 듯 희미하게 들렸다. 도취 상태의 황홀경을 느끼며 머릿속에 떠오른 이상한 주문 같은 말들을 큰 소리로 말하고 싶어졌다.

순간, 방 안에 있는 이들 중 내 눈에 보이는 건 개밖에 없었다.

내가 이상한 말들을 뱉어내기 시작하자 개는 으르렁대기 시작했다. 개는 내 입에서 터져나오는 말들을 이해하고 있었다. 흥분한 나는 계속해서 점점 더 큰 소리로 말했다. 몸을 일으킨 개는 이를 드러냈다. 이제 그것은 내가 처음에 본 유순한 동물이 아니었다. 개는 언제라도 나를 공격할 수 있는 위협적이고 사악한 동물로 변해 있었다. 난 내가 뱉어내는 주문 같은 말들이 날 보호해주고 있음을 깨닫고는, 점점 더 큰 소리로 외치면서 개를 향해 모든 에너지를 집중했다. 내 안의 새로운 힘을, 개의 공격에서 날 지켜주는 어떤 힘의 존재를 느끼면서.

그때부터 주위의 모든 광경이 슬로모션으로 눈에 들어왔다. 노부인은 내게 다가와 소리를 질러대며 나를 집 밖으로 밀어내려 하고, 페트루스는 부인의 등을 잡고 만류하는 듯 보였다. 개는 그들에게는 아무런 관심도 보이지 않았다. 개는 계속 이를 드러낸 채 으르렁거리며 나만을 응시했다. 난 내가 말하고 있는 이상한 언어를 이해해보려고 애썼지만, 매번 그 뜻을 찾기 위해 말을 멈출 때마다 힘이 빠지는 것 같았다. 그때마다 개는 내게 가까이 다가왔고 더욱 공격적으로 변해갔다. 내가 이해해보려는 시도를 포기하고 언어를 소리 높여 외치자, 노부인도 따라서 소리를 지르기 시작했다. 개는 짖으면서 나를 위협했다. 하지만 내가 주문을 외우는 동안은 안전할 수 있었다. 귀에 거슬리는 웃음

소리가 크게 들려왔다. 그러나 그 웃음이 실제로 들리는 것인지 아니면 환청인지는 알 수 없었다.

갑자기 강한 바람이 집 안을 휩쓸고 지나감과 동시에 개가 나를 향해 힘차게 뛰어올랐다. 난 손을 들어 얼굴을 보호하면서 주문을 외쳤다. 주문의 효과가 있는지 알아보려 잠시 언어를 멈춘 순간 개는 있는 힘껏 내게로 달려들어 나를 소파 위로 넘어뜨렸다. 개와 나는 잠시 서로를 뚫어지게 바라보았다. 다음 순간 개는 갑자기 집 밖으로 달려나갔다.

발작적으로 울음이 터져나왔다. 난 오열하기 시작했다. 내 가족과, 아내와 친구들이 떠올랐다. 크나큰 사랑과 이상할 정도로 넘치는 기쁨이 느껴졌다. 그리고 노부인의 집에서 일어난 일을 홀연 이해할 것 같았다. 페트루스는 나를 팔로 감싸안은 채 집 밖으로 나섰다. 노부인은 우리를 밀어냈다. 주위를 둘러보았지만 어디에도 개의 흔적은 보이지 않았다. 난 페트루스에게 몸을 바싹 붙인 채 계속 울면서 뜨거운 햇빛 속을 걸었다.

그리고 얼마나 시간이 흘렀는지 무슨 일이 있었는지 기억나지 않았다. 페트루스가 얼굴과 목덜미를 물로 적셔주고 나서야 제정신으로 돌아올 수 있었다. 우리는 분수가에 앉아 있었다. 내가 마실 것을 찾자, 그는 그 상태에선 물 한 방울이라도 마시게 되면 토할 거라고 일러주었다. 약간 메스꺼웠지만 기분은 좋았다. 모든 인간과 모든 사물에 대한 크나큰 사랑이 내 안에서 일렁이는 걸 온몸으로 느낄 수 있었다. 주위를 둘러보니, 길가의 나무들과 작은 분수가 보였다. 신선한 바람과 숲속에서 지저귀는 새들의 노랫소리가 들려왔다. 페트루스가 말했던 천사의 얼굴을 보았다. 우리가 노부인의 집에서 얼마나 왔는지 물어보았다. 페트루스는 십오 분 정도를 걸어왔다고 대답했다.

"무슨 일이 일어난 건지 알고 싶겠죠."

그가 말했다.

사실, 그런 건 전혀 중요하게 느껴지지 않았다. 나는 지금 내 안에서 일렁이는 사랑 때문에 그저 행복했다. 개, 노부인, 가게 주인, 그 모든 것은 지금 내가 느끼고 있는 것과는 아무 상관 없는 아득한 기억들에 불과했다. 나는 페트루스에게 기분이 괜찮다고 조금 더 걷고 싶다고 말했다.

우리는 자리에서 일어나 산티아고 순례길을 다시 따라갔다. 나머지 오후 시간 내내 나는 거의 말을 하지 않았다. 그저 가슴 가득 충만한 감정에 푹 빠져 있었다. 가끔 페트루스가 정말로 차에 약을 탄 것은 아닌가 하는 생각이 들었지만, 그런 것 역시 전혀 중요하지 않았다. 중요한 것은 산과 개울물, 길가의 꽃들 그리고 내 천사의 영광스런 모습을 응시하는 것이었다.

우리는 저녁 여덟시에 호텔에 들었다. 나는 조금 감소하기는 했지만 여전히 지극한 행복감에 젖어 있었다. 주인은 숙박 기록을 위해 여권을 요구했다.

"브라질에서 오셨군요? 저도 거기 가봤어요. 이파네마 해변에 있는 호텔에서 묵었었죠."

뜻밖의 그 말에 나는 현실로 되돌아왔다. 산티아고 순례길 한가운데 있는, 수세기 전에 생긴 마을에 이파네마 해변을 거닐었다는 호텔 주인이 있었다.

"이젠 얘기할 준비가 되었어요. 오늘 무슨 일이 일어났던 건지 알아야겠어요."

나는 페트루스에게 말했다.

지복至福의 느낌은 사라져버리고, 그 자리에는 이성과 미지의 것에 대한 두려움, 그리고 다시 현실로 돌아가고자 하는 급한 마음이 다시 들어섰다.

"저녁식사 후에 얘기하죠."

식사가 끝난 후 페트루스는 호텔 주인에게 텔레비전은 켜두되 소리는 죽여달라고 부탁했다. 그는 그것이 너무 많은 질문을 하지 않으면서 모든 이야기를 들을 수 있는 가장 좋은 방법이라고 했다. 나의 일부분은 화면을 바라보고 있을 테니까. 그는 낮에 일어난 일을 내가 얼마나 기억하는지 알고 싶어했다. 난 그 집에서 나와서 분수까지 다다랐던 순간을 제외하고는 모두 기억한다고 말했다.

"기억하지 못하는 그 부분은 중요하지 않아요."

그가 대꾸했다. 텔레비전에서는 탄광 이야기를 다룬 영화가 시작되고 있었다. 등장인물들은 세기 초의 의상을 입고 있었다.

"어제 당신의 사자가 보낸 경고를 감지했을 때, 난 산티아고 순례길의 싸움이 일어날 것을 알았어요. 당신은 검을 되찾고 람의 의례를 배우러 이곳에 와 있습니다. 하지만 안내자가 순례자를 안내할 때마다 적어도 한 번은 서로의 통제에서 벗어나는 상황이 발생하죠. 순례중에 배우는 것을 실제로 시험하는 시간이죠. 당신 경우에는, 개와의 만남이 바로 그것이었고요.

싸움의 세세한 내용들과 동물들 안에 존재하는 수많은 악마에 관해서는 나중에 설명하도록 하죠. 지금 중요한 것은, 그 노부인이 저주에 익숙해져 있음을 이해하는 것입니다. 그녀는 저주를 당연한 것처럼 받아들였고, 세상의 인색함을 수긍했습니다. 아주 적은 것에 만족하는 법을 배운 거죠. 삶은 관대한 것이고, 언제나 우리에게 많은 것을 주고 싶어하는데 말입니다.

그 불쌍한 노부인에게서 악마를 내쫓으려는 시도는 동시에 그녀의 세계에 혼란을 일으키는 것이죠. 우리는 스스로에게 저지를 수 있는 잔인한 행위에 대해 이야기를 나눈 적이 있지요. 종종 우린 선을 보여주려고 하고 삶이 관대하다는 것을 보여주려고 하지만, 사람들은 그런 생각이 악마의 것인 양 거부합니다. 아무도 삶에게 많은 걸 바라려고 하지 않아요. 실패를 두려워하기 때문이죠. 하지만 '선한 싸움'을 이끌고 싶어하는 사람은 세상을 무궁무진한 보물로 바라봅니다. 누군가 발견해서 차지해주기를 바라고 있는 보물을 대하듯 하는 거죠."

페트루스는 내가 산티아고 순례길에서 무엇을 하고 있는지 아느냐고 물었다.

"내 검을 찾고 있죠."

"왜 검을 찾고 싶어하는 거죠?"

"검이 내게 성전의 권능과 지혜를 가져다줄 것이기 때문이죠."

난 내 대답이 그를 완전하게 만족시키지 못했음을 느꼈다. 그가 다시 말했다.

"당신은 보상을 찾아서 지금 여기 있습니다. 감히 꿈을 꾸며, 그 꿈을 현실로 변화시키기 위해서 할 수 있는 모든 것을 하고 있는 겁니다. 하지만 그보다 더 중요한 건, 당신의 검을 가지고 무엇을 할 것인지를 아는 것입니다. 우리가 그 검에 도달하기 전까지 확실하게 알아야 해요. 그런데 당신이 잘하고 있는 게 하나 있습니다. 보상을 추구한다는 점이죠. 당신은 노력을 보상받고 싶어하기 때문에 산티아고 순례길을 따라 걸어가는 겁니다. 당신은 내가 가르쳐준 모든 것을 실질적인 목적을 위해 적용했어요. 매우 긍정적인 점입니다.

이제 당신은 람의 의례와 자신의 직관을 결합하기만 하면 됩니다. 검을 발견한 다음 그것을 사용하는 올바른 방식을 결정하는 건 당신 마음의 언어니까요. 그렇지 않다면, 람의 의례는 성전의 쓸모없는 지혜처럼 되어버리고 말 것입니다."

표현만 다를 뿐, 이미 페트루스에게 들은 적이 있는 이야기였다. 그 말에 동의한다고 하더라도, 내가 알고 싶은 건 그런 게 아니었다. 도저히 이해할 수 없는 두 가지 사건이 일어났기 때문이었다. 내 입에서 나온 이상한 언어와, 개를 쫓아버리고 느낀 기쁨과 사랑의 느낌이 그것이었다.

"기쁨을 느낀 건 당신의 행동이 아가페의 영향을 받았기 때문입니다."

"당신은 아가페에 대해 자주 얘기하면서도, 그게 뭔지 정확하게 설명해준 적은 없었어요. 한 차원 높은 사랑의 형태라고 막연히 추측하긴 하지만."

"바로 그겁니다. 곧 그 강렬한 사랑을 느낄 순간이 올 겁니다. 사랑을 하는 사람을 연소시킬 만한 그런 사랑을. 그 순간을 기다리는 동안, 그 사랑이 당신 안에서 자유롭게 나타날 것임을 아는 것에 만족하십시오."

"이전에도 이번에 받은 느낌을 경험해본 적이 있어요. 하지만 그 시간이 매우 짧았고, 이것과는 조금 다르기도 했죠. 직업적인 성공을 이루었을 때나 무언가를 쟁취했을 때, 또는 운이 내게 유리하게 작용하는 걸 예감했을 때 등이죠. 하지만 그런 느낌이 솟구쳐오르면 난 나 자신을 닫아버리고 그 느낌을 강렬하게 경험하기를 두려워했어요. 그 기쁨이 다른 이들의 질투를 불러일으키지나 않을까, 내가 그런 걸 느낄 자격이 있는가에 대해 회의를 느끼면서 말이죠."

"우리는 모두 그렇게 행동합니다. 아가페를 알기 전까지는."

그는 텔레비전 화면에 시선을 고정시킨 채 그 사실을 인정했다. 난 내가 말했던 이상한 언어에 관해 물어보았다.

"나도 놀랐어요. 그건 산티아고 순례길에서 행하는 의례가 아니거든요. 그건 로마 순례길에서 행하는 람의 의례들에 속하는 카리스마*입니다."

카리스마에 관한 이야기를 들은 적이 있긴 했지만 나는 그에

* 그리스어로 카리스마(charisma)는 성령에 의해 주어진 예언, 기적 따위를 행하는 능력을 뜻한다.

게 좀더 자세한 설명을 해달라고 청했다.

"카리스마는 성령聖靈이 선물로 준, 우리 각자가 타고나는 은사입니다. 치유의 은사, 기적을 행하는 은사, 예언의 은사 등이죠. 당신은 방언의 은사를 경험한 겁니다. 성령강림 대축일에 사도들이 경험했던 것과 같은 은사죠. 방언의 은사는 성령과의 직접적인 소통과 관련이 있습니다. 그것은 힘있는 연설을 할 때나 당신의 경우처럼 마귀를 쫓는 의식을 행하거나 지혜를 발휘할 때 사용됩니다. 순례길에서 보낸 시간과 람의 의례는 당신 앞에 개가 나타난 것과 같은 위험으로만 인도하는 것이 아니라 당신 안의 방언의 은사를 일깨워주기도 한 것이지요. 당신이 검을 되찾고, 로마의 순례길을 따라 걸을 결심을 하지 않는 한, 그 은사는 다시 나타나지 않을 겁니다. 어쨌거나 좋은 징조였어요."

소리가 들리지 않는 텔레비전 화면 속의 탄광 이야기는, 끊임없이 논쟁하고 대화하는 남녀들의 모습으로 바뀌어 있었다. 때때로 화면 속 남녀는 포옹을 하기도 했다.

"마지막으로 한 가지 더 얘기하죠. 당신은 다시 그 개를 만날 수도 있습니다. 하지만 그렇더라도 방언의 은사를 되살리려고 하지 마십시오. 다시 돌아오지 않을 테니까요. 다만 당신의 직관이 말하는 것을 믿으세요. 그 직관을 깨워줄 또다른 람의 의례를 내가 가르쳐주겠습니다. 그렇게 함으로써, 당신은 점차 영혼의 신비한 언어를 깨우치게 될 것이며, 그것은 당신이 살아가는 매 순간에 매우 유용할 것입니다."

내가 드라마 줄거리에 재미를 느끼려고 하는 순간 페트루스는 텔레비전을 껐다. 그는 바를 향해 가더니 생수 한 병을 주문했다. 우린 물을 몇 모금씩 마시고는 시원한 곳으로 가 앉았다. 우린 잠시 서로 아무 말도 하지 않았다. 우리를 에워싸고 있는 밤의 정적 속에서 보이는 은하수는 끊임없이 내 목표를 상기시켜 주고 있었다. 검을 되찾는 것.

얼마간 시간이 흐른 후, 페트루스는 내게 직관을 깨어나게 하는 훈련, 즉 '물의 훈련'을 가르쳐주었다.

직관을 깨어나게 하기

물을 흡수하지 않는 매끈한 표면 위에 물웅덩이를 만드십시오. 그리고 한동안 그것을 응시합니다. 어떤 약속을 하거나 목적을 세우려 하지 말고, 그저 물을 가지고 놀기 시작하십시오. 그러다가 그 위에 아무 의미도 없는 그림을 그리십시오. 이 훈련을 일주일간 매일 적어도 십 분씩 행하십시오. 실질적인 결과를 얻으려고 하지 마십시오. 이 훈련은 조금씩 당신의 직관을 깨어나게 할 것입니다. 그리하여 하루 중 어떤 시간에 당신의 직관이 그 모습을 드러내더라도, 언제나 그것을 믿으십시오.

"난 좀 피곤해서 자러 가야겠어요."

페트루스가 말했다.

"하지만 당신은 지금 이 훈련을 실행하세요. 당신의 비밀스런 면인 직관을 깨어나게 하십시오. 논리에 맞느냐 맞지 않느냐는 신경 쓰지 마세요. 물은 유체이기 때문에 쉽게 다룰 수 없지요. 하지만 점차 물리적 힘을 사용하지 않고 새로운 세계와의 관계를 만들어나갈 수 있도록 당신을 도와줄 겁니다."

그는 호텔로 들어가기 전에 결론을 짓듯 말했다.

"개에게 도움을 받는 건 흔히 일어나는 일이 아닙니다."

난 밤의 서늘한 공기와 정적을 음미하고 있었다. 호텔은 마을에서 멀리 떨어져 있었고, 내 앞으로 나 있는 길 위에는 인적이라고는 없었다. 이파네마를 알고 있는 호텔 주인이 떠올랐다. 그는 매일 뜨거운 태양이 이글거리며 내리쬐는 이 척박한 곳에 와 있는 나를 이상하게 여겼다.

졸음이 몰려오기 시작했다. 나는 당장 훈련을 시도하기로 했다. 병에 남은 물을 모두 시멘트 바닥 위에 부었다. 즉시 작은 물웅덩이가 생겼다. 나는 마음속에 어떤 이미지도, 형태도 떠올리지 않았고 무엇을 찾지도 않았다. 나는 차가운 물에 손가락을 넣고 휘저었다. 불기둥의 불꽃을 바라봤을 때 느꼈던 황홀경과 비슷한 느낌이 들었다. 나는 아무 생각도 하지 않은 채 그저 즐길 뿐이었다. 물웅덩이를 가지고 장난을 치듯이. 둥글게 모인 물웅덩이 가장자리에 줄 몇 개를 그리자, 물웅덩이는 젖은 태양처럼 보였다. 그러나 이내 줄은 원에 빨려들어가 섞이고 둥근 하나가 되었다. 난 손바닥으로 물웅덩이 한가운데를 두드렸다. 시멘트 바닥으로 튄 물방울들은 회색 캔버스에 그린 검은 별들처럼 보였다. 난 아무런 목적의식 없이, 엉뚱하고 유쾌한 이 훈련에 완전히 빠져들었다. 내 머리는 깊이 생각하는 것을 완전히 멈춰버렸다. 오랫동안 이완하고 명상을 해야 도달할 수 있는 상태가 된 것이었다. 동시에 무언가 내게 말을 걸어왔다. 내 존재의 깊은 곳, 가장 깊이 감추어진 곳에서 어떤 힘이 생겨나 그 모습을 드러내려 하고 있다고.

나는 한참 동안 물웅덩이와 더불어 놀았다. 훈련을 끝내기가 어려웠다. 페트루스가 순례 초기에 물의 훈련을 가르쳐주었더라면, 난 분명 시간낭비라고 생각했을 것이다. 하지만 지금 나는 이상한 언어로 말하고 악마를 쫓아냈고, 이 물웅덩이는 미약하게나마 은하수와 나를 이어주고 있었다. 물웅덩이는 내게 은하수의 별들을 보여주고 오묘한 무늬를 그려 보임으로써, 지금 내가 시간낭비를 하는 게 아니라 세상과 소통하는 새로운 코드를 창조하고 있음을 느끼게 해주었다. 영혼의 비밀스런 코드. 우리 모두 알고는 있지만 거의 귀 기울여 듣지 않는 언어.

내가 다시 나 자신으로 돌아왔을 때는 이미 한밤중이었다. 현관 불이 꺼져 있어 소리를 내지 않고 조심스럽게 들어가야 했다. 방에 들어간 나는 다시 한번 아스트랭을 불러냈다. 그는 좀더 분명한 모습으로 나타났고, 난 그에게 잠시 내 검과 삶의 목표에 관해 이야기했다. 그는 아무 말도 하지 않았다. 하지만 페트루스는 말했었다. 기원祈願을 거듭하다보면 아스트랭이 내 곁에서 생생하게 살아 있는 강력한 존재가 될 거라고.

결혼

로그로뇨는 산티아고 순례길을 따라 걷는 순례자들이 통과하는 큰 도시 중 하나이다. 지금까지 우리가 거쳐온 곳 중 도시라 할 만한 곳은, 하룻밤도 묵지 않고 지나온 팜플로나밖에 없었다. 오후에 로그로뇨에 도착했을 때는 커다란 축제가 열리려던 참이었다. 페트루스는 적어도 하룻밤 정도는 그곳에 머물 것이라고 말했다.

이미 전원의 정적과 자유로움에 익숙해진 나로서는 페트루스의 의견이 별로 마음에 들지 않았다. 개와의 사건이 있은 지 닷새가 지났고, 난 매일 저녁 아스트랭을 불러내며 물의 훈련을 실행하고 있었다. 처음보다 훨씬 더 평온해진 나는, 훗날 내가 할 일을 위해 산티아고 순례길이 얼마나 중요한지 자각하고 있었다.

날이 가물고 음식은 입에 맞는 적이 거의 없었고 여러 날 걷느라 지칠 대로 지쳐 있었지만, 나는 진정 꿈을 살아내고 있었다.

로그로뇨에 도착하고 난 후 나는 퍼뜩 꿈에서 깨어났다. 이제 한가로운 전원의 뜨겁고 순수한 공기는 느껴지지 않았다. 그곳은 자동차와 기자들과 텔레비전 취재팀으로 북적거리고 있었다. 페트루스는 처음 보이는 술집에 들어가서 무슨 일이 있냐고 물었다.

"모르셨어요? 오늘 엠M 대령님 따님의 결혼식이잖아요."

주인이 대답했다.

"광장에서 대연회가 열릴 예정이라 오늘은 일찍 가게 문을 닫습니다."

그 상황에서 호텔방을 잡기란 어려운 일이었다. 하지만 페트루스의 배낭에 매달린 가리비껍데기를 본 한 노부부가 우리에게 머물 곳을 제공해주었다. 목욕을 한 다음 나는 가져온 유일한 여분의 바지로 갈아입은 후 페트루스와 함께 밖으로 나섰다.

광장에는 스모킹 재킷과 검은 드레스를 입은 수십 명의 종업원이 땀을 흘리면서 곳곳에 놓인 테이블들을 마지막으로 점검하고 있었다. 스페인 텔레비전 방송국이 몇몇 준비 과정을 촬영하고 있었다. 우리는 예식이 시작될 '산티아고엘레알' 교회로 향하는 작은 길로 들어섰다.

잘 차려입은 손님들, 더운 날씨에 화장이 곧 녹아내릴 것 같은 여인들, 하얀 정장을 입은 뾰로통한 표정의 아이들이 쉴새없이 교회 안으로 들어오고 있었다. 검은 리무진이 정면 현관 앞에 멈춰 서자 몇 차례 폭죽이 터졌다. 신랑이 도착한 것이었다. 교회 안은 입추의 여지가 없었다. 페트루스와 나는 다시 광장으로 돌아가기로 했다. 결혼식이 끝나고 연회가 시작되기를 기다리면서 내가 벤치에 앉아 있는 동안, 페트루스는 근처를 한 바퀴 돌아보러 갔다. 내 옆에는 늙은 팝콘 장수가 얼른 예식이 끝나 매상을 좀 올릴 수 있기를 기다리고 있었다.

"댁도 초대받은 거요?"

그가 내게 물었다.

"아뇨. 우린 콤포스텔라로 가는 순례자들입니다."

"마드리드에서 오는 직행 기차가 있어요. 금요일에 타면 호텔이 무료고요."

"하지만 우린 순례를 하는 겁니다."

상인은 나를 바라보더니 진지한 표정으로 맞받아쳤다.

"순례는 성자들이나 하는 거요."

난 더 입씨름하지 않기로 했다. 노인은 자신의 딸도 결혼했지만 지금은 남편과 별거중이라고 말했다.

"프랑코가 통치하던 시대엔 지금보다 더 서로 존중하며 살았지요. 지금은 아무도 가족이 중요하다고 생각지를 않아요."

낯선 곳에서 정치에 관해 논쟁을 벌여봤자 좋을 게 없다고는 하지만, 그 말에 그냥 넘어갈 수는 없었다. 난 노인에게, 프랑코는 독재자이며 그 시절이 지금보다 나을 턱이 없다고 말했다. 노인의 얼굴은 시뻘겋게 달아올랐다.

"당신이 뭔데 그런 말을 하는 거요?"

"난 이 나라의 역사를 알고 있습니다. 이 나라 민중이 자유를 위해 싸웠다는 것을 알고 있지요. 스페인 내전에서 프랑코의 군대가 어떤 참상을 일으켰는지 쓴 책들을 읽었지요."

"난 그 전쟁에 참전했소. 내 가족의 피가 뿌려진 그 전쟁에 있었단 말이오. 당신이 읽었다는 역사 이야기 같은 건 관심 없소. 내게 중요한 건 내 가족의 일이오. 난 프랑코에 대항해서 싸웠지만, 그가 승리한 후 내 삶은 더 나아졌소. 난 가난하지도 않고, 팝콘 수레도 가지고 있어요. 하지만 내게 이걸 준 건 지금의 사회주의 정부가 아니란 말이오. 옛날이 살기가 더 좋았지."

페트루스가 한 말이 떠올랐다. 사람들은 아주 작은 것에 만족하며 살아간다는. 난 더 우기지 않고 자리를 옮겨 앉았다. 페트루스가 돌아오자 그에게 팝콘 장수 이야기를 해주었다.

"논쟁을 하는 건 아주 좋은 겁니다."

그가 논평했다.

"자신이 말하고 있는 것을 확신하고 싶을 때는 말이죠. 나는 이탈리아 공산당원이지만, 당신이 그 파시스트의 편이라는 건 몰랐군요."

"파시스트의 편이라뇨?!"

내가 화를 내며 소리쳤다.

"노인으로 하여금 프랑코 체제가 더 살기 좋았다고 확신하도록 했지 않소. 그동안 잘 몰랐던 이유를 당신 덕분에 이젠 분명히 알게 되었으니까요."

"이탈리아 공산당원이 성령의 은사를 믿는다니 나는 그게 놀라운데요."

"이런, 옆 사람들이 우릴 어떻게 생각할지 조심해야겠군요."

우린 함께 웃음을 터뜨렸다. 또다시 폭죽이 터졌다. 광장의 공연장에 오케스트라가 자리를 잡았다. 연주자들은 각자 연주할 악기를 조율하고 있었다. 축제가 곧 시작될 모양이었다.

난 하늘을 올려다보았다. 어둠이 깔리면서 별들이 하나둘씩 나타나고 있었다. 웨이터에게 간 페트루스는 포도주가 담긴 두 개의 플라스틱 잔을 들고 돌아왔다.

"축제가 시작되기 전에 마시는 한잔은 행운을 불러오지요."

그는 내게 잔을 내밀면서 말했다.

"그 팝콘 장수 노인을 잊게 해줄 겁니다."

"벌써 잊었는걸요."

"글쎄요, 다시 떠올려야 할 겁니다. 그 일은 잘못된 판단이 빚어내는 행동이 무엇인지 알려주는 상징적인 메시지였어요. 우리는 자신의 세계관으로 사람들을 설득하려고 끊임없이 애쓰지요. 자신과 생각이 같은 사람들이 많아지면 많아질수록 그 세계관이 진실이라고 확신하게 되기 때문이죠. 하지만 결코 그렇지 않습니다.

주위를 둘러보세요. 성대한 잔치가 열리려 하고 있습니다. 많은 것이 동시에 축하를 받을 겁니다. 딸을 결혼시키는 아버지의 소망, 결혼하고 싶었던 딸의 바람, 신랑의 꿈 말입니다. 좋은 일이죠. 그들은 그 꿈을 믿었고, 자신들이 하나의 목표를 이루었음을 모두에게 보여주고 싶어했으니까요. 무엇을 설득시키려고 하는 축제가 아니죠. 그래서 즐거울 수 있는 것이고요. 모든 것이, 이들이 사랑이라는 '선한 싸움'을 이끈 사람들이라는 걸 보여주고 있어요."

"하지만 당신 역시 나를 설득하려고 애쓰지 않습니까, 페트루스. 나를 산티아고 순례길로 안내하면서요."

그는 나를 차갑게 응시했다.

"나는 단지 당신에게 람의 의례들을 가르쳐주었을 뿐입니다. 하지만 당신은 삶의 진실이 길 위에 있음을 마음속 깊이 깨닫지 않고는 결코 검에 도달할 수 없을 것입니다."

그는 손가락으로 별들이 또렷하게 보이는 하늘을 가리켰다.

"은하수는 콤포스텔라까지 이르는 길을 안내해주죠. 어떤 종교도 모든 별을 한데 모을 수는 없습니다. 만약 그럴 수 있다면, 우주는 거대한 빈 공간으로 변해버려 그 존재 이유를 잃고 말 겁니다. 각각의 별, 그리고 각각의 인간은 자신만의 공간과 고유한 특성을 지니고 있지요. 초록색, 노란색, 파란색, 하얀색, 혜성, 유성, 운석, 성운, 고리 모양의 각기 다른 별들이 존재하는 것처럼. 여기 아래에서 올려다보면 똑같이 작은 점처럼 보이는 것들도 실상은, 인간의 이해를 넘어서는 공간에 흩어져 있는 수없이 많은 각기 다른 존재들이죠."

한 다발의 폭죽이 터지자, 그 빛에 가려 잠시 별들이 보이지 않았다. 푸른빛을 띤 반짝이는 작은 파편들이 폭포처럼 쏟아져 내렸다.

"저 폭죽들도 아까 낮에는 날이 밝았기 때문에 소리만 들을 수 있었지만, 지금은 어둠으로 인해 빛을 볼 수 있는 것입니다."

페트루스가 결론을 짓듯 말했다.

"그것이 인간이 바랄 수 있는 유일한 변화입니다."

신부가 교회에서 나오자 사람들이 쌀을 던지며 환호성을 질렸다. 열일곱 살 정도로 보이는 가냘픈 신부는 성장을 한 청년의 팔짱을 끼고 있었다. 예식에 참여했던 하객들은 그 둘과 함께 광장으로 향했다.

"저분이 엠 대령이야! 신부의 드레스 좀 봐! 정말 아름답다!"

우리 주위에 모여 있는 처녀들이 소리쳤다. 손님들이 테이블로 다가가자, 웨이터들이 포도주를 따라주었다. 오케스트라가 연주를 시작했다. 팝콘 장수 주위로 아이들이 소란스럽게 몰려들어 동전 한 닢씩을 내밀었다. 아이들이 먹고 버린 팝콘 봉지가 순식간에 땅바닥에 흩어져 굴러다녔다. 로그로뇨의 주민들에게 적어도 오늘 저녁만큼은 세상에서 일어나는 다른 일들은 존재하지 않는 것 같았다. 핵전쟁의 위협, 실업, 범죄는 그들과 거리가 먼 얘기였다. 오늘 저녁은 축제였다. 주민들을 위해 광장에는 잔칫상이 차려지고, 모든 사람은 자신이 중요한 존재임을 느끼고 있었다.

텔레비전 촬영팀이 우리를 향해 오자 페트루스는 얼굴을 가렸다. 그들은 우리 근처에 서 있는 한 손님에게 다가갔다. 난 즉시 그 주인공을 알아보았다. 월드컵 때 스페인 팀의 감독이었던 마놀로였다. 인터뷰가 끝나자 난 그와 이야기를 하러 다가갔다. 내가 브라질인임을 밝히자 그는 화내는 척하며 월드컵 첫 경기 당시 도둑맞은 골에 대해 항의했다.* 하지만, 즉시 그는 나를 포옹

하며, 브라질 팀은 곧 다시 세계 최강이 될 것이라고 말했다.

"어떻게 경기장에서 쉴새없이 뛰어다니고 팀을 북돋우면서 경기의 흐름을 장악할 수 있는 거죠?"

나는 그에게 물었다. 월드컵 경기를 다시 보면서 내가 가장 궁금했던 것이 바로 그 점이었다.

"그게 바로 내가 기쁜 마음으로 하는 일이거든요. 팀으로 하여금 승리를 믿게 하는 것 말입니다."

그리고 그는 산티아고 순례길의 안내자라도 된 것처럼 이렇게 말했다.

"신념이 없는 팀은 자신의 조국에 승리를 안겨주지 못하는 법입니다."

마놀로는 곧 다른 사람들에게 불려갔지만, 난 그가 한 말을 계속 곱씹었다. 산티아고 순례길을 따라 걸은 적이 한 번도 없는 그도 '선한 싸움'을 이끈다는 것이 무엇인지 알고 있는 것이었다.

텔레비전 촬영팀 때문에 불편함을 느낀 페트루스는 구석에 몸을 숨기고 있었다. 그는 그들이 카메라를 끈 다음에야 광장의 나무 뒤에서 나와 긴장을 풀었다. 우리는 포도주 두 잔을 더 주문

---

* 1986년 멕시코에서 열렸던 스페인과 브라질의 경기중에, 공이 땅 위를 튀며 날기 전에 터치라인 안쪽을 맞혔던 것을 심판이 보지 못했기 때문에 스페인의 골 하나가 무효가 된 일이 있었다. 그 시합에서 브라질은 1대 0으로 승리했다. (원주)

하고 카나페 한 접시를 담은 다음, 페트루스가 찾아낸 테이블로 가서 다른 손님들과 함께 자리를 잡았다.

갓 결혼한 신랑 신부가 거대한 웨딩 케이크를 잘랐다. 다시 환호성이 울려 퍼졌다.

"저들은 진정 서로 사랑하겠지."

나는 나도 모르게 마음속 생각을 큰 소리로 말했다.

"물론 서로 사랑하죠."

우리 테이블에 앉아 있던 짙은 색 정장을 입은 신사가 한술 더 떠서 말했다.

"다른 이유로 결혼하는 사람도 있나요?"

난 페트루스가 팝콘 장수에 대해 이야기했을 때 한 말을 떠올리며 대답을 안으로 삼켰다. 하지만 내 안내자는 그 지적에 그냥 넘어갈 수가 없었다.

"어떤 종류의 사랑을 말하는 건가요, 에로스, 필로스 아니면 아가페?"

신사는 어리둥절한 표정으로 그를 바라보았다. 페트루스는 자리에서 일어나 자신의 잔을 채운 다음, 굳은 다리를 풀러 가자고 말했다.

"그리스어에는 사랑을 가리키는 세 단어가 있지요."

그가 이야기를 시작했다.

"오늘 당신은 에로스의 발현을 지켜본 겁니다. 두 사람 사이의 감정을 말하는 거죠."

신랑 신부는 사진을 찍기 위해 미소를 지어 보이면서 하객들의 축하를 받았다.

"서로 사랑하는 것 같아 보이는군요."

그가 커플을 가리키면서 말했다.

"그들은 사랑은 발전해나가는 것이라고 생각하죠. 하지만 곧 상대방 외에는 아무도 없게 되어 저희끼리 가정을 꾸리고 모험을 함께 겪어나가게 되며 삶을 위해 투쟁하게 되겠죠. 그로 인해 사랑은 커져가고, 가치를 지니게 되고요. 남편은 군에 입대하여 이력을 쌓아나가고, 아내는 어릴 적부터 배운 요리법을 익히며 훌륭한 안주인으로서의 역할을 수행해나가겠지요. 서로의 동반자로서 아이들을 낳고 키우면서 함께 무언가를 이루어나간다고 느끼는 건, 그들이 '선한 싸움'을 함께 이끌어나가기 때문입니다. 따라서 어딘가에 숨어 있을 함정에도 불구하고, 그들은 언제나 행복할 수 있을 겁니다.

하지만 지금 한 이야기는 전혀 다른 방향으로 진행될 수도 있습니다. 신랑은 자신이 다른 여인들에게 느끼는 에로스, 즉 자신이 느끼는 모든 사랑을 자유롭게 표현할 수 없다는 걸 느끼게 될 수도 있죠. 신부는 남편을 따르기 위해 자신이 직장생활을 하면서 쌓은 경력과 빛나는 삶을 희생했음을 의식하게 될 수도 있고요. 따라서 힘을 합쳐 무언가를 창조해가는 대신, 사랑하는 법을 누군가에게 빼앗긴 듯 느끼게 되는 겁니다. 그들을 하나로 만들어준 영인 에로스가 점차 나쁜 측면만을 보여주게 되는 것이죠. 그리하여 신이 인간에게 부여한 가장 고귀한 감정이 증오와 파괴의 원인으로 변해가는 겁니다."

주위를 둘러보았다. 많은 커플들 속에 에로스가 존재하고 있었다. 물의 훈련으로 인해 깨어난 마음속의 언어 덕분에 나는 다른 방식으로 사람들을 보게 되었다. 어쩌면 들판에서 보낸 고독한 시간 때문일 수도, 어쩌면 람의 의례 때문일 수도 있었다. 페트루스가 묘사한 것처럼, 난 선한 에로스와 나쁜 에로스를 구분할 수 있었다.

"얼마나 흥미로운지 잘 보십시오."

나와 같은 것을 주목한 그가 말했다.

"선한 것이건 나쁜 것이건, 에로스는 각각의 사람에게 다른 얼굴로 나타납니다. 아까 말한 별들처럼 말이지요. 그 누구도 에로스에게서 벗어날 수는 없어요. 우리 모두 그의 존재가 필요하기 때문이죠. 종종 그로 인해 각자의 고독 속으로 몸을 숨긴 채 세상과 멀어짐을 느끼기도 하지만."

오케스트라가 왈츠곡을 연주하기 시작했다. 사람들은 시멘트로 포장된 공연장 앞 공터로 모여들어 춤을 추기 시작했다. 술기운 탓에 사람들은 더 행복해 보였다. 그들 중 마치 왈츠를 출 기회를 얻으려 이 결혼식을 기다려온 것처럼 보이는 푸른 옷을 입은 소녀가 눈에 띄었다. 그녀가 눈으로 좇고 있는 것은 밝은 색 정장을 말쑥하게 차려입고 한 무리의 친구들과 어울려 놀고 있는 한 청년이었다. 청년들은 유쾌하게 웃고 떠드느라 왈츠가 시작된 것도, 몇 미터 떨어진 곳에서 푸른 옷을 입은 소녀가 자신들 중 하나를 계속 지켜보고 있다는 것도 알아차리지 못했다.

그들이 사는 곳이 작은 도시라는 점을 생각하면, 소녀는 어렸을 적부터 그 청년과의 결혼을 꿈꿔왔을지도 모른다. 내가 자신을 지켜보고 있다는 걸 알아차린 푸른 옷의 소녀는 그 자리를 떠났다. 이번에는 청년이 눈으로 그녀를 찾았다. 다른 소녀들과 있는 그녀를 발견한 그는 다시 활기차게 대화를 시작했다.

난 페트루스에게 두 젊은이를 유심히 살펴보도록 했다. 그들이 주고받는 시선을 한동안 따라가던 그는 다시 자신의 와인잔으로 눈길을 돌렸다.

"저들은 사랑하는 게 부끄러운 일인 양 행동하는군요."

그는 딱 한마디만 할 뿐이었다.

우리 앞에는 우리를 응시하는 한 소녀가 있었다. 기껏해야 내

나이의 반 정도밖에 되어 보이지 않는 소녀였다. 페트루스는 그녀를 향해 잔을 들어 보여 건배를 청했다. 소녀는 약간 거북한 표정으로 웃으면서, 더 가까이 다가오지 못하는 것에 대해 해명이라도 하듯 손짓으로 자신의 부모를 가리켰다.

"바로 사랑의 아름다운 면이죠."

페트루스가 말했다.

"도전적인 사랑이죠. 멀리서 와서 내일이면 떠나버릴 나이 많은 두 이방인에 대한 사랑. 그녀 역시 두루 돌아다니고 싶은 세상을 향해 떠날 사람들에게 갖는 사랑."

그의 목소리에서 포도주로 인한 약간의 취기가 느껴졌다.

"오늘 우리는 사랑에 관해서 이야기할 겁니다!"

내 안내자는 강한 어조로 외쳤다.

"끊임없이 자라나는 사랑, 세상을 움직이고 인간을 지혜롭게 하는 진정한 사랑에 관해서!"

우리 가까이에 있는, 잘 차려입은 한 여인은 연회에는 조금도 신경 쓰는 것 같지 않았다. 그녀는 이 테이블에서 저 테이블로 옮겨 다니면서, 잔과 접시와 포크들을 정리하고 있었다.

"쉴새없이 일을 하고 있는 저 여인을 보세요."

페트루스가 말했다.

"에로스에는 여러 면이 존재하는데, 이것이 그중 하나입니다.

불행 속에서 발현되는, 좌절한 사랑이죠. 저 여인은 신랑과 신부에게 축하의 입맞춤을 하면서도 마음속으로는 그들이 서로 어울리지 않는다고 중얼거립니다. 그녀는 자기 자신이 혼란스럽기 때문에 세상을 정돈하려고 합니다. 그리고 저쪽을 보십시오."

그는 진한 화장과 부자연스러운 머리 모양을 한 여인이 있는 다른 한 쌍을 가리켰다.

"허용된 에로스입니다. 열정의 자취가 사라진 사회적 사랑이죠. 자신의 역할을 받아들인 여자는 세상 그리고 '선한 싸움'과의 모든 끈을 끊어버린 겁니다."

"너무 냉소적이군요, 페트루스. 과연 그런 면에서 자유로울 수 있는 사람이 이곳에 있을까요?"

"물론 있죠. 아까 우리를 바라보던 그 소녀. 춤을 추던 청년들. 그들은 선한 에로스만을 알고 있죠. 그들이 이전 세대를 지배했던 사랑의 위선에 영향을 받지 않는다면, 세상은 분명 달라질 겁니다."

그러면서 그는 테이블에 앉아 있는 노부부를 가리켰다.

"저 두 사람처럼 말입니다. 저들은 다른 이들처럼 위선에 갉아먹히지 않았어요. 겉모습으로 볼 때, 농사를 짓는 사람들일 겁니다. 저들은 굶주리지 않고 살아가기 위해 함께 일할 수밖에 없었겠지요. 람에 관해서는 한 번도 들은 적이 없지만, 당신이 알고 있는 의례들을 아는 거예요. 자신들이 하는 일 속에서 사랑의 힘을 찾아낸 겁니다. 거기서 에로스는 자신의 가장 아름다운 모습을 발견하게 됩니다. 필로스와 하나가 되기 때문이죠."

"필로스가 뭐죠?"

"필로스는 우정의 형태로 나타나는 사랑입니다. 내가 당신과 다른 이들에게 느끼는 것이죠. 에로스가 더는 그 불꽃을 피워올리지 못할 때, 결합된 커플을 유지시켜주는 건 바로 필로스죠."

"그럼 아가페는?"

"지금은 아가페에 관해 얘기할 때가 아닙니다. 아가페는 에로스와 필로스 안에 존재하죠. 굳이 말로 표현하자면 그렇다는 겁니다. 이제 사랑 이야기는 그만하고 축제나 즐기러 갑시다."

페트루스는 잔에 포도주를 다시 채워넣었다.

주위를 둘러보니, 즐거움이 전염되는 것 같았다. 페트루스는 취해 있었다. 처음에 나는 그 모습에 다소 충격을 받았다. 하지만 그가 어느 날 오후에 한 말이 떠올랐다. 람의 의례들은 평범한 이에 의해 수행될 수 있어야만 의미가 있다는. 오늘밤 페트루스는 다른 이들처럼 평범한 한 사람일 뿐이었다. 사람들의 등을 툭툭 치며 자신에게 관심을 보이는 사람과 얘기를 나누는, 한 사람의 동료이자 친구였다. 잠시 후, 나는 몹시 취한 그를 부축해서 숙소까지 데려와야 했다.

숙소까지 가는 동안 나는 깨달았다. 내가 내 안내자를 인도하고 있음을. 여행하는 동안 그 어떤 순간에도 페트루스는 나보다 더 현명하거나 성스럽거나 더 나아 보이려 한 적이 없음을. 그는 내게 람의 의례를 행하며 자신이 한 경험을 전달해주는 데 그칠 뿐이었다. 게다가, 자신이 다른 이들처럼 에로스와 필로스 그리고 아가페를 경험하는 평범한 사람임을 보여주고자 했다.

힘이 솟는 것 같았다. 산티아고 순례길은 평범한 사람들의 것이었다.

열정

"내가 인간의 여러 언어를 말하고 천사의 말까지 한다 하더라도, 하느님의 말씀을 받아 전할 수 있다 하더라도, 온갖 신비를 환히 꿰뚫어보고 모든 지식을 가졌더라도, 산을 옮길 만한 완전한 믿음을 가졌다 하더라도 사랑이 없으면 나는 아무것도 아닙니다."

페트루스는 또다시 사도 바울의 말을 인용했다. 그에게 사도는 그리스도의 메시지를 전달하는 신비롭고 위대한 통역사였다. 우리는 아침 내내 걷고 오후에는 낚시를 했다. 한 마리도 낚지 않았지만 페트루스는 개의치 않았다. 그에 의하면, 낚시는 인간과 세상 사이의 관계를 나타내는 상징과도 같은 것이었다. 자신이 원하는 것이 무엇인지 알고 계속 노력한다면, 그것을 얻을 수 있다. 다만 목표에 도달하는 데 걸리는 시간은 신이 우리를 얼마나 도와주느냐에 따라 달라질 수 있다.

"중요한 결정을 내리기 전에는 시간이 걸리는 행위를 해보는 게 좋습니다. 선승들은 바위가 자라는 소리를 듣는다고 하지요. 내 경우는 낚시하는 걸 좋아하는 거고요."

햇빛이 뜨겁게 내리쬐는 이 시각에는 수면까지 나와 있는 게으른 붉은색 물고기들조차 낚시를 물지 않았다. 낚싯줄이 물 밖으로 드리워져 있건 물속으로 드리워져 있건 마찬가지였다. 낚싯대를 그대로 둔 채 주변을 한 바퀴 돌아보기로 했다. 나는 버려진 묘지까지 걸어갔다. 입구의 문이 묘지의 분위기와는 전혀 어울리지 않는 기묘한 곳이었다. 나는 페트루스에게 다시 돌아와 묘지에 관해 물었다.

"원래 그 문은 오래전 순례자들이 묵다 가던 여관의 입구였습니다. 하지만 그 여관은 버려졌죠. 그후 누군가 건물의 외관을 이용해 묘지를 만들 생각을 한 거고요."

"그런데 또 버려진 거로군요."

"그렇습니다. 세상의 것들은 그 무엇도 오래가기가 힘들지요."

나는 페트루스에게 전날 밤 결혼식에 참석한 하객들에 대해 그가 너무 혹독하게 평가했노라고 말했다. 그러자 그는 깜짝 놀라는 표정을 지으면서, 어제 우리가 나눈 이야기는 우리가 살아가면서 경험한 그 이상도 이하도 아니라고 잘라 말했다. 누구나 에로스를 추구하는데, 자기 안의 에로스가 필로스로 변화할 때는 이제 사랑이 필요 없다고 생각하게 된다고. 그러나 그것은 사랑의 가장 고귀한 형태인 아가페로 가기 위해서는 필로스의 인도를 받아야 함을 깨닫지 못하기 때문에 저지르는 오류라고.

"아가페에 관해 얘기해주십시오."

내가 청했지만 페트루스는 거절했다. 아가페는 말로 표현될 수 있는 게 아니라 직접 몸으로 겪어야 한다는 것이었다. 그는 기회가 온다면, 오늘 오후라도 아가페의 많은 얼굴 중 하나를 보여주겠노라고 약속했다. 하지만 그러기 위해서는, 낚시를 할 때처럼 모든 것이 제대로 진행될 수 있도록 온 우주가 움직여 도와주어야 한다는 것이었다.

"사자가 당신을 돕긴 하지만, 사자의 영역과 당신의 소망과 당신 자신을 넘어서는 무언가 존재하는 게 있죠."

"그게 뭐죠?"

"신성한 섬광 같은 거죠. 사람들이 운이라고 부르는 것."

해가 기울기 시작하자 우리는 다시 길을 떠났다. 포도밭과 일구어놓은 밭들 사이로 뻗어 있는 산티아고 순례길이 보였다. 시간이 시간인지라 인적이 없었다. 큰길을 가로질러 갔지만 그곳

역시 황량하기는 마찬가지였다. 우리는 덤불숲으로 돌아가기로 했다. 저 멀리, 카스티야 왕국의 가장 높은 지점인 산 로렌소 봉우리가 보였다. 생장피에드포르 근처에서 페트루스를 만난 후로 내 안의 많은 것이 변했다. 브라질에 대한 향수와 그곳에 두고 온 일에 관한 걱정은 뇌리에서 거의 잊혀졌다. 매일 밤 점점 더 명확한 모습으로 나타나는 아스트랭과 의논하는 내 목표만이 존재할 뿐이었다. 이제 아스트랭은 내 가까이에 앉았다. 그래서 나는 그의 오른쪽 눈에 일어나는 신경질적인 경련이나, 그가 제대로 이해했는지 확인하기 위해 똑같은 말을 반복하는 내게 지어 보이는 경멸의 미소도 볼 수 있었다. 몇 주 전 순례를 시작했을 때만 해도 나는 결코 목표에 이르지 못할 것이라는 두려움에 사로잡혀 있었다. 론세스바예스를 지날 무렵에는 모든 것이 너무 권태롭게 느껴져, 하루 빨리 산티아고에 도착해 검을 다시 찾은 후 페트루스가 말한 '선한 싸움'*이라는 것을 실천하러 돌아가고픈 마음만 간절했다.

그런데 얼마 전까지만 해도 마지못해 버려야 했던 세속의 인연들이 이제 거의 잊혀져버리고 만 것이다. 지금 온통 내 머릿속을 점령한 것은 머리 위에서 뜨겁게 내리쬐는 태양과 곧 아가페

---

* 나는 이 말을 처음 쓴 게 성 바오로라는 것을 나중에야 알게 되었다. (원주)

를 경험하게 될 거라는 고양된 기대뿐이었다.

우리는 하천 둑을 내려가 마른 개울을 건넜다. 맞은편 둑으로 올라가기 위해서는 한참 애를 써야 했다. 지금은 걸어서 건널 수 있는 실개울의 모습이지만, 예전엔 대지의 심오함과 비밀을 찾아 땅을 파헤치며 흐르는 강이었을 것이다. 하지만 강이 만들어 놓은 작품인 거대한 구덩이는 여전히 남아 있었다.

"세상의 것들은 그 무엇도 오래가기가 힘들지요."

몇 시간 전에 페트루스가 한 말이 떠올랐다.

"페트루스, 사랑을 해본 적이 많나요?"

저절로 튀어나온 대담한 질문에 나 자신도 깜짝 놀랐다. 그때까지 나는 페트루스의 개인사에 관해 아는 것이 거의 없었던 것이다.

"많은 여자들과 알고 지냈지요. 그런 뜻으로 물은 거라면 내 대답은 그렇습니다. 난 그녀들을 모두 깊이 사랑했죠. 하지만 그 중 두 사람에게서만 아가페를 경험할 수 있었어요."

나 또한 많은 여자를 사랑했지만, 어느 누구하고도 정착할 수 없을 것 같아 걱정이 된다고 말했다. 이렇게 계속 살다 외로운 늙은이로 생을 마치고 마는 게 아닐까 두렵다고.

"그렇게 두려우면 간호사를 한 명 고용하시죠."

그가 웃으면서 말했다.

"어쨌거나, 사랑 속에서 안락한 노후를 보장받을 수 있을 거라고는 생각지 않지만."

아홉시가 다 되어서야 어둠이 내렸다. 포도나무가 늘어선 밭들을 지나자 무인지경의 풍경이 펼쳐졌다. 주변을 둘러보자 멀리 바위를 깎아 만든 예배당 하나가 눈에 띄었다. 순례길에 지나쳐온 것들과 비슷하게 생긴 예배당이었다. 우리는 노란 표지들을 벗어나 그 작은 건물로 곧장 다가갔다.

예배당 바로 앞까지 가자, 페트루스는 내가 모르는 어떤 낯선 이름을 부르더니 대답을 기다렸다. 하지만 아무 소리도 들려오지 않았다. 페트루스는 다시 그 이름을 불렀고, 이번에도 아무 대답이 없었다. 그가 말했다.

"일단 안으로 들어갑시다."

예배당 안의 사면은 온통 석회로 칠한 흰 벽뿐이었다. 문은 열려 있었다. 아니 문이라기보다는, 경첩 하나에 의지해 겨우 매달려 있는 오십 센티미터 높이의 판자였다. 안으로 들어가니 돌로 된 화덕과, 바닥에는 차곡차곡 쌓여 있는 몇 개의 주발이 보였다. 그중 두 개에는 밀과 감자가 담겨 있었다.

우린 말없이 바닥에 주저앉았다. 페트루스는 담배를 피워물더니 잠시 기다리자고 제안했다. 나는 다리가 아팠고, 예배당의 무언가가 나를 차분하게 가라앉히는 대신 흥분시키고 있었다. 페트루스가 없었다면 두려움을 느꼈을 정도였다.

"누가 여기 살았다면, 대체 어디서 잠을 잤을까요?"

고통스럽게 느껴지기 시작한 침묵을 깨뜨리며 내가 물었다.

"지금 당신이 앉아 있는 그곳에서."

페트루스는 맨바닥을 가리켰다. 내가 자리를 옮기려고 하자, 그는 그곳에 그대로 머물러 있으라고 말했다. 기온이 다소 내려갔는지 추위가 느껴지기 시작했다.

우리는 한 시간 정도를 그렇게 기다리고 있었다. 페트루스는 그 낯선 이름을 두어 번 더 부르더니 포기했다. 그런데 이제 일어나 다시 길을 떠나야겠다고 생각한 순간 그가 말하기 시작했다.

"아가페에는 두 가지 형태가 존재하는데, 그중 하나가 이곳에서 발현되었습니다."

그가 세 대째 피우던 담배를 끄면서 설명하기 시작했다.

"유일한 것은 아니지만, 가장 순수한 것들 중 하나죠. 아가페는 전적인 사랑입니다. 그 사랑을 경험하는 이를 소멸시키지요. 아가페를 경험했거나 느끼는 사람은, 이 세상에 사랑 말고 중요한 것은 아무것도 없다고 생각합니다. 아가페는 예수께서 인류를 위해 품었던 사랑이기도 하죠. 그 사랑은 너무 커서 천체를 뒤흔들었고, 인류 역사의 흐름을 바꿔놓았습니다. 고독했던 한 사람의 생이 세상의 왕들과 군대, 제국들도 할 수 없었던 일을 이루어낸 것입니다.

수천 년 이어온 인류 문명의 역사에서 많은 이들이 아가페의 포로가 되었습니다. 그러나 그들이 줄 것은 아주 많은 반면 세상은 너무 조금밖에 원하지 않았기에, 그들은 사막이나 외딴 곳을 찾을 수밖에 없었지요. 그들이 느끼는 사랑이 너무 커서 그들은 변한 것이죠. 그들이 오늘날 우리가 알고 있는 은수자 성인들입니다.

그들과는 다른 형태의 아가페를 경험하는 당신과 내게는 현세의 삶이 힘들고 고통스러울 겁니다. 하지만 모든 것을 소멸시키는 사랑 앞에서 다른 것들은 그 중요성을 잃습니다. 아가페를 경험한 이들은 오직 사랑에 소멸되기 위해서만 살았습니다."

그리고 페트루스는 이곳에 살았던 알폰소라는 남자에 대한 이야기를 해주었다. 페트루스는 그의 안내자와 함께 콤포스텔라로 떠난 첫 순례길에서 먹을 과일을 따다가 알폰소를 만났다. 페트루스보다 훨씬 깊은 통찰력의 소유자였던 그의 안내자는 알폰소와 친구 사이였고, 그들 셋은 아가페의 의식인 '푸른 천체 훈련'을 함께 행했다. 그때의 경험은 페트루스의 삶에서 가장 소중한 보물이 되어, 지금도 그 훈련을 할 때면 이 예배당과 알폰소가 떠오른다는 것이었다. 이야기를 하는 페트루스의 목소리에서는 벅찬 감동이 배어나왔다. 그런 그의 모습은 순례길에 오른 이후 처음 보는 것이었다.

"아가페는 소멸시키는 사랑입니다."

이 특별한 사랑에 관한 가장 적합한 정의인 양 그는 이 표현을 되풀이해서 말했다.

"마틴 루터 킹 목사가 언젠가 말했지요. 그리스도가 '너희 원수를 사랑하라'고 했을 때 그 사랑은 바로 아가페를 두고 한 말이라고. 그에 의하면, '우리를 아프게 하고, 매일 더 고통스럽게 만드는 원수를 사랑하는 것은 불가능'하기 때문이죠. 하지만 아가페는 사랑보다 훨씬 더 높은 차원에 있습니다. 모든 것을 휩쓸고 온갖 틈으로 스며들어와 우리 안의 공격적 성향을 먼지로 만들어버리는 것이지요.

당신은 다시 태어나는 법과, 자신에게 잔인해지지 않는 법과, 자신의 사자와 대화하는 법을 배웠습니다. 하지만 지금까지 한 모든 것, 당신이 산티아고 순례길을 걸으며 취할 수 있는 모든 유익한 것은 모든 것을 소멸시키는 사랑을 체험했을 때만 그 의미를 부여받을 수 있습니다."

나는 페트루스에게 아가페에는 두 가지 형태가 있다고 하지 않았느냐고 물었다. 그는 은수자가 되진 않았으니, 아마도 첫번째 형태의 아가페는 경험해보지 못한 게 아니냐고.

"그렇습니다. 당신과 나처럼 람의 의식을 행하며 산티아고 순례길을 걷는 대부분의 순례자들은 다른 형태로 나타난 아가페를 경험합니다. 열정이 그것이지요.

고대인들에게 열정은 접신했을 때의 무아지경이나 황홀경을 의미했지요. 열정은 하나의 생각이나 대상을 향한 아가페입니다. 우리 모두는 한 번씩은 그런 경험을 한 적이 있지요. 마음 깊은 곳에서부터 진심으로 무언가를 사랑하고 믿게 되면, 자신이 세상의 그 누구보다 더 강하다고 느끼게 되며 그 어떤 것도 우리의 신념을 깨뜨리지 못할 거라는 확신에 차 평온함을 맛보게 됩니다. 이런 특별한 힘은 적절한 순간에 옳은 결정을 내릴 수 있게 해주죠. 목표를 이룬 우리는 스스로의 능력에 놀라게 됩니다. '선한 싸움'을 이끄는 중에 다른 어떤 것에도 미혹되지 않고 열정에 이끌려 목표에 도달하게 된 덕분이죠.

열정은 대개 우리 삶의 초반부에 가장 순수한 모습으로 나타납니다. 그 시기에 인간은 아직 신적인 것과 밀접하게 연결되어 있지요. 자신이 가지고 노는 장난감에 커다란 애착을 가지고 있어서, 인형은 마치 살아 있는 것 같고 작은 장난감 병정들이 움직이기도 하죠. 천국이 어린아이들의 것이라고 한 예수의 말씀은, 열정의 형태로 나타나는 아가페를 두고 한 말입니다. 어린아

이들은 예수께서 행하는 기적이나 지혜로움, 바리새인, 사도들과는 아무 상관 없이 그에게 곧장 왔죠. 오직 열정에 이끌려, 행복한 모습으로 온 것입니다."

나는 페트루스에게 산티아고 순례길에 완전히 몰입해 있는 나 자신을 오늘 오후에야 비로소 깨달았노라고 고백했다. 스페인의 땅에서 보낸 시간이 나로 하여금 검의 존재를 까맣게 잊게 하고, 내 유일한 경험으로 변화했노라고. 이제 다른 모든 것은 조금도 중요하지 않았다.

"오늘 낮에 낚시를 하러 갔지만, 물고기들은 낚시를 물지 않았죠."

페트루스가 낮에 있었던 일들을 떠올리며 말했다.

"우리는 존재의 위대함에 아무런 영향도 미치지 못하는 세속의 일들로 내면의 열정이 빠져나가버리는 것을 아무렇지도 않게 받아들입니다. '선한 싸움'을 하는 중에 겪게 되는, 사소하지만 우리도 어찌할 수 없는 패배로 인해 열정을 잃고 마는 것이죠. 열정이 궁극의 승리를 가능케 하는 중요한 힘이라는 걸 알지 못하기에, 그것이 손가락 사이로 빠져나가버리는 걸 그냥 보고만 있는 겁니다. 그렇게 진정한 삶의 의미를 놓친다는 것은 깨닫지 못하면서 말이죠. 그러면서 자신이 느끼는 권태와 패배를 세상의 탓으로 돌려버리죠. 모든 것에 정당함을 부여하는 이 매혹적인 힘, 즉 열정의 형태로 현현하는 아가페를 빠져나가게 하는 것이 바로 우리 자신임은 잊은 채 말이죠."

개울 근처에 있던 묘지가 떠올랐다. 비정상적이리만치 큰 그 이상한 문은 의미의 상실을 단적으로 보여주는 표상이었다. 그 문 뒤에는 망자들만이 존재할 뿐이었다.

내 생각을 들여다보기라도 한 듯 페트루스가 다시 이야기를 시작했다.

"며칠 전 내 바지에 커피를 좀 쏟았다고 불쌍한 청년에게 불같이 화를 내던 내 모습에 놀랐을 겁니다. 먼 길을 오느라 먼지를 뒤집어써서 이미 더러워진 옷이었는데 말이죠. 사실 내가 그렇게 화를 냈던 건, 칼에 베인 손목에서 피가 흘러나오듯 청년의 눈 속에서 열정이 빠져나가는 걸 보았기 때문이었죠. 그토록 강인하고 생기 넘치는 청년이 조금씩 죽어가고 있었습니다. 그의 내면에서는 매 순간 아가페가 조금씩 빠져나가고 있었던 거죠. 이미 그런 모습이라면 여러 차례 보아 익숙했는데도, 인류에 기여할 가능성을 지닌 청년이 그런 태도를 보이니 화가 나고 슬펐어요. 나는 내 분노가 그의 자존심에 상처를 주어 비록 잠시라도 아가페의 죽음을 지체시킬 수 있을 거라고 생각했습니다.

마찬가지로 당신이 노부인 집에서 개의 영을 변화시켰을 때, 당신은 가장 순수한 아가페를 느낀 겁니다. 당신이 한 행동은 숭고했고, 난 안내자로서 당신과 함께 있는 것이 자랑스럽습니다. 그래서 처음으로 당신과 함께 훈련을 실행하려고 합니다."

페트루스는 내게 아가페의 의식인 '푸른 천체 의식'을 가르쳐 주었다.

푸른 천체 의식

편안하게 앉아 긴장을 푸십시오. 그리고 아무것도 생각하지 않도록 하십시오.

•

살아 있다는 것이 얼마나 좋은 일인지 느껴보십시오. 친구여, 하찮은 세상사를 잊고 그대의 마음을 자유롭게 놓아주십시오. 그리고 나지막한 목소리로 어릴 적에 부르던 노래를 불러보십시오. 당신의 마음이 점점 커져서, 당신이 앉아 있는 방 안과 집 안을 강렬하게 빛나는 푸른빛으로 가득 채워가는 광경을 상상하십시오.

•

그 단계에 이르면, 어린 시절 믿었던 성인들이 당신 앞에 나타남을 느끼게 됩니다. 그들이 그곳에 현존함을, 사방에서 모여들어 미소를 띠며 당신에게 삶에 대한 믿음과 확신을 가져다주고 있음을 믿으십시오. 당신에게 다가와 당신의 머리 위에 손을 얹은 채, 당신을 위해 사랑과 평화를, 세상과 하나됨을 기도하는 그들의 모습을, 성인들의 통공通功*을 그려보십시오.

•

이 감흥이 강렬해지면, 반짝이며 흘러가는 강물처럼 당신의 몸을 통과해 지나가는 푸른빛의 흐름을 느낍니다. 그 빛은 당신이 사는 집에서 마을로, 다시 도시에서 나라로 점점 넓게 퍼져서 온 세상을 거대한 푸른 천체로 감쌀 것입니다. 그것은 매일의 고난을 넘어서서 당신을 더욱 강하게 만들고, 힘찬 기운과 에너지와 평화를 가져다주는 차원 높은 사랑의 현현입니다.

•

온 세상으로 퍼져나가는 그 빛을 가능한 한 오래도록 간직하도록 하십시오. 활짝 열린 당신의 마음은 사랑을 전파합니다. 이 단계는 적어도 오 분간 계속해야 합니다.

•

* 라틴어로 'Communio Sanctorum'인 '성인들의 통공'은 '성인들의 친교'라는 말로도 이해할 수 있다. 즉 신자들 간에 선행의 공로를 서로 나누고 교환하며 친교한다는 의미이다.

천천히, 무아지경에서 깨어나 현실로 돌아오십시오. 성인들은 여전히 그대 아주 가까이 머물러 있습니다. 푸른빛도 아직 남아 있습니다.

•

이 의식은 여러 사람과 함께 행할 수 있고, 그렇게 해야 합니다. 여러 사람이 함께 할 때 참가자들은 손을 맞잡습니다.

"당신 안의 열정이 깨어날 수 있도록 도와주겠습니다. 지구를 감싸안는 푸른 천체처럼 팽창해나갈 수 있는 힘을 창조해내도록 말입니다. 그리하여 내가 당신이 추구하는 것과, 있는 그대로의 당신을 존중하고 있음을 보여주겠습니다."

지금까지 페트루스는 내가 훈련을 실행하는 방식에 대해 좋다 나쁘다 의견을 표명한 적이 없었다. 그는 나와 사자의 첫 접촉을 해석하도록 도와주었고, '씨앗 훈련'을 할 때는 최면 상태에서 깨어나도록 해주었지만, 그 어떤 순간에도 내가 도달한 결과에 관심을 보인 적이 없었다. 왜 내가 느낀 바를 알고 싶어하지 않는지 여러 번 물어보았지만, 안내자로서 자신의 의무는 길을 안내하고 람의 의례를 가르쳐주는 것이라는 대답만 돌아왔다. 그 결과들을 이용할 것인지 고려할 것인지에 대한 선택은 전적으로 내 소관이라는 것이었다.

나와 함께 훈련할 것이라는 그의 선언에, 갑자기 나는 그의 칭찬을 들을 자격이 없음을 깨달았다. 나는 내가 무엇을 잘못했는지 알게 되었다. 순례길로 나를 안내하는 그의 능력에 여러 차례 의문을 품지 않았던가. 그러나 내가 입을 채 열기도 전에 그는 내 말을 가로막았다.

"당신 자신에 대해 잔인해지지 마십시오. 그렇게 하면, 내 가르침을 제대로 배우지 않은 것입니다. 스스로에게 너그러워지세요. 당신은 칭찬을 받을 만한 자격이 있으니 그 말을 받아들이십시오."

내 두 눈에 눈물이 가득 고였다. 페트루스는 내 손을 잡고 밖으로 이끌었다. 이상하리만치 어두운 밤이었다. 우리는 나란히 앉아서 노래를 부르기 시작했다. 내 안에서 저절로 음악이 솟아나왔고, 그는 어려움 없이 내 노래를 따라 불렀다. 나는 앞뒤로 몸을 흔들면서 가만히 손뼉을 치기 시작했다. 점점 더 세게 손뼉을 쳤다. 내 안에서 자연스럽게 음악이 흘러나오고 있었다. 어두운 하늘과 황량한 들판, 생명이 없는 바위에 바치는 찬가였다.

얼마 지나지 않아, 어릴 때는 믿었지만 살아가면서 점점 멀어지게 된 성인들의 모습이 나타났다. 나 또한 살아가면서 아가페의 많은 부분을 죽여버린 것이었다. 하지만 이제 모든 것을 소멸시키는 사랑이 자애로운 모습으로 다시 돌아오고 있었다. 성인들이 하늘에서 내게 미소를 지어 보이고 있었다. 어릴 적에 본 그 얼굴과 강렬함은 그대로였다.

내 안에 아가페가 흘러들어올 수 있도록 나는 두 팔을 활짝 벌렸다. 반짝이며 빛나는 신비스러운 푸른 빛줄기가 내 안으로 들어왔다. 내 영혼은 정화되었고 내 죄는 용서를 받았다. 빛은 다시 나가 들판으로 퍼져나갔고, 곧 세상을 가득 채웠다. 나는 울기 시작했다. 다시 느끼게 된 열정에 나는 울고 있었다. 나는 생앞에 선 어린아이였고, 이 순간 그 어느 것도 내게 해를 끼칠 수 없었다. 그때 한 존재가 다가와 내 오른쪽에 앉는 것을 느꼈다. 난 그가 내 사자라고 생각했다. 오직 그만이 내 몸 안을 통과해 세상으로 퍼져나간 그 강렬한 빛을 알아볼 수 있었다.

빛은 점점 더 강렬해지며 온 세상을 감싸 안았다. 그리고 차츰 모든 문과 골목길로 흘러들어가더니, 찰나의 순간이었지만 살아 있는 모든 생명을 어루만져주었다.

그때 누군가 한껏 벌리고 있는 내 손을 잡고 하늘을 향해 이끌었다. 그 순간, 푸른빛이 너무 강렬해진 나머지 곧 사라져버릴 것만 같았다. 하지만 내 노래가 끝날 때까지 몇 분간 더 빛이 머무르도록 할 수 있었다.

긴장이 풀리자 극도의 피로가 몰려왔다. 하지만 난 자유로움을 느꼈고, 살아 있음과 방금 경험한 것들에 행복을 느꼈다. 내 손을 잡고 있던 손들이 내게서 떨어졌다. 그중 하나는 페트루스의 손임을 알 수 있었다. 다른 하나가 누구의 손인지는 마음 깊은 곳에서 느낄 수 있었다.

눈을 뜨니 내 옆에 알폰소 수도사가 서 있었다. 그는 내게 미소를 지으면서 말했다.

"부에나스 노체스(안녕히 주무십시오)."

나도 미소를 지어 보였다. 나는 다시 그의 손을 잡아 내 가슴에 꼭 갖다 대었다. 잠시 후 그는 살며시 손을 빼냈다.

우리 셋 중 아무도 입을 열지 않았다. 알폰소는 자리에서 일어나 바위가 울퉁불퉁 솟아 있는 고원을 향해 갔다. 난 그가 어둠 속으로 완전히 사라질 때까지 지켜보았다.

잠시 후 페트루스가 침묵을 깼다. 그러나 알폰소에 관해서는 말하지 않았다.

"할 수 있을 때마다 이 훈련을 실행하십시오. 차차 아가페가 다시금 당신 안에 자리잡게 될 겁니다. 어떤 계획을 실행에 옮기기 전이나, 막 여행을 시작했을 때나 무언가에 크게 감동했을 때 이 훈련을 반복하십시오. 가능하다면 당신이 사랑하는 누군가와 함께 하십시오. 이 훈련은 누군가와 함께 나눠야 하는 것이니까요."

그는 다시 페트루스로 돌아가 있었다. 사실상 내가 아는 것이 별로 없는, 코치이자 선생이자 안내자인 이전 모습으로. 예배당에서 그가 보여준 감동은 이미 내 마음속에서 사라지고 없었다. 하지만 훈련 동안에 그가 내 손을 꼭 잡았을 때, 나는 그의 영혼이 얼마나 위대한지 느낄 수 있었다.

우리는 짐을 놓아두고 온 흰 예배당으로 돌아갔다.

"주인은 오늘 돌아오지 않을 겁니다. 그러니까 여기서 자도 될 것 같군요."

길게 누우면서 페트루스가 말했다.

나도 침낭을 펼친 다음 포도주를 한 모금 마시고는 자리에 누웠다. 모든 걸 소멸시키는 사랑으로 인해 몸은 극도로 지쳐 있었다. 하지만 그것은 평화로운 피로감이었다. 눈을 감기 전, 내 옆에 앉아 '부에나스 노체스'라고 인사해준 깡마르고 수염이 난 수도사를 떠올렸다. 저기 밖 어딘가에서 그는 신의 불꽃에 불태워지고 있을 것이다. 아마도 그것이 오늘밤 유난히 어두운 이유일 것이다. 그가 세상의 모든 빛을 자신 안에 품어버렸기 때문에.

죽음

"순례자들이시우?"

아침식사를 차려주던 노부인이 물었다. 우리가 도착한 곳은 아소프라라는 곳이었는데, 정면을 중세시대의 방패로 장식한 작은 집들이 분수 주변에 빙 둘러서 있는 작은 마을이었다. 우리는 그 분수에서 조금 전 물통을 채운 터였다.

내가 그렇다고 대답하자, 부인의 눈 속에 존경심과 자부심이 스쳐 지나갔다.

"내가 어렸을 적엔 적어도 일 년에 한 번은 콤포스텔라로 순례를 떠났다우. 그런데 내전이 일어나고 프랑코가 통치하게 된 후부터는 무슨 이유에선지 순례자들이 뚝 끊겼지. 순례는 걸어서 해야 하는 건데, 지금은 모두 차를 타고들 가려고 해요."

페트루스는 아무 말이 없었다. 아침에 잠에서 깼을 때 그의 기분이 썩 좋아 보이지는 않았다. 나는 노부인의 말에 동의하면서 산과 계곡을 가로지르는 아스팔트 도로를 상상했다. 지붕 위에 가리비껍데기들이 그려져 있는 자동차들과 수도원 입구에 늘어서 있는 기념품 상점들도. 아침식사는 카페오레와 올리브유를 곁들인 빵이었다. 난 에임리 피코의 안내서를 보면서, 오후 중으로 산토 도밍고 데 라 칼사다에 도착하여 파라도르 나시오날*에 여장을 풀 계획을 세웠다. 매일 꼬박꼬박 세 끼 식사를 했는데도 예상보다 훨씬 적은 돈을 쓴 덕분에 그 정도의 호사를 부릴 만했다. 그동안 내 위장이 받은 것과 같은 대우를 몸 전체에도 해줄 시간이었다.

그날 아침 나는 산토 도밍고에 서둘러 도착하고 싶은 마음에 새벽같이 잠에서 깨어났다. 이상하리만치 조바심이 났다. 이틀 전 예배당을 향해 갔을 때만 해도 다시 느끼지 못할 것 같던 느낌이었다. 페트루스 역시 평소와 다르게 우울해 보이고 조용했다. 혹시 알폰소와의 만남 때문인지 궁금해졌다. 아스트랭을 불러내고 싶은 강렬한 유혹을 느꼈다. 하지만 그를 아침에 부른 적이 없었기에 성공할지 알 수 없어 포기하고 말았다.

* 고성(古城)이나 역사적 유적들을 스페인 정부가 일급 호텔로 개조한 곳. (원주)

우리는 아침식사를 마친 다음 다시 길을 떠났다. 문장紋章으로 장식한 중세식 가옥과 지금은 폐허로 변해버린 오래된 순례자 숙소, 그리고 마을 외곽에 위치한 공원을 지나갔다. 다시금 들판을 가로질러 가려는 순간이었다. 왼쪽에서 누군가 나를 저지하는 듯한 느낌이 들었다. 페트루스가 나를 멈추게 했다.

"서둘러 가도 아무 소용 없어요. 멈춰 서서 정면으로 마주하시오."

난 그와 헤어져서라도 걸음을 계속하고 싶었다. 기분이 갑자기 나빠지면서 위에 경련이 일어나는 것 같았다. 잠시 빵과 함께 먹은 올리브유 탓이라고 믿고 싶었지만, 이미 경험한 적이 있는 느낌이었다. 긴장감이었다. 긴장과 두려움이었던 것이다.

"뒤를 돌아봐요."

페트루스가 다급한 어조로 소리쳤다.

"늦기 전에 빨리 돌아보란 말이오!"

나는 황급히 뒤를 돌아보았다. 내 왼쪽으로 작은 폐가廢家가 보였다. 햇빛에 바싹 말라버린 잡초들이 집을 뒤덮고, 뒤틀린 올리브 나뭇가지들이 하늘을 향하고 있었다. 올리브 나무와 집 사이에서 개 한 마리가 나를 뚫어지게 바라보고 있었다. 며칠 전 노부인의 집에서 내쫓았던 것과 똑같이 생긴 검은 개였다.

나는 페트루스의 존재는 잊은 채 눈썹 하나 까딱하지 않고 개의 눈을 응시했다. 내 안에 있는 무언가가, 아스트랭이나 내 수호천사의 것인지도 모르는 어떤 목소리가 시선을 피하면 개가 나를 공격할지도 모른다고 속삭이고 있었다. 얼마 동안인지 모르게 한참을 나는 그렇게 그 자리에 머물러 있었다. 모든 것을 소멸시키는 사랑의 위대함을 느낀 후, 나는 다시 일상적이고 지속적인 삶의 위협과 마주하게 된 것이었다. 그 개가 왜 그토록 멀리까지 나를 따라왔는지, 대체 개가 내게 무엇을 원하는지 궁금해졌다. 나는 그저 검을 찾아 길을 떠난 순례자일 뿐이며, 사람이든 동물이든 문제가 되는 무언가를 만나고 싶은 마음도, 대처할 인내심도 없는데 말이다. 나는 눈빛으로 소통하던 수도사들을 떠올리며 그런 내 뜻을 시선에 실어 전달해보려 했지만 개는 아무 반응도 보이지 않았다. 오히려 전혀 동요하지 않고 계속해서 나를 응시할 뿐이었다. 내가 몸을 돌리거나 조금이라도 두려워하는 기색을 보이면 공격할 태세를 갖춘 채.

나는 갑자기 두려움이 사라졌음을 깨달았다. 두려움을 느끼기에는 이 상황은 너무 시시하지 않은가. 긴장으로 인해 위가 뒤틀리고 구토를 할 것 같았지만, 이제는 두렵지 않았다. 오른쪽으로 나 있는 작은 길에서부터 어떤 형상이 다가오고 있다고 느꼈지만 나는 그곳으로 눈을 돌리지 않았다.

잠시 머뭇거리던 형상은 곧장 우리를 향해 다가왔다. 그는 정확하게 개와 나의 시선 사이의 지점을 가로질러 가면서 이해하지 못할 말을 중얼거렸다. 여자의 목소리였다. 선하고 우호적이며 긍정적인 존재의 출현이었다.

형상이 나와 개의 사이에 멈춰 섰던 아주 짧은 순간, 뒤틀려 있던 내 위가 풀어졌다. 내게는 이 어리석고 불필요한 싸움에서 나를 도와주고자 하는 친구가 있었다. 형상이 사라지자, 개는 시선을 아래로 떨구었다. 그리고 곧장 뒤로 내달리더니 시야에서 사라져버렸다.

그제야 비로소 두려움으로 심장이 쿵쾅거리면서 현기증에 쓰러질 것만 같았다. 사방이 빙빙 도는 것만 같았지만, 개를 쫓아버릴 수 있도록 힘을 북돋워준 형상을 찾기 위해 조금 전에 우리가 지나온 길을 살펴보았다.

형상은 수녀들이 입는 수도복을 입고 있었으며, 우리 쪽으로 등을 보인 채 아소프라를 향해 걸어가고 있었다. 그녀의 얼굴을 볼 수는 없었지만 목소리는 떠올릴 수 있었다. 기껏해야 스무 살 정도 된 것 같았다. 그녀가 왔던 길을 바라보았다. 막다른 작은 오솔길이었다.

"그녀였어요…… 그녀가 날 도와줬다고요."

현기증이 점점 심해지는 가운데 내가 중얼거렸다.

"그렇지 않아도 놀라운 일이 많은 세상인데 새로운 환상을 만들어내지는 말아요."

페트루스가 나를 부축하며 말했다.

"여기서 오 킬로미터 정도 떨어진 카냐스에 있는 수도원에서 온 수녀예요. 당신이 그곳을 알 리는 없지만."

심장이 계속 쿵쾅거려 기절할 것만 같았다. 너무 심한 두려움에 휩싸여 무슨 말을 하거나 설명을 요구하기도 힘들 정도였다. 나는 그대로 땅에 주저앉고 말았다. 페트루스가 노부인의 집에서 나왔을 때처럼 물로 내 머리와 목덜미를 축여주었다. 그때는 울음을 터뜨리고는 기분이 좋아졌는데 지금은 정확히 그 반대의 느낌이었다.

페트루스는 내가 충분히 쉬도록 해주었다. 물을 축인 덕분에 다소 정신이 들었고, 욕지기도 차차 가라앉았다. 페트루스는 다시 길을 가자고 말했다. 십오 분가량 걸어가자 다시 극심한 피로가 밀려왔다. 우리는 산티아고 순례길의 일부임을 표시하는 십자가가 걸려 있는 중세식 기둥인 로요 아래에 걸터앉았다.

"당신을 힘들게 하는 것은 개가 아니라 당신 안의 두려움입니다."

쉬는 동안 페트루스가 지적하듯 말했다.

나는 이해할 수 없는 이 조우의 의미에 대해 알고 싶었다.

"살아가는 동안, 그리고 산티아고 순례길 위에서는 우리의 의지와 상관없이 여러 일이 일어나지요. 우리가 처음 만났을 때, 내가 집시의 눈 속에서 당신이 대면해야 할 악마의 이름을 읽었다고 말했지요. 그 악마가 개라는 것을 알고 무척 놀랐지만 그때는 아무 말도 하지 않았습니다. 그리고 노부인의 집에 들어간 그날, 당신이 모든 것을 소멸시키는 사랑을 처음으로 보여주었을 때에야 당신의 적을 보았지요.

하지만 당신은 그에게 어떤 자리도 마련해주지 않은 채 노부인의 개를 쫓아버렸습니다. 그냥 사라져버리는 것은 없습니다. 모든 것은 그 모습을 바꾸는 법이지요. 그렇지 않습니까? 예수께서 그랬던 것처럼 영을 비탈 아래 호수로 뛰어든 돼지 떼 속으로 몰아넣지 않은 거죠. 당신은 그저 개를 멀리 쫓아버리기만 했어요. 그래서 지금 그의 힘이 당신의 뒤를 따라다니며 정처 없이 배회하는 겁니다. 당신은 검을 되찾기 전에 그 힘의 노예가 될 것인지 주인이 될 것인지를 결정해야 합니다."

피로감이 점차 사라졌다. 나는 등줄기에 돌기둥의 찬 기운을 느끼며 심호흡을 했다. 페트루스는 내게 물을 조금 더 준 다음 이야기를 계속했다.

"귀신 들림은 사람들이 땅의 기운을 다스리지 못해 일어나는 것입니다. 집시의 저주에 노부인은 겁을 집어먹었고, 그 두려움은 죽음의 사자가 침투해 들어올 틈새를 만든 겁니다. 그런 일은 자주 일어나는 것은 아니지만 그렇다고 드문 것도 아닙니다. 당신이 외부의 위협에 어떻게 대처하느냐에 달려 있는 거죠."

이번에는 내가 성경의 한 구절을 떠올렸다. 욥기의 한 구절이었다.

'두려워하여 떨던 것이 들이닥쳤고 무서워하던 것이 마침내 오고야 말았다.'

"위협을 받아들이지 않으면 아무 일도 일어나지 않을 겁니다. 선한 싸움을 이끄는 동안 이 말을 결코 잊어버리지 마세요. 또한, 공격을 하거나 도망을 가는 것도 싸움의 일부라는 것을 잊으면 안 됩니다. 다만 싸움에 속하지 않는 것은, 두려움에 마비된 채 아무것도 하지 않는 것이죠."

당시 나는 아무 두려움을 느끼지 않았다. 나 자신도 그것에 놀랐음을 페트루스에게 얘기했다.

"나도 알고 있었습니다. 그렇지 않았다면 개가 당신을 공격했을 테니까요. 그랬다면 분명 개가 싸움에서 이겼을 겁니다. 그 역시 두려워하지 않았으니까요. 하지만 가장 흥미로운 것은 수녀의 출현이었어요. 당신의 풍부한 상상력이 그녀를 우호적인 존재로 만듦으로써 당신을 도와주러 온 거라고 믿게 한 거죠. 그리고 그 믿음이 당신을 구한 겁니다. 비록 전혀 근거 없는 추측이긴 했지만 말입니다."

페트루스의 말이 옳았다. 우리는 함께 유쾌한 웃음을 터뜨렸다. 그리고 다시 걷기 시작했다. 기분이 날아갈 듯 가볍고 상쾌했다.

"하지만 한 가지 당신이 알아야 할 게 있습니다."

걸으면서 페트루스가 말했다.

"개와의 대결은 어느 한쪽의 승리로 끝날 수밖에 없습니다. 따라서 그는 다시 나타날 겁니다. 다음번에는 싸움을 끝내도록 하십시오. 그러지 않으면, 그의 환영이 당신이 죽는 날까지 계속 따라다니며 당신을 불안하게 만들 겁니다."

집시를 만난 후, 페트루스는 그 악마의 이름을 알고 있다고 밝혔다. 내가 그가 누구인지 묻자 페트루스가 대답했다.

"군단軍團입니다. 여러 명이거든요."

우리는 농부들이 씨를 뿌리려고 준비하고 있는 들판을 걸었다. 수대에 걸쳐 메마른 땅과 지난한 싸움을 하고 있는 농부들이 여기저기서 조잡한 급수차를 작동시키고 있었다. 산티아고 순례길가에는 차곡차곡 쌓아놓은 돌들이 끝없이 긴 벽을 이루며 들판 위를 열십자로 가로지르고 있었다. 수세기 전부터 경작되어 온 이 땅에 여전히 뽑아버려야 하는 돌들이 끊임없이 솟아나오다니 신기했다. 쟁기 날을 부러뜨리는 돌, 말을 다치게 하는 돌,

농부의 손에 굳은살을 박이게 하는 돌. 매년 다시 되풀이되며 결코 끝나지 않을 긴 싸움이었다.

페트루스는 평소보다 조용했다. 그러고 보니 그는 아침부터 거의 말이 없었다. 중세식 기둥 밑에 앉아 대화를 나눈 이래, 그는 침묵으로 잠겨들어 내가 하는 질문에도 거의 대답하지 않았다. 나는 '다수의 악마들'에 관해 더 알고 싶었다. 페트루스에 의하면 각각의 사람은 한 명의 사자를 가진다고 하지 않았던가. 그러나 그는 그 이야기를 할 기분이 아닌 듯했다. 난 좀더 적당한 기회를 엿보기로 했다.

우리는 낮은 언덕을 올라갔다. 꼭대기에 서자, 산토 도밍고 데 라 칼사다 교회의 종각이 보였다. 그 모습을 보니 힘이 솟는 것 같았다. 나는 파라도르 나시오날에서 누리게 될 편안함과 호사를 그려보았다. 책자에 적힌 정보에 의하면, 그 건물은 콤포스텔라로 가던 중 그곳에서 밤을 보낸 아시시의 성 프란체스코파 순례자들을 맞기 위해 성 도미니크(산토 도밍고)가 몸소 세운 것이다. 파라도르 나시오날의 숨은 역사는 나를 더욱 들뜨게 했다.

저녁 일곱시가 되어갈 무렵 페트루스는 쉬어갈 것을 제안했다. 문득 론세스바예스에서의 기억이 떠올랐다. 몹시 춥고 포도주 한잔이 간절했던, 그 느리게 걸어야 했던 순간이. 그가 또다시 그런 훈련을 계획하고 있는 것은 아닌지 두려워졌다.

"하나의 사자가 당신으로 하여금 다른 사자를 무찌르도록 도와주는 일은 없습니다. 이미 말했듯, 그들은 선하지도 악하지도 않으며 각자의 영역을 존중하니까요. 그렇기 때문에 개를 무찌르기 위해 아스트랭에게 의존해봐야 소용없습니다."

이번엔 사자 이야기를 하고 싶지 않은 쪽이 나였다. 난 그저 산토 도밍고에 빨리 도착하고 싶은 마음뿐이었다.

"죽음의 사자들은 두려움에 지배당한 사람의 육체에 침입할 수 있습니다. 그래서 개의 경우에는 사자들이 다수가 될 수 있는 것이지요. 노파가 느끼는 두려움이 그들을 불러들인 겁니다. 불태워져 죽임을 당한 집시의 사자뿐 아니라, 대지의 기운과 접촉할 방법을 찾으며 방황하는 다양한 사자들까지 말이죠."

그제야 그는 내 질문에 대답하고 있는 것이었다. 하지만 그의 말하는 태도에는 어딘가 부자연스러운 구석이 있었다. 나와 진정으로 얘기하고 싶은 다른 무언가가 있는 것 같았다. 본능적으로 즉시 그렇다는 것을 알아차릴 수 있었다.

"그래서 정확히 뭘 말하고 싶은 거죠, 페트루스?"

난 약간 짜증을 내면서 물었다.

그는 내 질문에는 대답하지 않은 채, 가던 길에서 벗어나 나뭇잎이 거의 달려 있지 않은 고목을 향해 걸어갔다. 우리가 있는 곳에서 수십 미터 정도 떨어진 들판에 서 있는, 주변에서 유일하게 눈에 띄는 나무였다. 그가 따라오라는 신호를 하지 않았기 때문에 나는 길 위에 꼼짝하지 않고 서 있었다. 곧 기이한 광경이 눈앞에 펼쳐졌다. 나무 주위를 돌던 페트루스는 땅에 시선을 고정시킨 채 큰 소리로 말하고 있었다. 한참을 그러고 있던 그는 마침내 내게 가까이 오라고 손짓했다.

"거기 앉아요."

그의 목소리에서 낯선 기운이 느껴졌다. 그것이 다정함인지 고통인지는 알 수 없었다.

"당신은 오늘 여기서 하룻밤을 보내야 합니다. 내일 산토 도밍고 데 라 칼사다에서 만나도록 하죠."

내가 대꾸할 틈도 없이 페트루스는 말을 이었다.

"오늘은 아니더라도 언젠가는 산티아고 순례길에서 만나게 될 당신의 가장 강력한 적과 대면해야 할 날이 올 것입니다. 바로 그 개 말입니다. 하지만 그날이 오더라도 안심하십시오. 내가 당신 곁에서 싸움에 필요한 힘을 북돋워줄 테니까요. 하지만 오늘 당신이 대면하게 될 적은 다른 종류입니다. 당신을 망가뜨릴 수도 있지만, 반대로 가장 좋은 동반자가 될 수도 있는 가상의 적이죠. 죽음이 바로 그것입니다.

인간은 살아 있는 것들 가운데 다가올 자신의 죽음을 자각하는 유일한 종입니다. 그런 이유로, 그리고 오직 그 이유만으로,

나는 인간에 대해 깊은 존경심을 느낍니다. 그리고 지금보다 인류의 미래가 더 나아질 것이라고 믿습니다. 살아갈 날이 정해져 있고, 가장 예상치 못할 때 생을 끝마쳐야 한다는 것을 잘 알고 있으면서도 인간은 자신의 삶을 불멸의 존재에 걸맞은 투쟁으로 만들기 때문이죠. 사람들이 허영심이라고 부르는 것들, 예를 들면 자신의 이름을 영원히 남기기 위해 예술작품을 남기거나 자손을 낳는 행위들도 인간적 위엄을 가장 잘 보여주는 최상의 표현이라고 생각합니다.

그럼에도 나약한 존재인 인간은 가장 확실한 사실인 자신의 죽음을 부인하려고 하죠. 바로 그 죽음이 삶에서 가장 가치 있는 것들을 실현하도록 동기를 부여해준다는 걸 깨닫지 못하고 말입니다. 인간은 어둠 속으로 들어가는 것을 두려워하며, 미지의 것에 대해 공포를 느낍니다. 그래서 그 두려움을 극복하는 유일한 방법으로 앞으로 살아갈 날들이 제한되어 있음을 잊어버리는 거죠. 죽음을 의식함으로써, 죽음을 피할 수 없음을 깨닫는 순간부터 아무것도 잃을 게 없기에 더욱 용감해지고 더 멀리까지 정복해나갈 수 있게 된다는 것을 이해하지 못하는 거죠."

산토 도밍고에서 밤을 보낼 가능성은 이미 아득하게 멀어져 갔다. 나는 점점 더 강한 흥미를 느끼며 페트루스의 말을 경청했다. 우리 앞쪽으로 펼쳐져 있는 지평선으로 해가 지기 시작했다.

해 역시 페트루스가 하는 말을 들은 걸까.

“죽음은 우리의 가장 큰 친구입니다. 우리의 삶에 의미를 부여하는 것이 바로 죽음이니까요. 하지만 죽음의 진정한 모습을 응시하기 위해서는, 먼저 그 이름을 떠올리는 것만으로 느끼게 되는 모든 욕망과 공포의 실체를 알아야 합니다.”

나무 아래에 주저앉은 페트루스는 나에게 똑같이 할 것을 권했다. 그는 조금 전에 자신이 나무 주위를 돌아본 것은, 예전에 산티아고 순례길을 걸었을 때의 일이 생각나서였다고 설명했다. 그리고 그는 점심시간에 사두었던 샌드위치 두 개를 배낭에서 꺼냈다.

“당신이 앉아 있는 자리에는 아무런 위험도 없습니다.”

그는 내게 샌드위치를 건네주면서 말했다.

“독 있는 뱀도 없고, 개는 오늘 아침의 패배를 깨끗이 잊은 후에야 당신을 공격하러 돌아올 거니까요. 주위에 부랑자나 범죄자들도 없습니다. 당신은 절대적으로 안전한 장소에 있는 겁니다. 딱 한 가지, 당신 자신의 두려움이 만들어낼 위험을 제외하고는 말이죠.”

그는 내가 이틀 전에 죽음만큼 강렬하고 격렬한 감정, 모든 것을 소멸시키는 사랑을 느꼈다고 상기시켰다. 그때 나는 그 무엇에도 흔들리거나 두려워하지 않았다. 그것은 보편적인 사랑에 대한 편견을 갖고 있지 않았기 때문이었다. 하지만 죽음에 관해서는, 우리 모두가 편견을 가지고 있다. 죽음이 아가페의 또다른 현현이라는 것을 깨닫지 못한 채 말이다. 나는 페트루스에게 말했다. 성전에서의 수년 동안의 수련 끝에 사실상 죽음에 대한 두려움을 극복하게 되었다고. 사실 내가 더 큰 두려움을 느끼는 것은 죽음 자체보다는 어떻게 죽느냐라고.

"그렇다면 오늘 밤에 가장 끔찍하게 죽는 방법을 경험하면 되겠군요."

그는 내게 '산 채로 매장당하는 훈련'을 가르쳐주었다.

"이 훈련은 단 한 번만 실행해야 합니다."

그가 얘기하는 동안 난 그 훈련과 매우 비슷한 연극 연습을 떠올렸다.

"당신 안의 모든 진실과 두려움을 일깨우십시오. 그리하여 마음 깊은 곳에서 이 훈련을 실행함으로써 죽음의 친근한 얼굴을 가리는 끔찍한 가면을 벗겨내는 것입니다."

산 채로 매장당하는 훈련

바닥에 앉아 긴장을 푸십시오. 그리고 죽은 사람처럼 가슴 위에 손을 교차시켜 올려놓으십시오.

•

내일 당신이 매장될 것이라 생각하고 그 과정 하나하나를 상상하십시오. 이 훈련이 여타 매장과 다른 것은 당신이 산 채로 매장당한다는 것입니다. 장례식, 운구, 하관에 이르기까지 절차가 시행되는 것을 상상하면서, 필사적으로 움직이려고 노력하며 모든 근육에 힘을 주십시오. 하지만 움직여서는 안 됩니다. 그러다가 한시도 더 견딜 수가 없는 상태에 이르면 온몸의 힘을 사용해 관 뚜껑을 밀어냅니다. 당신은 마침내 자유의 몸이 되어 깊은 숨을 들이마십니다. 그러나 이 상태에 이르기 전까지는 절대로 움직여서는 안 됩니다. 당신의 몸 깊은 곳으로부터 나오는 외침이 동반된다면 이 훈련은 더욱 커다란 효과를 얻을 수 있을 것입니다.

페트루스는 자리에서 일어섰다. 석양에 물들어 불타오르는 하늘을 배경으로 선 그의 어둔 형상이 뚜렷했다.

내가 앉은 자리에서 본 그의 모습은 위압적이고 거대해 보였다.

"페트루스, 뭐 하나 물어보고 싶은데요."

"뭐죠?"

"오늘 아침 당신은 별 말도 없고 이상해 보였어요. 그리고 나보다 먼저 개가 올 거라는 걸 알고 있었죠. 어떻게 그럴 수 있었던 거죠?"

"모든 걸 소멸시키는 사랑을 함께 느꼈을 때, 우리는 절대성을 함께 경험했습니다. 절대성은 모든 인간에게 진정 자신이 누구인지 보여줍니다. 그리고 각자의 작은 몸짓이 다른 이들의 삶에 어떻게 반영되는지 그 거대한 인과관계의 그물망을 보여주지요. 오늘 아침까지 그 절대성의 한 부분이 아직 생생하게 내 마음속에 남아 있었던 겁니다. 그래서 난 당신을, 그리고 시공을 넘어 세상에 존재하는 모든 것을 이해할 수 있었죠. 지금은 그 효과가 약해졌지만요. 다음에 다시 모든 것을 소멸시키는 사랑의 훈련을 해야 되살아날 수 있겠죠."

오늘 아침 페트루스의 표정이 몹시 어두웠던 것이 떠올랐다. 그의 말이 사실이라면, 세상은 커다란 곤경에 처해 있음이 분명했다.

"파라도르에서 당신을 기다리고 있겠습니다."

그가 길을 떠나며 말했다.

"접수계에 당신 이름을 남겨두죠."

나는 멀어져가는 그를 가능한 한 오랫동안 지켜보았다. 내 왼편에 있는 밭에서는 농부들이 일을 마치고 집으로 돌아가고 있었다. 나는 밤이 되면 즉시 훈련을 실행하기로 마음먹었다.

마음이 평온해졌다. 신비로운 산티아고 순례길을 따라 걷기 시작한 이후로 완전히 혼자가 된 것은 이번이 처음이었다. 자리에서 일어나 주위를 잠시 돌아보았다. 그러나 갑자기 어둠이 내리면서 길을 잃을까 걱정되어 얼른 나무로 다시 돌아왔다. 완전히 어두워지기 전에 나는 나무와 길 사이의 거리를 머릿속으로 가늠해보았다. 시야를 방해할 만한 불빛 하나 없었기에, 하늘에서 비추는 희미한 초승달빛만으로도 눈앞에 뻗어 있는 작은 길을 따라 산토 도밍고까지 갈 수 있을 것 같았다.

그때까지는 조금도 두렵지 않았다. 내 안에 자리잡고 있는 죽음에 대한 끔찍한 두려움을 깨우려면 많은 상상력이 필요하겠다고 중얼거렸을 정도였다. 그러나 나이는 헛것이었다. 밤이 내리자, 어린 시절부터 마음속에 묻어둔 두려움이 어둠과 함께 되살아났다. 어둠이 깊어질수록 불편한 느낌도 더해갔다.

허허벌판에서 나는 완전히 혼자였다. 비명을 질러도 아무도 듣지 못할 터였다. 오늘 아침 공격을 받을 뻔했던 일이 떠올랐다. 살아가면서 그토록 통제할 수 없는 지경에 이른 적은 한 번도 없었다.

만약 내가 죽는다면? 논리적으로는 모든 것이 끝날 것이다. 하지만 이미 성전의 길에서 수많은 영들과 교감하지 않았던가. 나는 사후의 삶에 대해 절대적인 확신을 가지고 있었지만, 그 과정이 어떻게 진행되는지에 대해서는 한 번도 궁금해해본 적이 없었다. 아무리 마음의 준비를 잘해놓더라도, 한 차원에서 다른 차원으로 넘어가는 것은 몹시 두려운 일이었다. 만약 내가 오늘 아침에 죽었다면, 산티아고 순례길이나 수년 동안 해온 수련, 가족에 대한 그리움, 허리춤에 숨겨놓은 돈 등은 이제 아무런 의미도 없을 것이다. 브라질에 있는 내 방의 책상 위에 놓고 온 화분이 생각났다. 내가 이 세상에서 사라져버려도 화분은 그 자리에 변함없이 놓여 자랄 것이다. 시내를 오가는 버스나, 늘 제값보다 비싸게 팔던 야채 장수나, 비공개 목록에 있는 전화번호를 슬며시 알려주던 전화교환원도. 오늘 아침 내가 심장마비로 죽었더라면 다시 보지 못했을 이 작은 것들이 갑자기 커다란 의미가 되어 내게 다가왔다. 내가 살아 있음을 확인시켜주는 것들은 저 하늘의 별들이나 지혜가 아닌, 바로 그들이었다.

밤이 깊어지고 칠흑 같은 어둠이 깔렸다. 저 멀리 지평선 위로 도시의 희미한 불빛이 보였다. 나는 땅바닥에 길게 누워 머리 위의 나뭇가지들을 바라보았다. 온갖 종류의 이상한 소리들이 들려왔다. 먹이를 찾아 나선 밤 짐승들이었다. 페트루스가 모든 것을 다 알 수는 없었다. 그 역시 나처럼 평범한 인간일 뿐이니까. 이곳에 정말 독사가 없다는 보장이 어디 있겠는가? 그리고 늑대도 있을 수 있다. 어쩌면 영원히 산다는 유럽의 늑대들이 내 체취를 맡고 이곳으로 올지도 모르지 않는가? 나뭇가지가 부러지는 것 같은 큰 소리가 나서 나는 소스라쳤다. 놀란 심장이 두근거리기 시작했다.

나는 몹시 긴장해 있었다. 속히 훈련을 마치고 호텔로 가는 것이 최선이었다. 점차 마음이 진정된 나는 죽은 사람처럼 가슴 위에 두 손을 교차시켜 올려놓았다. 그때 바로 옆에서 무언가가 움직였다. 나는 벌떡 몸을 일으켰다.

아무것도 없었다. 어둠이 모든 것을 삼켜버리자, 인간이 느낄 수 있는 모든 두려움이 행렬처럼 이어졌다. 나는 다시 누웠다. 이 두려움을 훈련을 위한 자극제로 삼기로 했다. 기온이 현저히 내려갔는데도 내 몸은 땀으로 흥건히 젖어들었다.

나사못을 조여 뚜껑을 닫은 관의 모습을 머릿속에 떠올렸다. 나는 움직이지 못했지만 살아 있었다. 모든 것을 지켜보고 있는 내 가족에게 사랑한다고 말하고 싶었지만 아무 소리도 낼 수 없었다. 관 주위에서 부모님과 친구들이 울고 있었지만 나는 혼자였다! 내게 소중한 존재들이 그곳에 있었지만, 그 누구도 내가 살아 있음을 알지 못했다. 내가 이 세상에서 이루고 싶었던 일을 다 해보지 못했다는 것을 그들은 모르고 있었다. 눈을 떠서 신호를 보내고 관 뚜껑을 발로 차려고 필사적으로 노력했지만, 내 몸은 꿈쩍도 하지 않았다.

그때, 관이 흔들리는 것이 느껴졌다. 나를 무덤으로 옮기는 중이었다. 손잡이가 삐걱거리는 소리와 관을 따라오는 사람들의 발소리, 나지막하게 주고받는 대화 소리가 들려왔다. 그들은 장례식이 끝나고 저녁식사를 할 것이며, 내가 너무 일찍 갔다고 한마디씩 주고받을 것이다. 내 머리 주위에 놓인 꽃들이 내뿜는 짙은 향기에 숨이 막힐 것 같았다.

거절당할 것이 두려워 두세 명의 여자들에게 구애조차 하지 못했던 것이 떠올랐다. 나중에 할 수 있을 거라 생각하고 하고 싶었던 일을 여러 번 포기한 것도 기억났다. 깊은 회한이 몰려왔다. 산 채로 매장당하고 있기 때문이 아니었다. 사는 것 자체를 두려워했던 나 자신에 대한 깊은 후회였다. 인생에서 가장 중요한 것이 충만한 삶을 즐기는 것일진대, 나는 무엇 때문에 거절당할까 두려워하고 하고 싶은 일을 훗날로 미루었던 것일까? 하지만 나는 지금 관 속에 갇혀 있었고, 이제 다시 돌아가 예전에 갖지 못했던 용기를 보여주기엔 너무 늦어버린 터였다.

나는 스스로를 배신한 유다였다. 나는 손끝 하나 움직이지 못하면서 그곳에 누워 있었다. 관 밖의 사람들이 내가 다시 볼 수 없을 조각상과 건물들을 바라보고 저녁에 할 일을 생각하며 삶을 향유하고 있는 동안, 나는 도와달라고 마음속으로 외칠 수밖에 없는 처지였다. 너무 불공평한 대우를 받고 있다는 느낌이 나를 사로잡았다. 다른 사람들은 계속 살아가는데 나는 이렇게 땅속에 묻혀야 하다니! 차라리 천재지변이라도 일어났으면 하는 생각이 들었다. 모두 함께 같은 배를 타고, 나를 묻으려고 하는 캄캄한 저 나락으로 함께 갔으면 하는 마음이 간절했다. 살려줘요! 난 살아 있어요. 죽지 않았다고요. 내 머리는 아직 돌아가고 있단 말이오!

그들은 내 관을 묘혈가에 내려놓았다. 이제 나를 묻으려 하는 것이다! 아내는 나를 잊고 재혼을 하고, 우리가 오랫동안 함께 모은 돈을 쓰겠지…… 하지만 그게 뭐가 중요하단 말인가! 나는 지금 그녀와 함께 있고 싶은 생각뿐이었다. 왜냐하면, 나는 살아 있으니까!

곡소리가 들리자 내 눈에서도 눈물이 흘러내렸다. 이 순간 그들이 관 뚜껑을 열어본다면, 자신들의 실수를 깨닫고 나를 구할 수 있을 텐데. 그러나 그들은 가차 없이 관을 묘혈에 내려놓았다. 갑자기, 사방이 캄캄해졌다. 그때까지만 해도 관 뚜껑의 틈 사이로 희미한 빛이 새들어오고 있었지만 이젠 온통 암흑이었다. 인부들이 삽으로 흙을 퍼 무덤을 메우고 있었다. 나는 이렇게 살아 있는데! 산 채로 매장을 당하다니! 공기는 희미해져갔고, 꽃향기는 이제 견딜 수 없을 지경이었다. 멀어져가는 사람들의 발소리가 들려왔다. 그리고 이제는 완벽한 공포가 나를 사로잡았다. 나는 여기서 옴짝달싹할 수가 없는데, 그들은 떠나버린 것이다. 이제 곧 밤이 찾아올 것이고, 내가 관 뚜껑을 두드려봤자 아무도 들을 수 없을 것이다!

아무도 내가 속으로 외치는 소리를 듣지 못했다. 이제 나는 혼자 남았다. 어둠과 숨쉬기조차 힘든 짙은 꽃향기 때문에 미쳐버릴 것만 같았다. 갑자기, 어떤 소리가 들렸다. 벌레들이었다. 나를 산 채로 삼키려고 다가오는 벌레들. 온 힘을 다해 손발을 움직이려고 했지만 무기력할 뿐이었다. 벌레들이 내 몸 위로 기어올라왔다. 끈적거리고 차가운 벌레들은 내 얼굴 위로, 바지 속으로 기어 들어왔다. 어떤 녀석은 내 항문 속으로, 또다른 녀석은 콧구멍 속으로 들어갔다. 살려주세요! 난 산 채로 먹히고 있었다. 아무도 내 외침을 듣지 못했다. 아무도 응답하지 않았다. 콧구멍 속으로 들어온 벌레는 목구멍으로 내려갔다. 또 한 마리는 내 귓속으로 들어갔다. 여기서 나가야만 해! 내 부름에 응답하지 않는 신은 대체 어디 있단 말인가? 벌레들이 내 목구멍을 갉아먹기 시작하자, 소리조차 지를 수 없었다! 벌레들은 내 몸에 뚫려 있는 모든 구멍으로 들어오고 있었다. 귀로, 입으로, 요도로. 내 몸 안에서 끈적거리며 침을 흘리는 벌레들이 느껴졌다. 소리를 질러야만 한다. 이곳에서 벗어나야만 해! 나는 산 채로 잡아먹히면서, 홀로 어둡고 차가운 무덤 속에 갇혀 있었다. 공기는 점점 희박해지고 벌레들은 나를 먹고 있었다! 움직여야만 한다. 이 관을 부숴버려야만 해! 맙소사, 온 힘을 모아야 한다, 움직여야 하니까! 이곳에서 나가야만 해, 반드시. 움직인다! 움직인다!

마침내 난 해낸 거야!

관 뚜껑이 조각조각 부서져버림과 동시에 무덤은 사라져버렸다. 나는 가슴 가득 산티아고 순례길의 맑은 공기를 가득 채워넣었다. 내 몸은 땀에 젖은 채 머리끝부터 발끝까지 덜덜 떨고 있었다. 몸을 움직여보니 뱃속이 텅 비어 있음이 느껴졌다. 하지만 그런 것은 아무래도 좋았다. 이렇게 나는 살아 있지 않은가!

아직도 몸이 떨리고 있었지만, 그것을 제어하기 위해 나는 아무 노력도 하지 않았다. 내면의 거대한 평온함이 날 사로잡았고, 내 곁에 어떤 존재가 느껴졌다. 그것은 죽음이었다. 하지만 두려움과 상상으로 만들어낸 죽음이 아니었다. 몇 분 전 내가 경험한 그 죽음은 나의 친구이자 조언자였다. 나로 하여금 남은 삶의 단 하루라도 비겁하게 살지 않을 것을 결심하게 한. 이제부터 그는 페트루스의 안내와 충고보다 내게 더 큰 도움이 될 터였다. 지금 할 수 있는 일을 훗날로 미루는 걸 허락하지 않을 것이다. 살아가면서 치러내야 할 싸움들을 피하게 하지도 않을 것이며, '선한 싸움'을 이끌어갈 수 있도록 나를 도와줄 것이다. 이제 나는 결코, 어떤 순간에도, 내가 행하는 아주 작은 몸짓 하나라도 부끄러워하지 않을 것이다. 그가 내 손을 잡고 분명히 말해주었다. 다른 세계로 떠나야 할 순간이 왔을 때, 가장 큰 죄악과 함께 가서는 안 된다고. 그것은 후회라는 죄악이었다. 나는 내 곁에 있는 그의 존재를 확인하고 그의 다정한 얼굴을 바라보면서, 앞으로 삶이라는 생명수를 마음껏 마시게 되리라는 것을 확신했다.

이제 밤은 비밀스럽지도 두렵지도 않은 시간이었다. 행복하고 평화로운 밤이었다. 몸이 떨리지 않게 되자, 나는 자리에서 일어나 농부들이 들판에 놓고 간 급수차로 향했다. 그리고 버뮤다 팬츠를 벗어 빨고 배낭에서 새 옷을 꺼내 갈아입었다. 그리고 다시 나무로 돌아와 페트루스가 남겨두고 간 샌드위치를 먹었다. 이 순간 그것은 세상에서 가장 맛있는 음식이었다. 나는 살아 있었고, 더는 죽음이 두렵지 않았다.

그곳에서 잠을 청하기로 마음먹었다. 어둠이 그처럼 위안이었던 때가 없었다.

개인적 악덕

우리는 광대한 들판을 지나고 있었다. 고른 색깔의 평평한 밀밭이 멀리 지평선까지 펼쳐져 있었다. 단조로운 그 풍경에 변화를 주는 것은, 꼭대기에 십자가가 있어 순례길을 안내해주는 중세식 기둥뿐이었다. 기둥 앞으로 다가간 페트루스는 배낭을 땅바닥에 던지더니 무릎을 꿇고 앉았다. 그리고 내게도 똑같이 할 것을 권했다.

"이제 기도를 하려고 합니다. 검을 손에 넣은 순례자를 곤경에 빠뜨릴 수 있는 단 한 가지 문제를 물리칠 수 있도록 드리는 기도지요. 그 한 가지 문제는 개인적인 악덕입니다. 위대한 스승에게 검을 다루는 법을 배우는 순례자의 가장 큰 적은 자신의 한 손입니다. 따라서 당신이 검을 되찾게 되면, 검을 쥔 손이 당신 자신을 해치지 않도록 기도를 드립시다."

때는 오후 두시였다. 사위가 고요한 가운데 페트루스가 기도를 시작했다.

"자비로운 주여, 우리는 콤포스텔라의 길을 순례하기 위해 여기 와 있습니다. 그리고 여기 있는 우리의 존재가 악함이 될 수도 있나이다. 당신의 무한한 자비 속에서, 우리의 앎을 우리 자신에 반하여 사용치 않도록 저희를 도우소서.

스스로를 불쌍하게 여기는 이들을 굽어보소서. 자신들은 선하나 삶이 불공평하게 대우한다고 여기고 부당한 일만 일어난다고 생각하는 이들에게 자비를 베푸소서. 그들은 결코 '선한 싸움'을 이끌어나가지 못할 것입니다. 또한 스스로에게 잔인하며, 자신의 행위에서 악한 것만을 발견하며, 세상의 부당함에 책임이 있다고 여기는 이들도 불쌍히 여기소서. 그들은 '그분은 너희의 머리카락까지도 다 세어놓고 계신다'는 당신의 말씀을 알지 못합니다.

남에게 명령하는 자와, 사방이 닫혀 있고 갈 곳 없는 일요일을 맞바꿔 오랜 시간 일만 하며 자신을 희생하는 이들도 굽어 살피소서. 또한 당신의 과업을 신성하게 하며, 당신의 끝간 데 없는 열정 너머로 가려다가 큰 빚을 지고 자신의 형제들에 의해 십자가에 못 박히고 마는 이들에게도 자비를 베풀어주소서. 그들은

'뱀같이 지혜롭고 비둘기처럼 순결하라'는 당신의 말씀을 알지 못하는 이들입니다.

세상을 정복했으나 자신 안의 '선한 싸움'을 이끌어본 적이 없는 이들을 불쌍히 여기소서. 또한 '선한 싸움'에서 승리했지만 세상을 이기지 못했기에 삶의 갈림길에 머무르는 이들도 생각하소서. 그들은 '그러므로 지금 내가 한 말을 듣고 그대로 실행하는 사람은 반석 위에 집을 짓는 슬기로운 사람과 같다'는 당신의 말씀을 모르는 자들입니다.

펜과 붓과 악기와 도구를 들기를 두려워하는 이들에게 자비를 베푸소서. 그들은 이미 누군가가 자신보다 뛰어나다고 생각하며, 자신은 놀라운 예술의 세계로 들어갈 자격이 없다고 생각하나이다. 그러나 하찮은 것들 안에 영감을 쏟아넣기 위해 펜과 붓과 악기와 도구를 손에 들고 자신이 다른 이들보다 더 낫다고 믿는 이들을 더욱 불쌍히 여겨주소서. 그들은 '감추인 것은 드러나게 마련이고 비밀은 알려지게 마련이다'라는 당신의 말씀을 모르는 이들입니다.

먹고 마시면서 포식하지만, 그런 풍요로움 속에서도 불행하고 고독한 이들에게 자비를 베푸소서. 하지만 단식하고 비판하고 금욕하면서, 스스로를 성인이라 여기며 광장에서 당신의 이름으로 설교하는 이들에게는 더 큰 자비를 베풀어주소서. 그들은 '나 자신의 일을 내 입으로 증언한다면 그것은 참된 증언이 못 된다'는 당신의 말씀을 알지 못합니다.

죽음을 두려워하는 사람, 자신들이 거쳐온 수많은 왕국을 알아보지 못하는 사람, 이미 수없이 경험한 죽음을 깨닫지 못하는 사람, 언젠가 세상이 끝나는 날이 오리라 생각하고 스스로를 불행으로 몰아가는 사람들을 위해 자비를 베푸소서. 그러나 수없이 죽음을 경험했음에도 자신이 영원히 죽지 않으리라 믿는 사람들을 더 불쌍히 여기소서. 그들은 '누구든지 새로 나지 아니하면 아무도 하느님의 나라를 볼 수 없다'는 당신의 말씀을 모릅니다.

스스로를 끊어지기 쉬운 사랑의 끈으로 옭아매 누군가에게 예속되는 사람, 자신이 다른 이들의 주인이라고 믿는 사람, 시기심을 느끼고 사랑에 중독되어 스스로를 망치는 사람들을 불쌍히 여기소서. 그들은 들판에 부는 바람이나 다른 모든 것들처럼 사랑 또한 변한다는 것을 보지 못합니다. 그러나 사랑하기를 두려워하며, 자신도 알지 못하는 더 높은 사랑의 이름으로 사랑을 거부하는 이들에게는 더 큰 자비를 베푸소서. 그들은 '내가 주는 물을 마시는 사람은 영원히 목마르지 않을 것이다'라는 당신의 말씀을 모르는 자들입니다.

우주를 한마디로 설명하려고 하거나, 신은 신비한 물약 정도로, 인간은 충족되어야 하는 원초적 욕망만을 지닌 존재 정도로 생각하는 이들을 측은히 여기소서. 그들은 천체의 음악을 결코 들어본 적이 없는 이들입니다. 하지만, 맹신하는 자들, 실험실에서 수은을 금으로 변화시키려 하거나 타로카드의 비밀이나 피라미드의 능력을 이야기하는 책들에 둘러싸여 지내는 이들을 더욱 더 불쌍히 여기소서. 그들은 '너희가 생각을 바꾸어 어린아이와 같이 되지 않으면 결코 하늘나라에 들어가지 못할 것이다'라는 당신의 말씀을 알지 못합니다.

자기 자신 외에는 아무도 보지 못하는 사람, 다른 사람들을 리무진을 타고 거리를 지나갈 때 멀리 보이는 어렴풋한 풍경 정도로만 여기는 사람, 에어컨이 돌아가는 펜트하우스 사무실에 자신을 가둬놓고 고독한 권력으로 조용히 고통받는 이들을 불쌍히 굽어보소서. 하지만, 언제나 손을 벌린 채 자비를 베푸는 사람, 오직 사랑으로만 악을 이기려고 하는 사람들도 측은히 여기소서. 그들은 '칼이 없는 사람은 겉옷을 팔아서라도 칼을 사가지고 가거라'는 당신의 말씀을 모르는 자들입니다.

주여, 우리를 불쌍히 여기소서. 우리는 당신이 약속한 검을 찾아 감히 손에 쥐고자 하는 자들이며, 신앙심 깊은 지상의 죄인입니다. 우리는 우리 스스로조차 깨닫지 못하는 어리석은 백성입니다. 우리는 종종 옷을 입고 있다고 생각하지만 벌거벗은 자들이며, 사실은 누군가를 구하면서도 죄를 짓고 있다고 생각합니다. 천사의 한 손과 악마의 한 손으로 동시에 검을 쥐고 있는 우리를 잊지 마시고 당신의 자비로 감싸주소서. 우리는 세상에 존재하며, 세상에 머무를 것이며, 우리에겐 당신이 필요하기 때문입니다. 우리는 '내가 너희를 보낼 때 돈주머니나 식량자루나 신발도 가지고 가지 말라고 했는데 부족한 것이라도 있었느냐?'는 당신의 말씀을 필요로 하기 때문입니다."

그리고 페트루스는 입을 다물었다. 오랜 침묵이 이어졌다. 그는 우리 주위의 밀밭을 말없이 응시했다.

정복

한낮이었다. 템플기사단의 명으로 세워진 오랜 성의 폐허에 도착한 우리는 그곳에서 잠시 쉬어가기로 했다. 페트루스는 평소처럼 담배를 피웠고, 나는 점심식사 때 남겨둔 포도주를 조금 마셨다. 그런 다음 주위의 풍경을 둘러보았다. 농가 몇 채와 성의 탑, 씨 뿌릴 준비를 해놓은 굽이치는 들판이 보였다. 갑자기, 내 오른편에 있는 성벽 근처로 양 떼를 몰고 들에서 돌아오는 한 양치기가 보였다. 불그스름한 하늘에 양들이 일으킨 흙먼지가 겹쳐지면서, 마치 꿈속이나 마법의 환상인 듯한 희뿌연 광경이 연출되었다. 양치기는 손을 들어 인사를 했다. 우리도 그에게 답례를 보냈다.

양들은 우리 앞을 지나쳐서 가던 길을 계속 갔다. 페트루스는 자리에서 일어섰다. 그 장면에 깊은 인상을 받은 것 같았다.

"갑시다. 서둘러야 할 것 같소."

"왜요?"

"어쨌거나 어서 갑시다. 우리가 한참 지체했다고 생각하지 않습니까?"

그러나 그가 서두르는 것은 양치기와 양 떼가 만들어낸 장면과 어떤 관련이 있기 때문임을 직감적으로 알 수 있었다.

이틀 후, 우리는 광대한 밀밭의 단조로움을 깨뜨리며 남쪽에 솟아 있는 산기슭에 도착했다. 기복이 있는 지형이었는데도 호르디 신부가 말한 노란색 표지들은 잘 표시되어 있었다. 그런데 페트루스는 내게 어떤 설명도 없이 표지들에서 이탈해 마냥 북쪽으로만 갈 뿐이었다. 내가 표지를 벗어났다고 지적했지만, 자신은 안내자로서 나를 어디로 이끌어야 할지 잘 알고 있다는 무뚝뚝한 대답만 돌아왔다.

삼십 분 정도 걸어가자, 물 떨어지는 소리 같은 것이 들려왔다. 우리 주위에는 작열하는 태양에 말라버린 벌판밖에 보이지 않았으므로, 나는 그 소리가 어디서 들려오는지 찾아보기로 했다. 앞으로 나아갈수록 소리는 점차 커져갔다. 의심할 여지 없이 폭포에서 나는 소리였다. 하지만 이상하게도 주위에는 산도 폭포도 보이지 않았다.

작은 구릉을 돌아서자, 갑자기 기이한 자연의 작품과 맞닥뜨리게 되었다. 육 층 크기 건물이 들어갈 수 있을 만한 크기의 움푹한 구덩이였다. 그 땅속 중앙을 향해 물이 흘러들어가고 있었다. 거대한 구덩이의 가장자리에는 다종다양하고도 무성한 식물군이 폭포를 에워싸고 있었다.

"내려가야 합니다."

페트루스가 통고하듯 말했다.

구덩이로 난 비탈을 내려가면서 나는 쥘 베른을 생각했다. 지구의 중심을 향해 가고 있는 느낌이었다. 가파른 경사면 때문에 넘어지지 않으려면 가시가 돋아 있는 나뭇가지와 날카로운 돌들을 붙잡아야 했다. 구덩이의 바닥에 도착했을 때 내 팔다리는 온통 긁힌 상처투성이였다.

"멋진 자연의 작품이군요."

페트루스가 말했다.

내 눈에도 그렇게 보였다. 사막 한가운데의 오아시스, 무성한 식물들, 무지갯빛으로 빛나는 물방울들, 이 모든 것은 위에서 내려다보았을 때처럼 아래에서도 아름다웠다.

"자연의 위대함을 보여주는 증거입니다."

그는 거듭 강조해서 말했다.

"정말 그렇군요."

나도 맞장구를 쳤다.

"또한 우리의 위대함을 입증할 수 있는 기회이기도 하지요. 우린 이제 이 폭포를 거슬러 올라갈 겁니다. 쏟아지는 물 한가운데를 뚫고."

나는 다시 내 눈앞의 광경을 바라보았다. 지금까지 본 오아시스 가운데 가장 아름다운, 자연이 부린 멋진 변덕의 산물이었다. 내 앞의 십오 미터가 넘는 높이의 절벽에서 요란한 소리를 내며 물이 떨어지고 있었다. 낙수에 의해 형성된 못의 깊이는 사람의 키를 넘지 않았고, 강물은 귀가 멍멍하도록 큰 소리를 내며 지구 한가운데로 통하는 것 같은 구멍 속으로 흘러들어가고 있었다. 절벽 위로 붙잡을 수 있도록 튀어나와 있는 돌 같은 건 전혀 보이지 않았고, 못은 추락의 충격을 완화해줄 정도로 깊지 않았다. 페트루스의 제안은 절대적으로 불가능해 보였다.

오 년 전의 일이 떠올랐다. 이번 경우처럼 의식 중에 매우 위험한 등정이 포함되어 있었다. 마스터는 내가 계속할 것인지 아닌지를 스스로 결정하도록 했다. 그때 나는 지금보다 더 젊었고, 마스터의 권능과 성전의 경이로움에 매혹되어 있었다. 나는 계속 앞으로 나아가기로 결심했다. 내 용기와 용맹함을 증명해 보이고 싶었던 것이다.

그때 한 시간 정도 등반했을 때였다. 가장 어려운 코스를 앞두고 예상치 못했던 강풍이 불어왔다. 굴러 떨어지지 않기 위해 나는 온 힘을 다해 평평하고도 좁은 돌출부에 딱 달라붙어 있어야 했다. 최악의 사태를 예감하며 손톱을 바위에 박은 채 눈을 감고 있는 순간, 누군가 안전하고 편안한 위치로 옮겨갈 수 있도록 나를 도와주었다. 나는 깜짝 놀랐다. 눈을 뜨니 마스터가 내 옆에 있었다. 그가 허공에 어떤 형상을 그리자 갑자기 바람이 멈추었다. 공중부양이라도 하듯 날렵하게 다시 내려간 그는 내게도 그렇게 하도록 권했다.

후들거리는 다리를 이끌고 간신히 아래로 내려간 나는 그에게 화를 내며 물었다. 왜 바람이 내게로 닿기 전에 멈추게 했는지.

"바람을 불게 한 게 바로 나였기 때문이오."

"날 죽이려고요?"

"당신을 구하기 위해서. 당신은 이 산을 올라갈 능력이 없소. 내가 당신에게 올라갈 것인지 물어봤을 때 내가 시험한 것은 당신의 용기가 아니었소. 나는 당신의 지혜를 시험했던 거요. 그러니까, 당신은 내가 내리지도 않은 명령을 스스로 만들어내어 당신 자신에게 내린 거요."

마스터는 내게 설명해주었다.

"당신이 공중부양을 할 줄 알았다면, 아무 문제도 없었겠지. 하지만 당신은 현명함을 보여주는 것만으로도 충분한데 용기까지 보여주고 싶어한 거요."

그날 마스터는 계시의 과정 중에 미쳐버려 자신의 권능과 신봉자들의 능력을 구분하지 못한 마법사들에 관한 이야기를 들려주었다. 나는 성전의 길 위에서 위대한 사람들을 만났다. 내 마스터를 포함해서, 육체의 능력을 인간이 꿈꿀 수 있는 것보다 훨씬 더 높은 단계까지 끌어올린 마스터를 셋이나 만나기도 했다. 그리고 그들을 통해서 기적 같은 일들과, 예고했던 일이 실제로 일어나는 장면과 심지어 환생까지도 목격했다. 나의 마스터는 아르헨티나인들이 군도群島를 공격하기 이미 두 달 전에 포클랜드 전쟁이 발발할 것을 예고하기도 했다. 그는 전쟁이 어떻게 진행될 것인지 자세히 묘사했고, 그 분쟁의 원인을 천체와 연관지어 설명했었다.

그날 난 마스터가 말한 것처럼, 어떤 마법사들이 '계시의 과정 중에 미쳐버렸다는 것'도 알게 되었다. 그들은 권능을 포함한 모든 면에서 마스터들과 유사한 점이 많았다. 어떤 마법사가 극도의 정신집중 끝에 십오 분 만에 씨앗을 발아시키는 것을 지켜본 적도 있었다. 그러나 그 사람을 포함한 몇몇은 수많은 신봉자들을 광기와 절망으로 이끌었다. 그중 어떤 이들은 정신병원에서 생을 마감했고, 자살한 사람도 있었다. 어떤 이들은 성전의 악명 높은 '블랙리스트'에 이름이 올랐지만, 그들을 통제하는 것은 불가능했다. 오늘날까지도 활동을 계속하는 이들도 있다.

올라가기 불가능해 보이는 폭포를 마주한 짧은 순간 동안, 그 모든 일이 내 머리를 스치고 지나갔다. 페트루스와 함께 걸었던 시간들, 나를 공격했지만 그에게는 아무 해도 입히지 않았던 개, 레스토랑에서 그가 이성을 잃고 청년에게 화를 냈던 일, 결혼식 때 취했던 그의 태도가 떠올랐다.

"페트루스, 이 절벽을 올라간다는 건 말도 안 돼요. 이유는 딱 하나요. 불가능하니까."

그는 아무런 대꾸도 하지 않은 채 풀 위에 주저앉았다. 나도 같이 앉았다. 십오 분가량 우리는 아무 말도 하지 않았다. 그의 침묵에 지친 나는 또다시 먼저 말을 꺼냈다.

"페트루스, 난 이 폭포를 올라가고 싶지 않아요. 떨어질 게 분명하니까. 물론 죽지 않을 거라는 건 알아요. 내 죽음의 얼굴을 보았을 때, 나는 내게 언제 죽음이 닥칠지도 보았어요. 내가 내 길에 충실하다면 말이죠. 하지만 저기 올라갔다가는 굴러 떨어져서 앞으로 남은 생애 동안 반신불수가 되어 살아갈 수도 있다고요."

"파울로, 파울로……"

페트루스는 나를 바라보며 미소 지었다. 그는 완전히 변해 있었다. 그의 목소리에는 모든 것을 소멸시키는 사랑이 깃들어 있었고, 그의 눈은 빛나고 있었다.

"내가 길을 떠나기 전에 한 순종의 맹세를 저버리는 거라고 말하려는 겁니까?"

"당신은 어떤 맹세도 저버리지 않았어요. 그리고 두려움을 느낀 것도, 게으름을 피운 것도 아니고요. 내가 불필요한 명령을 했다고 생각하지도 않았을 겁니다. 당신은 흑마법사*들을 생각하고 올라가지 않으려고 하는 겁니다. 자신의 결정권을 사용하는 건 맹세를 저버리는 게 아니에요. 그 힘은 순례자들에게 항상 허용돼 있기 때문이죠."

나는 한동안 폭포를 응시한 다음 다시 페트루스에게로 돌아갔다. 올라갈 수 있는 가능성을 따져보았지만, 아무래도 무리였다.

"조심하십시오."

그가 다시 말했다.

"내가 먼저 올라갈 겁니다. 어떤 특별한 능력도 사용하지 않고. 그리고 난 성공할 겁니다. 만약 내가 성공하면, 그리고 그것

---

* 성전에서 신봉자들과의 신비스러운 접촉 능력을 잃어버린 마스터들을 가리킨다. 또한 지상의 유일한 힘들을 다스린 다음, 인식의 과정을 중단한 마스터들을 지칭하기도 한다. (원주)

이 단지 어디에 발을 디딜지 알았기 때문이라면, 당신도 똑같이 하면 됩니다. 그렇다면 당신의 결정권은 무효가 되는 것이죠. 내가 올라가는 걸 본 후에도 계속 거부한다면, 그때는 당신이 맹세를 어기는 게 되는 거고요."

페트루스는 신발을 벗었다. 나보다 적어도 열 살은 많은 그가 성공한다면, 난 어떤 변명도 할 수 없게 될 터였다. 폭포를 바라보는 내 뱃속에 한기가 느껴졌다.

하지만 그는 움직이지 않았다. 맨발이 된 그는 같은 장소에 다시 앉았다. 그리고 하늘을 바라보더니 입을 열었다.

"1502년, 여기서 몇 킬로미터 떨어진 곳에서 한 양치기 앞에 성모마리아가 나타났지요. 오늘이 바로 그 사건을 기념하는 순례길의 성모마리아 축일입니다. 그분께 내가 정복한 것을 바치고 싶어요. 당신도 그렇게 했으면 좋겠군요. 정복을 봉헌하는 거죠. 돌에 베인 당신 발의 고통이나 손에 난 상처를 바치려고 하지 마세요. 사람들은 고행의 고통만 바치려고 하지요. 그것이 잘못된 건 아니지만, 우리가 자신의 고통과 더불어 기쁨도 함께 바친다면 그분께서 행복해하지 않을까요."

나는 아무런 대꾸도 하고 싶지 않았다. 페트루스가 정말 이 절벽을 올라갈 수 있을 것인지에 대해 계속 의구심이 들었다. 내게는 이 모든 것이 말도 안 되는 코미디란 생각뿐이었다. 그는 입에 발린 말로 나를 부추기고 있는 게 분명했다. 내가 하고 싶어 하지 않는 일을 억지로 하게 하려고. 하지만 그런 생각을 하면서도 난 눈을 감고 순례길의 성모에게 기도를 올렸다. 만약 페트루스와 내가 이 절벽을 올라가는 데 성공한다면, 언젠가 이곳으로 다시 돌아오겠다는 약속의 기도였다.

"당신이 지금까지 배운 건 그것을 실제로 적용했을 때만 의미가 있는 겁니다. 잊지 마십시오. 내가 이미 수없이 말했듯, 산티아고 순례길은 평범한 사람들의 길이라는 것을. 삶을 살아가면서도, 순례를 하는 중에도, 지혜란 우리가 장애를 극복하도록 도와줄 때만 그 가치가 있는 겁니다.

두드릴 못이 없다면 망치는 그 존재 이유가 없을 것입니다. 하지만 못이 존재하는 것만으로는 충분하지가 않지요. 망치는 목수의 손에 쥐어져 그 기능을 발휘하도록 사용되어야 하는 것입니다."

이타치아이아에서 마스터가 한 말이 떠올랐다.

"검을 가진 자는 검이 칼집에서 녹슬지 않도록 끊임없이 그것을 사용해야 한다."

페트루스는 상세한 설명을 덧붙였다.

"저 폭포는 지금까지 당신이 배운 것을 실행에 옮길 수 있는 장소입니다. 당신에게는 이미 유리한 점이 한 가지 있습니다. 당신이 언제 죽을지를 이미 알고 있지 않습니까. 그러니 어디를 잡아야 할지 빠른 시간 안에 결정해야 할 때 적어도 죽음에 대한 공포로 마비되지는 않겠지요. 물을 믿고, 그것이 당신에게 필요한 것을 제공해줄 것임을 기억하도록 하십시오. 자꾸 부정적인 생각이 들면 엄지손톱 밑을 찌르도록 하고요.

그리고 무엇보다 이것을 명심하십시오. 올라가는 동안 매 순간, 모든 것을 소멸시키는 사랑에 의지해야 한다는 것을. 그 사랑이 당신을 이끌고, 당신의 걸음걸음마다 정당성을 부여해줄 것입니다."

그리고 페트루스는 입을 다물었다. 그는 옷을 모두 벗은 후, 작은 못의 차가운 물속에 들어가 몸을 완전히 담근 채 하늘을 향해 두 팔을 들어올렸다. 그는 상쾌한 물의 느낌과 물방울이 우리 주위에 그리는 무지개를 보는 즐거움에 한껏 취해 있었다.

"얘기할 게 한 가지 더 남아 있습니다."

폭포의 장막 속으로 뚫고 들어가기 전에 그가 말했다.

"이 폭포는 당신에게 마스터가 되는 법을 가르쳐줄 겁니다. 내가 올라가는 동안 당신과 나 사이에는 물의 막이 존재하게 되지요. 그러므로 내가 정확하게 어디에 발과 손을 놓는지 당신은 볼 수 없을 것입니다.

마찬가지로, 제자는 자신을 이끄는 이의 걸음걸이를 결코 흉내내어서는 안 됩니다. 삶을 바라보고, 고난과 정복을 체험하는 각자의 방식이 있는 것이니까요. 가르친다는 것은 가능한 것을 보여주는 것입니다. 그리고 배운다는 것은 그 가능성을 자신의 것으로 만드는 것이고요."

나는 아무런 대꾸도 하지 않았다. 그는 폭포 아래로 들어가 절벽을 오르기 시작했다. 반투명 유리 너머를 보는 것처럼 그의 모습이 뿌옇게 보였다. 천천히, 그러나 한 치의 흔들림도 없이 그는 위를 향해 전진했다. 그가 정상으로 다가갈수록 내 두려움은 더 커져갔다. 나도 똑같이 해야 하는 순간이 다가오고 있기 때문이었다. 마침내, 가장 두려운 순간이 닥쳐왔다. 조금만 더 위로 올라가면, 이제는 아래로 떨어지고 있는 물을 그대로 몸에 맞아야 하는 순간이었다. 폭포의 내리치는 힘이 그를 바닥으로 내동댕이칠 것이 분명했다. 이윽고 페트루스의 머리가 물 밖으로 솟아나왔다. 그는 마치 물로 된 은빛 망토를 입은 것 같았다. 그 모습을 본 것은 아주 잠깐이었다. 다시 물속으로 들어간 그는 어떻게든 정상의 평평한 곳을 붙잡으려 애쓰며 빠른 동작으로 몸을 위로 끌어올렸다. 잠시 그의 모습이 보이지 않았다.

마침내 페트루스가 위에서 모습을 드러냈다. 젖은 몸으로 햇살을 가득 받고 선 그는 나를 향해 미소를 짓고 있었다.

“자!”

그는 손짓을 하며 소리쳤다.

“이제 당신 차례요!”

이제 내 차례였다. 폭포를 거슬러 올라가지 않으면, 나는 영원히 내 검을 포기해야 할 터였다.

나는 옷을 벗은 다음, 다시 순례길의 성모에게 기도를 올렸다. 그리고 머리부터 물속으로 들어갔다. 물은 얼음장처럼 차가웠고, 몸은 긴장으로 뻣뻣해졌다. 그러나 곧 기분 좋은 느낌이 나를 사로잡았다. 나는 더 망설이지 않고 폭포를 향해 곧장 걸어갔다.

머리 위로 폭포수가 떨어졌다. 그 물의 충격은 신념과 힘이 가장 필요한 순간에 인간을 나약하게 만드는 냉엄한 ‘현실감각’을 일깨워주고 있었다. 물이 떨어지는 힘은 생각했던 것보다 훨씬 더 강해서, 못 바닥에 두 발을 굳건히 딛고 서 있어도 가슴 한가운데로 물을 받게 되면 뒤로 넘어갈 것만 같았다. 나는 물줄기를 뚫고 들어가, 바위에 몸을 바짝 붙인 채로 돌벽과 물 사이의 좁은 공간에 섰다. 안에 들어가서 보니 내가 생각했던 것보다 절벽을 오르기가 훨씬 더 쉬워 보였다.

밖에서 볼 때는 매끄러워 보였지만 실상은 요철이 많은 암벽이었다. 실제로는 수십 번도 더 올라가보았던 종류의 암벽일 뿐이었는데, 단지 매끄러운 돌일 거라는 두려움 때문에 검을 포기할 뻔했다는 생각이 들자 미쳐버릴 것만 같았다. 페트루스의 목소리가 들리는 것 같았다.

"알았소? 일단 결심을 하고 나면, 문제는 놀랄 정도로 쉽게 해결될 수 있는 겁니다."

나는 젖은 바위에 얼굴을 바짝 붙인 채 기어올랐다. 십 분 만에 벌써 반 이상의 높이를 올랐다. 이제 꼭대기에 오르기 위해 폭포의 위쪽을 통과하는 일만 남아 있었다. 바깥의 공기와 차단되어 있는 이 작은 구간을 통과하지 못한다면 지금까지의 성공은 아무 소용도 없을 터였다. 그러나 바로 그곳에 위험이 도사리고 있었다. 페트루스가 어떻게 그 장애물을 극복했는지 상상이 가지 않았다. 난 예전에는 한 번도 들어본 적이 없었던 순례길의 성모에게 간구하기 시작했다. 이 순간 나는 승리에 대한 내 모든 신념과 희망을 순례길의 성모에게 걸고 있었다. 조심스럽게, 포효하는 듯한 급류 속으로, 처음에는 머리를 그리고 얼굴을 들이밀었다.

물은 나를 감싸면서 시야를 흐려놓았다. 나는 물의 강력한 힘을 느끼면서, 숨을 쉴 수 있는 공간을 확보하기 위해 고개를 푹

수그린 채로 바위에 단단히 매달렸다. 나는 내 발과 팔에 전적으로 의지하고 있었다. 내 오래된 검을 들던 팔과 산티아고 순례길을 걸어온 발이었다. 그들은 나의 충성스러운 지지자들이었다. 하지만 요란한 물소리로 귀가 먹먹해지면서 숨을 쉬기가 힘들어졌다. 몇 초 동안 물속으로 머리를 집어넣자 앞이 캄캄해졌다. 이 모든 소란이 암벽의 돌출부에 매달리기 위해 분투하고 있는 나를 신비롭고 먼 어딘가로 데려갈 것만 같았다. 그 이끌림대로 따라간다면, 세상의 그 어떤 것도 중요하지 않은 그곳으로 갈 수 있을 것 같았다. 그곳에서는 바위에 붙어 있기 위해 내가 펼치는 초인적인 노력도 필요하지 않을 것이다. 그곳에서는 모든 것이 휴식이고 평화일 테니까.

그러나 내 발과 팔은 죽음의 유혹에 저항했다. 그리고 내 머리는 그곳으로 들어갔을 때처럼 물의 장막에서 서서히 벗어나고 있었다. 난 이 정신 나간 모험, 검을 찾아 폭포를 거슬러 올라가는 한 인간의 모험에서 나를 도와준 내 육체에 깊은 애정을 느꼈다.

이제 내 머리 위에서 태양이 빛나고 있었다. 나는 숨을 깊이 들이마셨다. 새로운 힘이 솟았다. 주위를 둘러보자, 우리가 아까 걸어온 평지가 바로 앞에 보였다. 모험의 끝이었다. 당장이라도 그곳으로 달려가고 싶었지만, 떨어지는 물 때문에 매달릴 수 있는 움푹한 곳을 찾을 수가 없었다. 마지막으로 강한 힘이 솟는 듯했지만, 아직 목표를 달성하지 못했으므로 스스로를 통제해야 했다. 지금이야말로 이 등정의 가장 결정적인 순간이었다. 가슴을 내리치는 물 때문에 언제라도 땅바닥으로 내동댕이쳐질 수 있었다. 감히 그곳으로부터 벗어날 수 있다는 꿈에 부풀어 있는 바로 그 순간에.

마스터나 친구들을 생각할 때가 아니었다. 내가 미끄러질 경우에 나를 구해줄 페트루스가 옆에 있는지 쳐다볼 수조차 없었다. 그는 폭포를 수도 없이 올랐을 터였기에 내가 절망적으로 도움이 필요하다는 것을 알고 있음이 분명했다. 그러나 그는 나를 저버렸다. 아니, 어쩌면 나를 버린 것이 아니라 내 뒤에 있을지도 몰랐다. 하지만 뒤를 돌아본다면 균형을 잃고 말 것이기에 그럴 수도 없었다.

나는 발과 한 팔로는 바위를 꼭 붙들고 있으면서, 자유로운 한 팔로는 물과 균형을 맞추고 있었다. 이미 쓸 수 있는 모든 힘을 사용하고 있었기에 남은 한 팔마저 물에 저항할 수는 없었다. 내 팔은 어디로 가야 할지 완벽하게 알고 있는 자유로운 물고기가 된 것 같았다. 어릴 적에 본 영화 속에서, 연어들이 폭포 위로 뛰어오르던 장면이 떠올랐다. 그들 역시 자신들의 목적지에 도달해야만 했던 것이다.

내 팔은 물의 힘을 이용하면서 천천히 위로 올라갔다. 그러고는 어린 시절의 영화 속 연어처럼, 마지막 도약을 위해 의지할 수 있는 어딘가를 찾기 위해 물속으로 뛰어들었다. 수세기 동안의 침식작용으로 인해 돌은 매끄럽게 닳아 있었다. 하지만 어딘가에는 움푹 들어간 곳이 분명히 있을 터였다. 페트루스가 성공했다면, 나도 할 수 있었다. 커다란 고통이 엄습해왔다. 나는 지금 결승점을 한 발 남겨두고 있었다. 힘이 점점 빠져서 더는 자기 확신을 갖지 못하게 되는 그런 순간이었다. 살아오는 동안, 마지막 순간에 포기하고 말았던 적이 내게도 있었다. 수영으로 대양을 횡단한 적이 있었는데, 연안 가까이에서 파도 때문에 익사할 뻔한 적이 있었다. 하지만 지금 나는 산티아고 순례길 위에 있었고, 그런 일이 끝없이 되풀이되어서는 안 될 터였다. 이번에는 반드시 이겨내야 했다.

자유로운 한 손이 매끄러운 바위 위에서 미끄러졌고, 물의 압력은 점점 더 커져갔다. 바위를 붙잡으며 버티고 있는 팔다리는 견디기가 힘든 지경이 되었고, 쥐가 날지도 모르는 상황이었다. 사타구니까지 세차게 밀어붙이는 물 때문에 강렬한 고통이 느껴졌다. 그 순간이었다. 내 자유로운 팔이 의지할 곳을 발견한 것은. 크지도 않고 내가 올라야 할 지점에서 좀 떨어져 있었지만, 다른 손이 짚을 곳을 찾는 동안 의지할 수 있는 곳이었다. 나는 마음속으로 그 위치를 기억해두었고, 나의 안녕을 염려하는 내 손은 처음 짚어야겠다고 생각한 지점에서 몇 센티미터 떨어진 곳에서 나를 기다리고 있는 또하나의 구원병을 만났다.

바로 그곳에, 수세기 동안 산티아고로 향하는 길 위의 순례자들이 의지해왔던 지점이 있었다. 나는 온 힘을 다해 그곳에 매달렸다. 폭포수의 힘에 의해 뒤로 젖혀졌던 한 손이 공중에서 호를 그린 후 움푹 들어간 그곳에 가닿았다. 곧 내 몸은 내 두 팔이 열어준 길을 따라 평평한 땅 위로 나올 수 있었다.

마지막 난관을 통과한 것이었다. 물에서 완전히 벗어나자 갑자기, 거칠었던 폭포가 평화스럽기까지 한 가느다란 물줄기로 변해버리는 것 같았다. 물가로 나오자 피곤이 몰려왔다. 따사로운 햇볕이 내 몸을 데워주었다. 나는 내가 성공했으며, 폭포 아래에 서 있을 때처럼 아직 살아 있음을 확인할 수 있었다. 내게 다가오고 있는 페트루스의 발소리가 들렸다.

일어나서 기쁨을 표현하고 싶었지만, 극도로 지친 몸이 뜻대로 움직여주지 않았다.

"그냥 있어요, 쉬세요. 천천히 호흡하도록 노력하면서."

나는 그가 시키는 대로 한 다음 꿈도 없는 깊은 잠 속으로 빠져들었다. 잠에서 깨자, 지평선으로 해가 기울고 있었다. 이미 옷을 입은 페트루스는 내게 옷을 내밀면서 계속 가야 한다고 말했다.

"너무 피곤해요."

나는 그의 의견에 반대했다.

"걱정하지 말아요. 주위의 것들에서 기氣를 끌어올 수 있는 법을 가르쳐줄 테니까."

페트루스는 내게 '람 호흡법'을 가르쳐주었다.

람 호흡법

숨을 깊이 내쉬면서 최대한 폐를 비우십시오. 그런 다음 팔을 위로 들어올리면서 천천히 숨을 들이쉬십시오. 숨을 들이쉬는 동안, 사랑과 평화, 우주와의 조화가 당신의 마음속으로 들어올 수 있도록 정신을 집중하십시오.

•

호흡을 멈춘 채로 팔을 가능한 한 오래 들고 있으면서 내면과 외면의 조화로움을 마음껏 느껴보십시오. 그런 다음 '람'이라고 말하면서 빠르게 숨을 내쉬십시오.

•

이 훈련을 오 분 동안 실행하십시오.

오 분간 훈련을 실행하자 기분이 한결 나아진 것 같았다. 나는 몸을 일으켜서 옷을 입은 다음 배낭을 멨다.

"이쪽으로 와보세요."

페트루스가 말했다. 물가로 가니, 발 아래로 폭포가 포효하듯 요란한 소리를 내고 있었다.

"여기서 보니 아래에서 보는 것보다 훨씬 쉬워 보이는군요."

내가 말했다.

"바로 그겁니다. 내가 당신한테 이 전경을 미리 보여주었더라면, 당신은 낭패를 당했을 겁니다. 자신의 가능성을 잘못 평가했을 테니까요."

여전히 기운이 나질 않아 나는 훈련을 다시 반복해서 실행했다. 곧 나를 둘러싸고 있는 온 우주와 조화를 이루는 나 자신을 느낄 수 있었다. 우주가 내 안으로 들어왔다. 나는 페트루스에게 왜 좀더 일찍 '람 호흡법'을 가르쳐주지 않았는지 물었다. 산티아고 순례길을 따라오는 동안 종종 나태와 피곤함을 느꼈는데도 그가 이 훈련을 가르쳐주지 않은 것이 의아했다.

"당신이 그런 척하지 않았으니까요."

그는 웃으면서 대꾸했다. 그러고는 아스토르가에서 산 맛있는 버터 비스킷이 아직 남아 있는지 물었다.

광기

사흘 전부터 강행군이 이어지고 있었다. 페트루스는 해가 뜨기도 전에 나를 깨워서는 저녁 아홉시까지 쉬지 않고 걷게 했다. 유일하게 허락된 휴식은 식사 시간뿐이었다. 그는 점심식사 후의 낮잠도 허용하지 않았다. 마치 내가 아는 것이 금지된 어떤 비밀 프로그램을 따라 하는 것만 같았다.

게다가 그의 태도는 완전히 변해 있었다. 처음에는 폭포에서 그의 능력에 회의를 품었던 내 태도 때문이라고 생각했지만, 곧 그렇지 않다는 것을 알게 되었다. 그는 누구든지 신경질적으로 대했고, 수시로 시계를 들여다보았다. 난 이전에 그가 한 말을 그에게 상기시켜주었다. 시간의 속도를 결정하는 건 우리 자신이라고 했던 말을.

"당신은 매일 더 현명해지는군요. 그 모든 배움을 필요한 때에 실제로 적용할 수 있는지 두고 보도록 하죠."

그가 냉랭하게 대꾸했다.

어느 날 오후, 강행군으로 진이 빠져버린 나는 한 걸음도 더 나아갈 수 없는 지경에 이르렀다. 페트루스는 내게 셔츠를 벗고 가까이 있는 나무에 등을 기대고 서 있으라고 지시했다. 그렇게 몇 분을 머물러 있자 몸이 한결 개운해지는 것 같았다. 그에 의하면 식물들은, 그중에서도 특히 오래된 나무들은 자신의 몸체에 신경중추를 대고 있는 사람에게 조화의 기를 불어넣어준다는 것이다. 그는 여러 시간에 걸쳐 식물들의 생리적이고 영적이며, 에너지와 관련된 특성에 관해 상세하게 이야기해주었다.

이미 어디선가 들어본 적이 있는 내용들이라 메모를 하지는 않았다. 하지만 그의 말을 듣고 나자, 그가 내게 언짢아하고 있지나 않을까 우려했던 마음은 사라졌다. 그후로 난 그의 침묵을 더 존중하게 되었다. 어쩌면 내가 염려하는 마음을 느꼈는지 그 역시 며칠 동안 보여주었던 어두운 표정만큼이나 내게 더 상냥하게 대하려고 애쓰는 것 같았다.

어느 날 아침, 우리는 거대한 다리 앞에 도착했다. 그 아래로 다리와 어울리지 않는 가느다란 물줄기가 흘러가고 있었다. 아직 이른 일요일 아침이라 그런지, 이웃 마을의 선술집과 바 들은 닫혀 있었다. 우리는 자리를 잡고 아침을 먹었다.

"인간이나 자연이나 변덕을 부리는 건 똑같군요."

나는 대화를 시작하려고 먼저 말문을 열었다.

"인간이 근사한 다리를 만들어놓았더니 대자연은 강물의 흐름을 바꿔버렸어요."

"가뭄 때문에 그런 겁니다. 얼른 샌드위치나 먹어요. 계속 가야 하니까."

그는 나를 재촉했다.

결국 난 그렇게 서두르는 이유를 물어보기로 했다.

"이미 말했듯, 우리는 산티아고 순례길에서 오랜 시간을 보냈습니다. 난 이탈리아에서 할 일이 많습니다. 곧 돌아가야 해요."

그의 대답은 나를 납득시키지 못했다. 어쩌면 그 말이 맞을 수도 있지만, 그것이 유일한 이유는 아닌 것 같았다. 내가 계속해서 더 알고 싶어하자 그는 화제를 돌렸다.

"이 다리에 관해 알고 있는 것이 있나요?"

"전혀. 하지만 아무리 가뭄 때문이라고 해도, 이 다리는 터무니없이 커요. 강물이 흐름을 바꾼 게 틀림없어요."

"거기에 대해선 아는 바가 없어요. 하지만 이 다리는 산티아고 순례길에선 '명예의 통행로'로 알려져 있습니다. 우리 주위에 보이는 들판은 수아브족과 서고트족 사이의 피비린내 나는 전투가 벌어졌던 곳이었어요. 그후에는 알폰소 3세의 군대와 무어인 간의 전투가 벌어졌고요. 다리를 이처럼 길게 만든 건, 아마도 그 피가 도시로 넘쳐들어오지 않고 흘러가도록 하기 위해서였을 겁니다."

웃자고 한 이야기였는데 내가 반응을 보이지 않자 그는 약간 당황한 듯했다. 그는 이야기를 계속했다.

"이 다리가 그런 이름을 가지게 된 건 서고트족의 군대나 알폰소 3세의 승리 때문이 아닙니다. 여기에는 사랑과 죽음의 역사가 담겨 있죠.

산티아고 순례길이 알려진 후 처음 수세기 동안에는, 성인을 찬양하기 위해 전 유럽에서 순례자, 사제, 귀족, 심지어는 왕들까지 경배를 드리러 이곳으로 왔지요. 덕분에 폭도와 강도들까지 몰려왔고요. 기록에 의하면, 순례단 전체를 대상으로 강도짓을 하거나, 홀로 다니는 순례자들이 끔찍한 범죄의 표적이 되는 일이 끊임없이 일어났다고 합니다."

나는 마음속으로 생각했다. 모든 일은 되풀이되기 마련이라고.

"그래서 귀족계급의 기사들은 순례자들을 보호하기로 결심하고, 각자 순례길의 한 부분을 맡기로 했지요. 그러나 강물이 그 흐름을 바꾸듯, 인간의 이상도 변화하는 법이죠. 기사들은 악당들에게 위협적인 존재이기를 넘어서, 산티아고 순례길에서 누가 더 강하고 용감한지를 가리기 위해 저희끼리 다투게 되었지요. 그들이 서로 대립하는 동안, 강도들은 보란 듯이 순례길 위에서 악행을 저질렀고요.

그런 상황은 1434년 레온 시의 한 귀족이 어떤 여인을 깊이 사랑하게 되던 그때까지 계속되었습니다. 돈 수에로 데 키뇨네스라는 이름을 가진 그는 부유하고 강력한 권력을 가진 남자였죠. 그는 모든 수단과 방법을 동원해 결혼을 하고자 했지만, 오늘날까지 이름이 알려져 있지 않은 그 여인은 그의 열정에 신경조차 쓰지 않았고 그의 청혼을 거절했어요."

나는 거부당한 사랑과 편력하는 기사들의 다툼 사이에 무슨 관계가 있는지 몹시 궁금해졌다. 그처럼 내가 많은 관심을 보이자 페트루스는, 어서 샌드위치를 먹고 다시 길을 떠나게 되면 그 다음 이야기를 들려주겠노라고 약속했다.

"어렸을 때 어머니에게 많이 듣던 말 같군요."

나는 남은 음식을 급하게 삼키고 일어나 배낭을 둘러멨다. 우리는 잠들어 있는 작은 도시를 가로질러 가기 시작했다.

페트루스는 그 다음 이야기를 계속했다.

"자존심에 상처를 입은 우리의 기사는 거부당한 남자들이 하는 행동을 시도하기로 결심했지요. 바로 사적인 전쟁을 벌이는 것이었어요. 그는 매우 중요한 공훈을 세워 그 여인이 자신의 이름을 결코 잊지 못하게 하리라 맹세했습니다. 그는 거부당한 사랑을 대신할 수 있는 고귀한 이상을 찾아 몇 달이고 배회하고 다녔습니다. 그리고 어느 날 저녁, 산티아고 순례길 위에서 온갖 범죄와 싸움이 벌어지고 있다는 이야기를 듣게 된 거죠.

그는 친구 열 명을 모아 우리가 지나는 이 마을에 자리를 잡았습니다. 그리고 이곳을 지나는 순례자들을 이용해 소문을 퍼뜨렸죠. 순례길의 모든 기사 중 누가 가장 강하고 용감한지를 가리기 위해 이곳에 삼십 일 동안 머물면서 삼백 개의 검을 부러뜨릴 것이라고. 그와 그의 친구들은 군기를 꽂아 진을 치고 시동과 하인들을 거느린 채 기사들이 도전장을 내밀러 오기를 기다렸어요."

난 그들이 연출했을 축제 분위기를 상상해보았다. 구운 멧돼지 고기, 넘쳐나는 포도주, 음악, 무훈담과 결투. 당시의 생생한 광경을 눈앞에 그려보는 동안 페트루스가 다시 이야기를 이어갔다.

"결투는 최초의 기사들이 도착했던 7월 10일에 시작되었죠. 키뇨네스와 그의 친구들은 낮에는 싸우고 밤에는 성대한 축제를 열었지요. 어느 한쪽도 도망가지 못하도록 결투는 항상 다리 위에서 치러졌고요. 당시에는 수많은 전사들이 몰려들었기 때문에 늘 다리 위에는 횃불들이 줄지어 밝혀 있었죠. 그렇게 해서, 전투는 다음날 새벽까지 이어졌어요. 그에게 패배한 기사들은 앞으로는 결코 서로 싸우지 않을 것이며, 이제부터 그들의 유일한 임무는 콤포스텔라까지 순례자들을 보호하는 것임을 맹세해야만 했죠.

키뇨네스의 명성은 몇 주 만에 전 유럽에 퍼져나갔어요. 순례길의 기사들뿐만 아니라, 장군과 군인들 그리고 강도들까지 그에게 도전하기 위해 몰려들었지요. 용감한 레온의 기사를 이기는 사람은 그 다음날부터 즉시 그 이름을 떨치게 됨과 동시에 영광으로 둘러싸이게 될 거라는 걸 모두가 알고 있었으니까요. 하지만 명성만을 추구했던 다른 기사들과 달리, 키뇨네스는 한 여인의 사랑이라는 더 고귀한 목표를 좇고 있었습니다. 바로 그 이상이 그로 하여금 언제나 승리를 거두게 한 겁니다.

8월 9일 모든 싸움은 끝났고, 돈 수에로 데 키뇨네스는 산티아고 순례길의 모든 기사 중 가장 용맹한 기사로 인정받게 되었지요. 그날 이후로 아무도 감히 그의 용기에 의문을 제기하지 못했고, 귀족들은 자신들의 공동의 적인, 순례자들을 공격하는 강도들과 다시 맞서게 되었습니다. 그리고 이 영웅적 무훈담은 훗날 산티아고 기사단이 탄생하는 계기가 되었지요."

우리는 마을을 통과해 지나갔다. 난 그 모든 역사가 펼쳐졌던 '명예의 통행로'를 다시 보고자 되돌아가고 싶었지만 페트루스는 계속 걷자고 했다.

"그리고 돈 키뇨네스는 어떻게 되었죠?"

"그는 산티아고 데 콤포스텔라의 성유골함에 금목걸이를 바쳤고, 바로 그 목걸이가 오늘날까지 성 대야고보(산티아고 엘 마요르)*의 흉상을 장식하고 있지요."

"그가 결국 그 여인과 결혼을 하게 되었는지 궁금하군요."

"아, 그거요! 모를 일이죠. 당시 역사는 남자들에 의해 씌어졌어요. 써야 할 전투 장면들이 넘쳐나는데, 누가 그런 사랑 이야기의 결말에 관심을 가졌겠소?"

그 말을 끝으로 내 안내자는 다시 예의 그 침묵 속으로 빠져들었다. 우리는 거의 쉬지도 않은 채 이틀이 넘도록 말없이 길을 갔다.

그렇게 사흘을 걷자, 페트루스의 발걸음은 비정상적으로 느려지기 시작했다. 그는 일주일 내내 걸었기 때문에 조금 피곤한 것뿐이며, 이제 자신은 그런 리듬으로 걸을 수 있는 나이도 체력도 아니라고 했다. 난 다시 한번 그가 무언가를 숨기고 있음이 틀림없다고 생각하게 되었다. 그의 얼굴에는 피곤한 기색이라기보다는 짙은 불안의 그림자가 드리워져 있었다. 마치 중대한 사건이

---

* 야고보서의 저자인 성 소(小)야고보와 구별하기 위해 부르는 명칭.

곧 일어날 것을 예감이라도 하듯.

오후가 되자, 우리는 거대했지만 완전히 폐허로 변해버린 마을 폰세바돈에 도착했다. 집들은 돌로 지어졌지만 슬레이트 지붕들은 세월의 무게에 부서져버렸고, 나무로 된 들보는 썩어 있었다. 마을의 한쪽은 절벽에 면해 있었고, 우리 앞에 보이는 언덕 너머로는 산티아고 순례길에서 가장 중요한 경계 중 하나가 보였다. 철 십자가였다.

이 미터 높이의 나무 위에 철로 된 십자가가 높이 솟아 있는 이 기이한 유적을 바라보며 나는 발걸음을 재촉했다. 십자가는 카이사르의 침략 당시 헤르메스 신을 찬양하기 위해 세운 것이었다. 속세의 전통에 의하면, 순례자들이 그곳에 먼 곳에서 가져온 돌을 가져다놓는 관습이 있었다. 나는 이 버려진 마을에 넘쳐나는 돌들 중 땅바닥에 굴러다니는 슬레이트 조각 하나를 주워들었다.

걸음을 더 재촉하기로 마음먹은 나와는 대조적으로 페트루스는 아주 느리게 걷고 있었다. 그는 폐허가 된 집들이나, 끊어진 나무 기둥과 책에 나오는 성유물들을 유심히 살펴보다가 나무 십자가가 세워져 있는 광장 한가운데에 가서 앉으며 말했다.

"여기서 잠시 쉬어갑시다."

아직 해가 중천에 떠 있어서, 한 시간 정도 쉬어가더라도 해가

지기 전에 철 십자가에 도착할 수 있었다.

나는 그의 곁에 앉아서 황량한 마을 풍경을 응시했다. 강물이 흐름을 바꾸듯이, 인간은 장소를 바꾼다. 집들은 아직 견고해 보였고, 무너져내리기까지는 오랜 세월이 흘러야 할 것 같았다. 멀리 산들이 보이고 마을 앞으로 계곡이 있는 아름다운 곳이었다. 무슨 이유로 주민들이 이런 마을을 버려두고 떠났는지 이해가 되지 않았다.

"돈 수에로 데 키뇨네스가 미쳤다고 생각하시오?"

페트루스가 물었다.

돈 수에로가 누군지 벌써 잊은 나는 페트루스가 '명예의 통행로'를 상기시켜준 후에야 비로소 그 인물을 기억해냈다.

"그렇게 생각하지 않아요."

그렇게 대답했지만, 내 대답의 진실성이 스스로도 의심스러웠다.

"하지만 그는 당신이 만났던 수도사 알폰소만큼이나 미친 인간이었습니다. 나 역시 그렇고요. 나는 내가 그리는 그림에 그 광기를 드러내죠. 검을 찾아 헤매는 당신 역시 미친 사람이죠. 우리 모두는 내면에 아가페로 충만해져 뜨겁게 불타는, 신성한 광기의 불꽃을 품고 있는 겁니다.

그렇다고 해서 아메리카 대륙을 정복하고자 하거나, 아시시의 성 프란체스코처럼 새들과 대화하려고 할 필요는 없어요. 자신이 하는 일을 사랑한다면, 시장의 야채 장수도 신성한 광기의 불꽃을 드러낼 수 있습니다. 아가페는 인간이 생각할 수 있는 것들을 넘어서서 존재하며, 온 세상이 열망하고 있는 것이므로 쉽게 퍼져나갈 수 있죠."

페트루스는 '푸른 천체 훈련'을 통해 내가 아가페를 깨어나게 할 수 있었음을 상기시켜주었다. 그러나 그 아가페를 활짝 꽃피우려면, 내 삶이 철저히 변화하는 것을 두려워해서는 안 된다. 지금 하고 있는 일을 사랑한다면, 그것은 가장 이상적인 상황일 것이다. 하지만 그렇지 않다면 언제라도 삶을 변화시켜야 한다. 변화가 일어남으로써, 비옥한 토지로 변화한 내면에 창조적인 상상력이 그 씨앗을 뿌릴 수 있도록 하기 위해서였다.

"아가페를 포함해 내가 당신에게 가르친 모든 것은, 당신이 스스로에게 만족할 경우에만 의미가 있는 것입니다. 만약 그렇지 않다면, 당신이 배웠던 훈련들로 인해 당신 안에 필연적으로 변화에 대한 욕구가 생겨날 것입니다. 따라서 그 훈련들이 당신에게 오히려 해가 되게 하지 않으려면, 변화를 허락해야 하는 것이죠.

그때가 한 인간의 삶에서 가장 어려운 순간입니다. '선한 싸움'이 무엇인지 구별할 수 있지만, 그것을 이끌기 위해 삶을 바꾸기는 불가능한 시기죠. 그렇게 되면, 그가 알고 있는 것은 그 자신에게 해롭게 작용합니다."

나는 황폐한 폰세바돈을 바라보았다. 어쩌면 이곳에 살던 사람들은 집단적으로 어떤 변화의 필요성을 느꼈는지도 몰랐다. 그 얘기를 하기 위해 의도적으로 이곳에 온 것인지 페트루스에게 물었다.

"이곳에서 무슨 일이 일어났는지 나는 모릅니다. 종종 운명이 야기한 변화를 받아들여야만 할 때가 있지요. 하지만 내가 말하고자 하는 것은 그런 게 아닙니다. 내가 말하는 것은 의지가 담긴 행위입니다. 일상에서 만족할 수 없는 모든 것에 대항해 싸우고자 하는, 자유의사에 따른 행위, 구체적인 욕망 말입니다.

살아가는 동안 언제라도 어려운 문제에 직면할 수 있지요. 예를 들어, 추락하지 않고 폭포를 거슬러 올라가는 일 같은. 그럴 때 당신은 창조적 상상력을 발휘해야 합니다. 폭포에서의 일 같은 경우에는, 생사가 걸린 일이었으므로 망설일 시간이 없었지요. 오직 아가페만이 당신을 안내할 수 있었던 것입니다.

하지만 하나의 길과 다른 길 사이에서 선택해야만 하는 문제들이 있습니다. 직업상의 결정이나, 감정적 결별, 사회적 만남 같은 일상적인 문제들이 그것이죠. 그런 작은 결정 하나하나가 삶과 죽음 사이의 선택을 의미할 수도 있지요. 일터로 가기 위해 아침에 집에서 나올 때 직장까지 당신을 무사히 실어다줄 교통수단과, 치명적인 교통사고를 낼 다른 수단 사이에서 선택하게 될 수도 있지요. 그처럼 작은 결정이 누군가의 남은 삶에 영향을 주게 될 수도 있는 것입니다."

페트루스가 말하는 동안 난 곰곰이 생각에 잠겼다. 난 내 검을 찾아 산티아고 순례길을 따라 걷기로 선택했다. 지금 내게 가장 중요한 것은 검이었고, 어떤 수단을 써서라도 그것을 되찾아야 했다. 나는 올바른 결정을 해야만 했다.

"올바른 결정을 할 수 있는 유일한 방법은 먼저 나쁜 결정이 어떤 것인가를 인식하는 겁니다."

내가 염려하는 바에 관해 말하자 페트루스는 그렇게 대답했다.

"두려움이나 부정적인 생각 없이 또다른 길을 살펴본 다음 결정하는 것이죠."

그런 다음 그는 내게 '그림자 훈련'을 가르쳐주었다.

그림자 훈련

몸과 마음의 긴장을 푸십시오.

•

오 분 동안 주위에 비치는 사물과 사람의 그림자를 찬찬히 관찰하십시오. 그러면서 정확하게 사물과 사람의 어떤 부분이 그림자에 반영되었는지 잘 살펴보십시오.

•

그다음 오 분 동안에도 계속 그렇게 하십시오. 동시에, 당신이 해결하고 싶어하는 문제에 정신을 집중하면서 생각할 수 있는 부적절한 해결 방법을 모두 떠올려보십시오.

•

마지막으로 오 분 동안 더 그림자를 바라보면서, 올바른 해결 방법을 하나하나 떠올리십시오. 그중에서 당신의 문제에 꼭 들어맞는 해결책이 남을 때까지 하나씩 지워나갑니다.

"지금 당신에게 가장 중요한 문제는, 바로 당신의 검이지요."

그는 훈련에 관해 설명한 다음 내게 말했다.

나는 그렇다고 고개를 끄덕였다.

"그렇다면 지금 이 훈련을 실행하세요. 나는 한 바퀴 돌아보고 오겠습니다. 내가 돌아왔을 때는 올바른 해결책을 발견했을 거라고 믿고 싶군요."

나는 지난 며칠 동안 페트루스가 길을 재촉했던 것을 떠올렸다. 그러나 버려진 도시에 온 그는 오랫동안 이곳에 머물며 이야기를 하고 있었다. 그 역시 중요한 결정을 하기 위해 시간을 벌고자 하는 것 같았다. 나는 다시 용기를 내서 훈련을 실행했다.

먼저 주위와 조화를 이루기 위해 '람 호흡법'부터 실행했다. 그런 다음 십오 분 동안 주변의 그림자를 둘러보았다. 폐허가 된 집들과 돌, 나무, 내 등 뒤에 있는 오래된 십자가의 그림자들이 눈에 띄었다. 처음 십 분 동안 그것들을 관찰하면서, 정확하게 어떤 부분이 반영된 것인지 구별하기가 얼마나 어려운 일인지 깨닫게 되었다. 지금까지 그런 것에 대해 한 번도 생각해본 적이 없었다. 곧은 들보들은 각진 형태로 변했고, 울퉁불퉁한 돌은 둥그스름한 그림자를 드리웠다. 훈련은 매혹적이어서 정신을 집중하는 게 어렵지 않았다. 나는 여러 가지 가정을 생각했다. 내 검을 찾으러 '산티아고까지 버스를 타고 간다'부터 '아내에게 전화를 걸어 검을 어디에 숨겨놓았는지를 말하도록 감정에 호소하는 으름장을 놓는다'까지.

페트루스가 돌아오자 난 미소를 지어 보였다.

"어떻게 됐죠?"

"애거사 크리스티가 어떻게 추리소설을 썼는지 알아냈습니다."

나는 농담을 건넸다.

"그녀는 최악의 가정을 가장 그럴 법한 가정으로 변화시켰습니다. 그녀도 그림자 훈련을 알고 있었던 게 분명해요."

페트루스는 내 검이 어디 있는지를 물었다.

"우선 그림자를 바라보면서 세워본 부적절한 가정에 관해 얘기해보죠. 검은 산티아고 순례길 위에 있지 않다."

"좋아요! 우리가 검을 찾기 위해 지금까지 내내 걸어왔다는 것을 깨달았군요. 브라질에서부터 이미 알고 있는 얘기겠지만."

난 계속해서 말했다.

"그리고 안전한 곳에 보관되어 있다. 아내가 접근할 수 없는 곳에. 그 가정에서 검이 완전히 공개된 장소에 있으며, 그래서 더 눈에 띄지 않는다는 것을 이끌어냈죠."

페트루스는 이번에는 웃지 않았다. 나는 이야기를 계속했다.

"그리고 사람들로 붐비는 곳에 검이 있다고 생각하는 황당한 가설처럼, 검이 인적이 거의 없는 곳에 있다고 생각해봤죠. 더 나아가서 우연히 그걸 보게 되는 사람들이 내 검과 전통 스페인식 검의 차이점을 구별하지 못하도록, 아무도 그 차이점을 구분하지 못하는 어딘가에 있어야 한다고 생각했죠."

"그래서 검이 여기 있다고 생각하나요?"

"아뇨, 여기 있지 않아요. 내 검이 있는 곳에서 이런 훈련을 하는 것은 커다란 잘못이니까요. 그래서 그 가설은 즉시 버렸죠. 하지만 검은 이렇게 버려진 마을은 아니지만 이곳과 비슷하게 생긴 곳에 있어야만 해요. 버려진 마을에 있는 검은 순례자들과 산책하는 이들의 관심을 끌 테니까 말이죠. 만약 바의 벽에 걸려 있다면 금방 눈에 띄겠죠."

"아주 좋아요."

페트루스는 나 자신이나 내게 가르쳐준 훈련에 대해 자랑스러워하고 있었다.

"아직 한 가지가 더 있어요."

나는 계속해서 말했다.

"그게 뭐죠?"

"마법사의 검에 가장 어울리지 않는 곳은 세속적인 장소라는 것. 검은 신성한 장소에 있어야 합니다. 예를 들면, 아무도 훔쳐갈 염려가 없는 교회 같은 곳에. 다시 요약해서 말하면, 내 검은 산티아고와 가까운 작은 마을의 교회 안에, 주변과 조화를 이루면서 모두가 볼 수 있는 곳에 보관되어 있다. 따라서 이제부터 난 순례길 위에 있는 모든 교회를 방문할 것이다."

"그럴 필요는 없습니다."

그가 응수했다.

"때가 되면 알아볼 수 있을 테니까요."

이 정도면 성공한 셈이었다.

"그런데 페트루스, 그렇게 길을 재촉하더니 버려진 이 마을에서는 이렇게 오래 머물러 있는 이유가 뭐죠?"

"당신이 세울 수 있는 최악의 가정은 무엇이겠습니까?"

순간, 나는 그림자들을 바라보았다. 그의 말이 옳았다. 우리가 지금 이곳에 와 있는 것은 우연이 아니었다.

산 너머로 해가 모습을 감추긴 했지만 어둠이 내리기 전까지 하늘은 아직 환히 빛나고 있었다. 햇빛이 철 십자가를 비추고 있을 터였다. 그토록 보고 싶어하던 십자가가 이제 불과 몇백 미터 앞에 있었다. 이렇게 기다려야 하는 이유가 궁금했다. 바로 그날 그 시간에 정확하게 그곳에 도착해야 하는 것 말고는 일주일 내내 그렇게 걸음을 재촉해야 했던 이유를 찾을 수가 없었다.

시간을 보내기 위해 내가 이야기를 시작하려는데, 페트루스가 잔뜩 긴장한 채 신경을 곤두세우고 있음이 느껴졌다. 언짢아하는 그의 모습은 여러 번 보았지만, 이렇게 긴장하고 있는 모습은 처음이었다. 아니, 그런 그의 모습을 본 적이 있다는 생각이 퍼뜩 떠올랐다. 이름이 기억나지 않는 어떤 마을에서 아침을 먹고 있을 때였다. 바로 무엇인가를 만나기 직전에……

나는 눈을 들어 앞을 바라보았다. 그가 거기 있었다. 검은 개가. 처음에는 나를 사납게 덮쳤다가, 그다음에는 도망치듯 비겁하게 사라져버린 검은 개였다. 다음번에 그 개를 만나게 되면 나를 도와주겠다고 한 페트루스의 약속이 떠올라 그가 있는 쪽을 돌아보았다. 하지만 내 곁에는 아무도 없었다.

나는 개의 눈에 시선을 고정시킨 채 상황을 헤쳐나갈 방법을 재빨리 찾아보았다. 우리 둘 중 누구도 미동조차 하지 않았다. 유령 마을에서 벌어지는, 서부영화의 결투 장면이 머리를 스치고 지나갔다. 인간과 개의 결투 장면이라니 누가 상상이나 했겠는가. 전혀 있음직하지 않은 일이었다! 하지만 나는 허구의 세계에서도 일어날 법하지 않은 일을 현실에서 생생하게 겪고 있었다.

군단이 내 앞에 있었다. 그들은 다수였다. 근처에 폐가가 한 채 보였다. 뛰어가 지붕 위로 올라가면 군단은 나를 쫓아오지 못할 것이다. 그는 개의 몸이라는 물리적 조건에 갇혀 있는 존재니까.

하지만 개의 눈을 똑바로 응시하던 나는 그런 생각을 그만두었다. 순례길을 걸어오는 동안 이런 순간이 닥칠 것을 몇 번이고 두려워했다. 그리고 지금 그 순간이 닥친 것이다. 검을 되찾기 전에 적을 만나서 승리를 거두든지 패배를 당하든지 해야 했다. 그와 맞서야만 했다. 그 순간 도망을 갔다면, 나는 덫에 걸려들었을 것이다. 어쩌면 개는 다시 돌아오지 않을 수도 있었겠지만,

두려움이 산티아고 데 콤포스텔라까지 나를 따라다녔을 것이다. 어쩌면 먼 훗날까지도 밤새 개의 꿈으로 시달릴지도 몰랐다. 언제라도, 그리고 어쩌면 평생 그가 나타날까봐 두려움에 떨면서 지내게 될 수도 있었다.

내가 그런 생각에 골몰하고 있는 동안, 개는 나를 향해 움직이고 있었다. 나는 곧 시작될 전투에 온 정신을 집중했다. 페트루스가 사라진 지금 나는 혼자였다. 겁이 났다. 내가 두려움을 느낀 순간, 개는 나지막하게 으르렁거리면서 천천히 나를 향해 다가왔다. 절제된 으르렁거림은 격렬하게 짖어대는 소리보다 더 위협적이었다. 나의 두려움은 더욱 커져갔다. 내 눈빛 속에서 나약해진 마음을 읽은 개는 내게로 덤벼들었다.

마치 돌로 가슴을 치는 것 같은 충격이 느껴졌다. 난 땅바닥에 내동댕이쳐졌다. 이미 내가 언제 죽을지를 알고 있고, 이런 식으로 죽음이 닥치지는 않는다는 것이 어렴풋이 떠올랐지만, 커져가는 두려움을 통제할 수는 없었다. 나는 얼굴과 목을 보호하기 위해 전력을 다해 방어했다. 다리에 느껴지는 극심한 고통 때문에 몸을 움츠리다가 살점이 떨어져나갔음을 알게 되었다. 얼굴을 가리고 있던 손을 상처 쪽으로 가져갔다. 개는 그 틈을 이용해서 내 얼굴을 공격할 태세를 갖추었다. 그 순간, 손끝에 돌부리가 느껴졌다. 나는 돌을 집어들고 절망에서 솟아나는 온 힘을 실어 개를 향해 내리쳤다.

개는 아파서라기보다는 놀라서 움찔 뒤로 물러섰다. 그 순간을 이용해 나는 몸을 일으켰다. 개가 계속 뒷걸음치는 동안 피 묻은 돌이 내 용기를 북돋워주었다. 적을 지나치게 과대평가한 것이 함정이었다. 나보다 덩치가 작은 동물에 불과한 개가 나보다 힘이 더 셀 수는 없었다. 그가 나보다 더 민첩할 수는 있지만, 더 무겁고 덩치도 큰 나보다 힘이 더 셀 수는 없었던 것이다. 이제 두려움이 사그라든 나는 자제력을 잃고 손에 돌을 든 채로 고함을 지르기 시작했다. 계속 뒤로 물러서던 개가 갑자기 멈춰 섰다.

마치 내 생각을 읽고 있는 것 같았다. 절망 속에서도 나는 강해지는 자신을 느꼈고, 개와 싸운다는 것이 우스꽝스러워졌다. 어떤 강력한 힘이 갑자기 나를 사로잡았고, 황량한 이 마을에 뜨거운 바람이 불어오기 시작했다. 그러자 이 싸움을 계속해야 한다는 사실에 피로가 느껴졌다. 최종적으로 이제 개의 얼굴 한가운데를 겨냥해 돌을 던지기만 하면 그를 패배시킬 수 있는 상황이었다. 난 속히 이 싸움에 종지부를 찍고 싶었다. 그리고 다리의 상처를 살핀 다음, 신비로운 산티아고 순례길이니 검에 얽힌 터무니없는 무용담 따위는 끝장내고 싶었다.

그러나 그것은 또다른 함정이었다. 껑충 뛰어오른 개는 다시 나를 땅바닥에 넘어뜨렸다. 이번에는 교묘하게 돌을 피한 개는 내 손을 물어 돌을 떨어뜨리려고 했다. 나는 맨주먹으로 개를 때리기 시작했지만 치명타를 입히지는 못했다. 개는 날카로운 발톱으로 내 옷과 팔을 찢기 시작했다. 이제는 시간문제였다. 개는 나를 완전히 지배하려 하고 있었다.

갑자기 어떤 목소리가 내 안에서 들려왔다. 목소리는 개가 나를 지배하게 되면, 이 전투는 끝이 날 것이며 나는 무사할 것이라고 말하고 있었다. 비록 패배하지만 살아남을 수는 있다고 하는 유혹의 목소리였다. 다리가 아파왔고, 온통 할퀸 상처로 뒤덮인 몸이 화끈거렸다. 목소리는 싸움을 포기하도록 계속 나를 종용했다. 내 사자인 아스트랭의 목소리였다. 개 역시 목소리를 들었는지 잠시 주춤했고, 나는 또다시 모든 것을 내팽개치고 싶은 마음이 들었다. 아스트랭은 삶을 살아가는 수많은 다른 사람들도 자신의 검을 발견하지 못한다고 이야기했다. 대체 검 따위가 무슨 차이를 낳는다는 말인가? 내가 원하는 것은, 집으로 돌아가 아내를 만나고 아이들을 낳고, 내가 좋아하는 일을 하는 것이었다. 개와 싸우고 폭포를 거슬러 올라가야 하는 기이한 경험 따위는 이것으로 충분했다! 이런 생각이 든 것이 두번째였지만, 이번에는 그 욕구가 너무 강해서 곧 굴복해버릴 것만 같았다.

그때 길에서 어떤 소리가 났다. 개는 소리가 나는 쪽을 돌아보았다. 들판에서 양들을 이끌고 돌아오는 양치기가 보였다. 갑자기 고성의 폐허에서 이 장면을 본 적이 있음이 떠올랐다. 개는 양들을 보자 단번에 내게서 떨어져 그들을 공격할 태세를 갖추었다. 양들은 나의 구원병이었다.

양치기가 소리를 지르기 시작하자 양들은 사방으로 뛰어 흩어졌다. 개가 떠나기 전에 나는 다시 한번 저항했다. 양들에게 도망갈 시간을 주기 위해 개의 다리 하나를 붙잡은 것이다. 그러면서 양치기가 날 구해주러 오기를 간절하게 바랐다. 검과 람의 권능에 대한 믿음을 되찾은 것은 바로 그 순간이었다.

개는 나에게서 벗어나고자 발버둥을 쳤다. 이제 나는 그의 적이 아닌 방해자일 뿐이었다. 개가 원하는 것이 바로 앞에 있었다. 양들이었다. 하지만 나는 여전히 개의 다리에 매달린 채, 어서 양치기가 오기를, 양들이 도망가지 않기를 바랐다.

그 순간이 내 영혼을 구원했다. 엄청난 힘이 내 안에서 솟아났다. 그것은 권태로움과 포기하고 싶은 마음을 불러일으켰던, 권능에의 환상이 아니었다. 또다시 아스트랭이 내게 속삭였다. 나에게 도전해오는 무기들과 똑같은 무기를 가지고 세상과 맞서야만 한다고. 나는 스스로 개가 됨으로써 개와 맞설 수밖에 없었다.

이것이 오늘 페트루스가 말한 광기였던 것이다. 나는 이를 드러낸 채, 증오를 담아 아주 나지막하게 으르렁거렸다. 겁에 질린 양치기의 얼굴과, 개만큼이나 나를 두려워하고 있는 양들의 모습이 보였다.

사태를 파악한 군단은 겁을 먹었다. 그때를 이용해 나는 개에게 일격을 가했다. 이를 드러내고 손톱을 세우고는, 목덜미를 물기 위해 덤벼들었다. 개가 나한테 가할까 두려워했던 행동 그대로를 되돌려준 것이다. 내 안에 존재하는 것은 승리에 대한 크나큰 열망뿐이었다. 다른 어떤 것도 중요하지 않았다. 나는 개에게 몸을 던져 그를 땅바닥에 쓰러뜨렸다. 개는 벗어나려고 발버둥치면서 내 살에 발톱을 박았고, 나 역시 개를 물어뜯고 할퀴었다. 지금 놓치면 개는 또다시 달아날 것이었다. 이런 일은 결코 다시 일어나서는 안 됐다. 이번에는 그를 이겨서 완전히 굴복시켜야 했다.

개는 겁먹은 눈으로 나를 바라보았다. 지금은 내가 개였고, 그는 인간으로 변해 있었다. 조금 전 내가 느꼈던 두려움의 힘이 이번에는 개의 내부에서 작동하고 있었다. 그는 그 힘을 이용해 내게서 벗어나는 듯싶었지만, 나는 그를 길가의 폐가로 몰고 들어갔다. 허술하게 세운 낮은 담 뒤쪽이 절벽에 면해 있어 개는 더 달아날 곳이 없었다. 이제 그는 자신의 죽음의 모습을 보게 될 한 인간이었다.

순간, 난 뭔가 잘못되어가고 있음을 깨달았다. 내가 너무 강해져 있는 것이었다. 머릿속이 부옇게 흐려지면서, 집시의 얼굴과 그 주위로 희미한 형상들이 보였다. 나는 군단이 된 것이었다. 그리고 내 힘의 원천은 그것이었다. 그들은 곧 절벽으로 떨어져버릴 겁에 질린 불쌍한 동물을 버리고 내 안으로 옮겨온 것이었다. 방어할 능력이 없는 나약한 동물을 갈가리 찢어발기고 싶은 무서운 욕망이 내 안에 느껴졌다.

"당신은 군주고 그들은 군단이오."

아스트랭이 내게 속삭였다.

하지만 나는 군주가 되고 싶지 않았다. 내게는 검을 되찾아야 하는 임무가 기다리고 있다고 말하는 마스터의 목소리가 아득히 먼 곳에서 되풀이하여 들려왔다. 유혹에 좀더 저항해야 했다. 개를 죽여서는 안 된다.

양치기의 눈빛은 이런 내 생각을 확인시켜주었다. 그가 지금 두려워하는 것은 개가 아니라 나였다. 현기증이 나면서 주위의 모든 풍경이 흔들거렸다. 지금 쓰러진다면 군단의 승리가 될 터였다. 해결책을 찾아야 했다. 이제 나는 개가 아닌, 나를 장악하고 있는 힘에 대항해 싸우고 있었다. 다리가 후들거려서 담에 기댔다. 그러나 내 무게를 이기지 못한 담은 무너져내리고 말았다. 나는 땅바닥에 얼굴을 대고 돌들과 나뭇가지들 사이로 엎어져버렸다.

대지였다. 군단은 대지의 열매였다. 대지의 좋은 열매이자 나쁜 열매였으며, 동시에 대지 그 자체였다. 대지는 세상을 다스리거나, 세상에 지배당하는 군단의 거처였다. 내 안에서 아가페가 폭발했다. 나는 있는 힘껏 손톱을 땅에 박았다. 입에서 괴상한 울부짖음이 흘러나왔다. 개와 처음으로 대면했을 때 들었던 것과 같은 기이한 외침이었다. 나는 군단이 내 몸을 통과해 대지를 향해 내려가고 있음을 느낄 수 있었다. 내 안에 아가페가 존재하기 때문이었다. 군단은 모든 것을 태워버리는 사랑에 의해 소멸되길 원하지 않았다. 그것은 나의 의지였다. 정신을 놓지 않으려고 투쟁하려는 나의 의지, 저항하고 있는 내 영혼 속으로 들어간 아가페의 의지였다. 온몸이 떨려왔다.

나는 토하기 시작했다. 아가페는 점점 자라나면서 온몸의 구멍을 통해 나오고 있었다. 한참이 지나 군단이 다시 자신들의 왕국으로 돌아갔음을 깨달을 때까지 내 몸은 계속 떨렸다.

온몸에 상처를 입고 멍이 든 나는 땅바닥에 주저앉았다. 눈앞에는 기막힌 장면이 펼쳐져 있었다. 피를 흘리며 꼬리를 흔드는 개와 겁먹은 얼굴로 나를 바라보는 양치기였다.

“뭘 잘못 드셨나봐요.”

양치기는 자신이 본 광경을 믿기 힘들다는 표정을 지으면서 말했다.

"이제 토했으니까 괜찮아질 겁니다."

나는 고개를 끄덕였다. 양치기는 내게 '내' 개를 붙잡고 있어 줘서 고맙다고 말하고는 양들과 함께 길을 떠났다.

페트루스가 말없이 다가왔다. 그는 자신의 셔츠 자락을 잘라서는 출혈이 심한 다리의 상처를 감싸주었다. 그리고 팔다리와 몸을 움직여보라고 하더니 별로 심각한 상태는 아닌 것 같다고 결론지었다.

"보기조차 겁나는 모습이군요."

그가 미소를 지으며 말했다. 그는 다시 기분이 좋아진 듯, 드물게 보여주는 밝은 표정을 짓고 있었다.

"이런 몸으로 오늘 철 십자가를 보러 가는 건 무리예요. 관광객들이 보면 놀랄 테니까요."

나는 아무 말도 하지 않았다. 몸을 일으켜 옷에 묻은 흙을 턴 다음 걸을 수 있는지를 확인했다. 페트루스는 내게 람 호흡법을 얼마간 행할 것을 권하면서 내 배낭을 집어들었다. 훈련 덕분에 나는 세상과의 조화를 되찾을 수 있었다. 이제 삼십 분 후면 철 십자가에 도착할 것이었다.

그리고 언젠가 폰세바돈은 자신의 폐허에서 다시 태어날 것이었다. 군단이 그곳에 많은 힘을 쏟아놓았으니까.

명령과 복종

페트루스는 다리의 상처 때문에 혼자 걷지 못하는 나를 철 십자가까지 부축해주었다. 상처가 생각보다 심각한 것을 파악한 그는 내가 산티아고 순례길을 다시 걸어서 갈 수 있을 때까지 충분히 쉬어가기로 결정했다. 철 십자가에서 아주 가까운 곳에, 밤을 맞이한 순례자들에게 쉼터 역할을 하는 작은 마을 하나가 있었다. 페트루스는 빈 방 두 개가 있는 어느 대장장이의 집을 찾아냈다.

내가 묵기로 한 방에는 작은 발코니가 딸려 있었다. 그것은 이 마을에서 시작해 8세기의 스페인 전역으로 퍼져나간 건축술의 혁명이었다. 발코니에 나가면 산티아고에 도달하기 위해 조만간 넘어야 할 산들이 보였다. 나는 쓰러지듯 잠자리에 들었다.

다음날 나는 미열이 있긴 하지만 상쾌한 기분을 느끼며 잠에서 깨어났다. 페트루스는 마을 주민들이 '바닥이 닿지 않는 우물'이라고 부르는 샘에서 물을 떠와 내 상처를 씻어주었다. 오후가 되자 그는 근교에 사는 한 노부인과 함께 돌아왔다. 노부인은 상처에 다양한 약초들을 붙인 다음 쓴 탕약을 억지로 마시도록 했다. 상처가 완전히 아물 때까지 페트루스는 내게 매일 상처를 핥으라고 지시했다. 내가 비릿한 피 맛을 역겨워하자, 그는 침이야말로 만일의 감염을 막아주는 강력한 소독제임을 강조했다.

이튿날이 되자 다시 열이 나기 시작했다. 페트루스와 노부인이 다시 탕약을 마시게 하면서 약초로 만든 약을 상처에 발라주었지만 열은 내려가지 않았다. 그러자 페트루스는 붕대를 찾기 위해 근교에 있는 군부대로 갔다. 마을에는 상처를 감쌀 수 있는 거즈도 반창고도 없었다.

몇 시간 후, 그는 나를 물었던 개가 어디 있는지를 묻는 젊은 군의관과 함께 붕대를 가지고 돌아왔다.

"상처로 봐서, 광견병에 걸린 개일 수도 있습니다."

군의관이 진지한 표정을 지으면서 말했다.

"그럴 리가 없습니다. 그냥 심하게 장난을 치다가 그런 겁니다. 난 그 개를 한참 전부터 알고 있거든요."

의사는 내 말을 믿지 않았다. 그는 내게 광견병 예방주사를 놓겠다고 고집했다. 응하지 않으면 부대의 병원으로 옮긴다는 위협에 나는 어쩔 수 없이 그의 지시를 따라야 했다. 그런 다음 그는 나를 문 개가 어디 있는지 다시 물었다.

"폰세바돈에 있습니다."

"폰세바돈은 폐허가 된 곳입니다. 그곳엔 개가 있을 수 없어요."

그는 거짓을 밝혀낸 영리한 사람의 표정으로 단언했다.

내가 아픈 것처럼 일부러 신음 소리를 내기 시작하자 페트루스는 군의관을 데리고 나갔다. 군의관은 우리가 필요한 것들을 놓아두고 떠났다. 깨끗한 붕대와 반창고, 상처를 아물게 하는 연고까지.

페트루스와 노부인은 연고를 사용하지 않고 약초를 가득 채운 거즈로 상처를 싸맸다. 난 이제 상처를 핥지 않아도 되는 것에 매우 기뻤다. 밤이 되자, 그들은 내 침대 곁에 함께 무릎을 꿇고 앉아 큰 소리로 기도했다. 내가 기도의 의미에 관해서 묻자, 페트루스는 카리스마와 로마의 순례길에 관한 막연한 이야기만 할 뿐이었다. 계속해서 물었지만 그는 끝내 대답하지 않았다.

이틀이 지나자 난 완전히 회복되었다. 창문 밖으로 마을과 주변의 언덕들을 수색하고 있는 군인들이 보였다. 그중 한 명에게 이유를 묻자 그가 대답했다.

"근처를 돌아다니는 미친개가 있거든요."

그날 오후, 집주인인 대장장이는 내가 걸을 수만 있게 되면 즉시 마을을 떠나달라고 요구했다. 이미 마을 주민들 사이에 개 이야기가 퍼져 내가 혹시 광견병을 퍼뜨리지나 않을까 두려워한다는 것이다. 페트루스와 노부인은 그와 좀더 얘기를 해보려고 했으나 그는 단호했다. 심지어 내가 잠자는 동안 입에 거품을 무는 것을 봤다며 우기기까지 했다.

누구나 잠잘 때는 그럴 수 있다고 하는 말로는 그를 설득시킬 수가 없었다. 그날 밤, 노부인과 페트루스는 내 몸 위로 손을 뻗은 채 오랫동안 기도했다. 그리고 다음날, 나는 약간 절뚝거리긴 했지만 다시 순례길을 나섰다.

페트루스에게 내가 회복되지 않을까 염려했는지 묻자 그가 대답했다.

"당신에게 말하지 않은 산티아고 순례길의 규율이 있습니다. 일단 순례길에 오른 사람이 순례를 중단할 수 있는 유일한 사유는 질병밖에 없습니다. 당신의 상처가 낫지 않고 열이 내리지 않았다면, 우리의 여행이 여기서 멈춰야 한다는 징조인 것이죠. 하지만 우리의 기도가 통한 겁니다."

그는 자랑스럽게 말했다.

나는 나를 다시 걷게 한 용기가 나뿐 아니라 그를 위해서도 중요한 것임을 깨달았다.

계속해서 내리막길이 이어졌고, 페트루스는 앞으로도 이틀간은 더 그럴 것이라고 말했다. 우리는 햇빛이 가장 뜨거운 오후 시간에는 낮잠을 자는 평소의 리듬을 되찾았다. 붕대를 감은 다리 때문에 페트루스가 내 배낭을 대신 메주었다. 이제는 서두를 필요가 없었다. 만나야 할 것을 이미 만났으니까.

내 상태는 시시각각 좋아져갔고, 나는 자신이 무척 자랑스러웠다. 폭포를 거슬러 올라갔고, 길에서 만난 악마를 패주시키지 않았던가. 이제 가장 중요한 임무만이 남은 것이다. 내 검을 되찾는 것. 나는 그 이야기를 페트루스에게 했다.

"승리한 것은 사실이지만, 사실 당신은 가장 중요한 것을 놓쳤습니다."

그의 말에 나는 찬물을 뒤집어쓴 듯 얼어붙었다.

"그게 무슨 말이죠?"

"당신은 싸움을 언제 하게 될지 그 정확한 순간을 인식했어야 했습니다. 내가 걸음을 재촉한 것은 바로 그 때문이었는데, 당신은 오로지 검을 되찾으려는 생각 말고는 없었죠. 자신의 적을 만날 시기도 모르는 사람에게 검이 무슨 소용이 있을까요?"

"검은 내게 권능을 부여하는 도구입니다."

나는 그의 말에 반박했다.

"당신은 자신의 힘에 미혹된 겁니다. 폭포, 람의 의례들, 사자와의 대화들로 인해 무찔러야 할 적이 있다는 것을 잊어버린 것 같군요. 당신은 그와 만나기로 되어 있었어요. 손이 검을 휘두르기 전에, 적이 어디 있는지 파악하고 그와 어떻게 맞설 것인지 알아야 합니다. 검은 일격을 가하는 데 쓰일 뿐입니다. 손은 이미 그전에 승자인지 패자인지 결정되는 것이고요.

당신은 검이 없이도 군단을 무찌르는 데 성공했습니다. 검을 찾는 과정에는 비밀이 숨어 있습니다. 당신이 아직 알아차리지 못한 비밀, 그것 없이는 원하는 것을 결코 얻지 못할 그런 비밀 말입니다."

나는 아무 말도 하지 않았다. 목표에 조금 더 가까워졌다고 확신할 때마다, 페트루스는 내가 평범한 순례자일 뿐이며, 내 목적을 달성하기에는 아직 무언가 부족하다고 강조해 말했다. 이 대화를 나누기 몇 분 전에 느낀 행복은 완전히 사라지고 없었다.

다시 산티아고 순례길의 출발점으로 되돌아온 것이었다. 절망스러웠다. 산티아고 데 콤포스텔라로 가거나 그곳에서 되돌아오기 위해, 십이 세기 동안 수백만의 사람들이 내가 지나온 이 길을 지나갔다. 그들의 경우에는, 그곳에 도달하는 것은 단지 시간의 문제일 뿐이었다. 하지만 내 경우에는, 가는 길마다 성전의 함정이 숨겨놓은 새로운 장애물을 극복해야 했다. 모든 것이 치러내야 할 또하나의 시험이었던 것이다.

나는 페트루스에게 피곤하다고 말하고는 내리막길 위의 그늘에 앉았다. 길가에 나무 십자가들이 줄지어 서 있었다. 페트루스는 배낭 두 개를 땅바닥에 내려놓았다.

“적은 우리의 약한 면에 대한 상징입니다.”

그는 이야기를 시작했다.

“그것은 신체적 고통에 대한 두려움일 수도 있지만, 승리에 대한 성급한 확신이거나, 전투가 필요 없는 것이라 생각하면서 포기해버리려는 마음일 수도 있습니다. 적은 우리에 대한 승리를 점칠 수 있을 때 비로소 싸움을 시작합니다. 자만심으로 인해 우리 스스로가 무적이라고 확신하게 되는 순간이 바로 그때지요. 싸움을 할 때 우리는 항상 자신의 약한 면만을 방어하려고 하지만, 막상 적이 공격하는 곳은 우리가 방심하고 있는 부분입니다. 우리가 가장 믿고 있는 곳 말이죠. 그리고 마침내 우리는 패배하고 마는 겁니다. 패인은 결코 일어나서는 안 될 일이 일어났다는 것입니다. 적에게 싸움의 방식을 선택하도록 내버려두는 것이죠.”

페트루스의 이야기는 내가 개와 싸우는 동안 실제로 일어난 일들과 맞아떨어졌다. 하지만 나는 내게 적이 있다는 것과, 그들에 맞서 싸워야 한다고 생각하고 싶지 않았다. 페트루스가 ‘선한 싸움’에 관해 얘기했을 때, 그것이 살아가면서 무언가를 성취하기 위한 싸움이라고만 생각한 것이었다.

"맞아요. 하지만 '선한 싸움'이 그런 것만은 아닙니다. 전쟁을 한다는 것은 꼭 죄를 짓는 것만은 아니에요."

내가 의문스러운 점을 얘기하자 그가 설명했다.

"전쟁은 사랑의 행위입니다. 적은 우리에게 발전과 능력 발휘의 기회를 제공하지요. 개가 당신에게 그랬던 것처럼."

"하지만 당신은 결코 만족할 줄 모르는 것 같습니다. 언제나 무언가가 부족하지 않습니까. 이제 내 검의 비밀을 말해주시죠."

하지만 페트루스는 그것은 내가 여행을 시작하기 전에 이미 알았어야 하는 거라고 대꾸할 뿐이었다. 그러고는 계속 적에 관해 이야기를 했다.

"적은 아가페를 이루는 한 부분입니다. 그는 검을 사용하는 우리의 손과 의지, 그리고 용도를 시험하기 위해 존재하죠. 그가 우리 삶 속으로 들어오고 우리가 그의 삶 속으로 들어가는 것은 다분히 의도적인 것이며 그 의도는 실현되어야 하는 것입니다. 따라서 싸움을 피해 도망간다는 것은 최악의 사태인 것이죠. 싸움에서 지는 것보다 더 나쁜 겁니다. 패배를 통해서는 무엇이든지 배울 게 있지만, 도망을 간다면 적의 승리를 선언하는 것밖에는 아무것도 얻을 게 없으니까요."

페트루스가 무력을 이런 식으로 해석하다니 놀라웠다. 그토록 예수를 사랑하는 이가 어떻게 그럴 수 있단 말인가. 그런 내 생각을 말하자 그가 대답했다.

"예수에게 유다가 어떤 역할을 하는 존재였나를 생각해보십시오."

그가 지적했다.

"그에게는 적이 필요했던 겁니다. 그렇지 않았다면, 지상에서 벌인 그의 싸움이 그토록 영광스러워지지 못했을 겁니다."

순례길 위의 나무 십자가들은 그리스도의 영광이 어떻게 이루어졌는지를 보여주고 있었다. 피와 배신, 그리고 버림받음이 있었던 것이다. 나는 자리에서 일어나 여행을 계속할 준비가 되었다고 말했다.

길을 가면서 나는 싸움에서 적을 무찌르기 위해 가장 믿을 만한 것이 무엇인지 물었다.

"자신의 현재입니다. 인간은 자신이 지금 하고 있는 것을 가장 믿게 됩니다. 바로 거기에, 진심으로 승리를 갈망하는 욕망인 아가페가 존재하기 때문이지요.

하지만 분명히 밝혀두어야 할 게 있습니다. 적이 '악'을 의미하는 일은 거의 없어요. 적은 늘 존재하는 것입니다. 검이 칼집 속에서 녹슬지 않게 말이죠."

예전에 시골에 집을 지을 때 아내가 갑자기 방 배치를 바꾸고자 했던 일이 기억났다. 나는 석공에게 그 변경 사항을 알려야 하는 유쾌하지 않은 역할을 떠맡게 되었다. 예순 살가량 되어 보이는 그에게 내가 원하는 것을 말하자, 그는 나를 바라보더니 곰곰이 생각에 잠겼다. 그리고 더 나은 해결책을 제시했는데, 막 올라가기 시작한 벽을 그대로 사용할 수 있도록 하는 것이었다. 아내는 그의 묘안을 아주 마음에 들어했다.

그토록 복잡한 말로 페트루스가 이야기하고자 하는 것은 그런 것이 아니었을까. 적을 무찌르기 위해 우리가 지금 하고 있는 것의 힘을 이용한다는 말의 의미가.

난 그에게 석공 이야기를 해주었다.

"삶은 신비로운 산티아고 순례길보다 언제나 더 많은 것을 가르쳐주지요."

그는 그렇게 결론을 내렸다.

"하지만 삶이 가르쳐주는 것을 우리가 그다지 신뢰하지 않을 뿐이죠."

십자가들은 삼십 미터마다 서 있었다. 무겁고 단단한 나무들로 만들어진 것을 보니 초인적인 힘을 가진 순례자가 세운 것이 틀림없었다. 페트루스에게 그 십자가들의 의미를 물었다.

"이제는 사용하지 않는 낡은 고문 도구죠."

"그런데 십자가들이 왜 여기 서 있는 거죠?"

"누군가가 세우기로 약속을 했나보죠. 내가 그걸 어떻게 알겠소?"

우리는 땅바닥에 쓰러져 있는 한 십자가 앞에 멈춰 섰다.

"나무가 썩었나보군요."

내가 말했다.

"다른 십자가들과 똑같은 나무로 만든 겁니다. 조금도 썩지 않았어요."

"그렇다면 땅에 충분히 단단하게 박히지 않았나보죠."

페트루스는 주변을 둘러보았다. 그리고 배낭을 땅에 내려놓더니 바닥에 주저앉았다. 불과 몇 분 전에 휴식을 취했던 터라 난 그의 행동을 이해할 수 없었다. 나는 본능적으로 주위에 개가 있는지 살펴보았다.

"당신은 이미 개를 무찔렀어요."

내 생각을 읽기라도 한 듯 그가 말했다.

"죽음의 환영을 겁내지 마십시오."

"그런데 왜 여기서 멈춘 거죠?"

페트루스는 내게 입을 다물라는 신호를 보낸 다음 몇 분 동안 침묵을 지켰다. 나는 개에 대한 오랜 두려움이 다시 엄습해오는 것 같아 그가 말을 할 때까지 일어나 있기로 했다.

"뭐가 들리나요?"

어느 정도 시간이 지나자 그가 물었다.

"아무것도. 침묵뿐입니다."

"우리가 침묵의 소리를 들을 수 있을 정도로 깨어 있을 수 있다면! 하지만 우리는 아직 인간에 불과하고, 자신의 말소리조차 들을 줄 모르는 존재들이지요. 당신은 내가 군단이 다가오는 걸 어떻게 알아냈는지 한 번도 물어본 적이 없죠. 이제 와서 하는 말이지만, 그건 청력 덕분이었어요. 우리가 아직 아스토르가에 있을 때인 며칠 전부터 소리가 나기 시작했습니다. 그때부터 나는 더 빨리 걷기로 작정했지요. 모든 징후로 미루어볼 때, 폰세바돈에서 그를 만나게 되리라는 것을 알게 되었거든요. 당신도 나와 같은 소리를 들었지만 그것에 귀 기울이진 않았던 겁니다.

소리에는 모든 것이 씌어 있죠. 인간의 과거, 현재 그리고 미래가. 귀 기울여 들을 줄 모르는 사람은 삶이 우리에게 매 순간 아낌없이 주는 조언을 들을 수가 없습니다. 현재의 소리를 들을 줄 아는 사람만이 올바른 선택을 할 수 있는 겁니다."

페트루스는 내게 개에 관한 생각은 떨쳐버리고 바닥에 앉을 것을 권했다. 그런 다음 산티아고 순례길 중 가장 쉬우면서도 중요한 람의 의례를 가르쳐주었다.

그는 '듣기 훈련'에 관해 설명해주었다.

듣기 훈련

긴장을 풀고 눈을 감으십시오.

•

몇 분 동안 당신 주위에서 들려오는 소리에 집중하려고 노력하십시오. 모든 음악가들이 연주하는 오케스트라를 듣는 것처럼.

•

조금씩, 각각의 소리를 구분해보십시오. 나머지 소리들은 듣지 말고, 독주로 연주되는 양 악기 하나하나에 귀를 기울여보십시오.

•

이 훈련을 매일 실행하노라면 당신은 목소리를 들을 수 있게 될 것입니다. 처음에는 당신의 상상력이 만들어낸 것이라고 생각할 것입니다. 그다음에는, 그것이 기억 속에 존재하는 과거와 현재 그리고 미래의 인물들의 목소리라는 걸 깨닫게 될 것입니다.

•

이 훈련은 당신이 이미 사자의 목소리를 알고 있을 경우에만 실행할 수 있습니다.

•

이 훈련을 할 수 있는 최소한의 시간은 십 분입니다.

"훈련을 당장 실행하십시오."

나는 훈련을 실행했다. 멀리서 한 여인의 목소리와 바람 소리가 들려왔다. 어느 순간 나뭇가지가 부러지는 소리도 들렸다. 어려운 훈련은 아니었다. 그 간명함에 나는 매료되었다. 나는 땅바닥에 귀를 바짝 붙인 채 둔탁한 대지의 소리를 들었다. 점차 소리들을 구분해서 들을 수 있었다. 움직이지 않는 나뭇잎 소리, 멀리서 들려오는 누군가의 목소리, 새들이 날개를 파닥이는 소리. 동물이 으르렁거리는 소리도 들려왔지만 어떤 동물인지는 알 수 없었다. 십오 분간의 훈련 시간은 눈 깜짝할 사이에 지나갔다.

"시간이 흐름에 따라, 이 훈련이 올바른 결정을 내리도록 도와준다는 걸 알게 될 것입니다."

페트루스는 내가 어떤 소리를 들었는지 묻지도 않고 말했다.

"아가페는 푸른 천체로 현현하기도 하지만, 시각, 촉각, 후각, 그리고 마음과 청각에 의해서도 현현하지요. 길어야 일주일 후에는 목소리가 들리기 시작할 겁니다. 목소리는 처음에는 머뭇거리다가, 차차 당신에게 중요한 것들을 이야기해줄 것입니다. 당신을 잘못된 길로 이끌고자 하는 당신의 사자만 조심하면 됩니다. 당신이 이미 그의 목소리를 알기 때문에 이제는 위협이 되지도 못하겠지만."

페트루스는 나를 부르는 적의 경쾌한 목소리나, 초대하는 여인의 목소리 혹은 내 검의 비밀 등을 들었는지 물었다.

"멀리서 누군가를 부르는 여자의 목소리만 들렸습니다. 하지만 그건 아이를 부르는 촌부의 목소리였어요."

"이젠 당신 앞에 있는 이 십자가를 바라보고, 생각만으로 그걸 다시 세워보십시오."

그것은 또 어떤 훈련인지 묻자 그가 대답했다.

"생각 속의 믿음을 훈련하는 겁니다."

나는 땅바닥에 앉아 요가 수행자처럼 자세를 잡았다. 이미 개와 폭포에 대한 시험을 통과했으므로 이것 역시 잘해낼 수 있을 터였다. 나는 십자가를 응시했다. 그리고 내 몸에서 빠져나가 십자가를 붙잡고 영적인 힘으로 그것을 들어올리는 나 자신을 상상했다. 성전의 길을 걸어오는 동안, 이미 그와 같은 몇몇 작은 '기적'을 실현한 적이 있었다. 유리컵이나 자기로 된 조각상을 깨뜨리거나, 테이블 위의 물건들을 이동시키는 따위의. 그런 것은 권능이 필요치 않은 비교적 쉬운 기법들이었지만, '불경한 사람들'을 설득하는 데는 큰 도움이 되었다. 이 십자가처럼 크고 무거운 물체를 대상으로는 한 번도 해본 적이 없었지만, 페트루스가 시킨 일이었으므로 성공할 수 있을 것이라고 생각했다.

삼십 분 동안 나는 모든 방법을 동원했다. 영적 여행이나 자기암시도 사용했다. 마스터가 중력을 어떻게 통제했는지를 떠올려보며, 그런 상황에서 그가 소리내며 되풀이하던 주문도 따라해보았다. 그러나 아무 일도 일어나지 않았다. 또다시 집중해보았지만, 십자가는 꼼짝도 하지 않았다. 아스트랭을 호출하자 그는 불기둥 사이로 모습을 나타냈다. 하지만 십자가에 관해 얘기하자 그 물체를 증오한다는 대답만 돌아올 뿐이었다.

마침내 페트루스가 나를 흔들어서 최면 상태에서 깨어나게 했다.

"자, 이제 아주 난처해졌군요. 생각으로는 성공하지 못했으니, 이제 이 십자가를 손으로 바로 세워보십시오."

"손으로요?"

"복종하시오!"

나는 소스라치게 놀랐다. 갑자기 내 앞에는, 내 상처에 붕대를 감아주던 사람과는 너무도 다른 엄격한 한 남자가 서 있었다. 무슨 말을 해야 할지, 어떻게 해야 할지 몰랐다.

"복종하시오!"

그는 반복해서 외쳤다.

"이건 명령이오!"

나는 개와 전투를 벌인 이후로 손과 팔에 붕대를 감고 있었다. 내 귀를 믿을 수가 없었다. 나는 아무 말 없이 붕대를 감은 팔을 보여주었다. 하지만 그는 차갑고 무표정한 얼굴로 계속 내 얼굴을 뚫어지게 바라볼 뿐이었다. 그는 내가 복종하기를 기다리고 있었다. 지금까지 오랫동안 나와 함께 이 길을 걸어오면서, 람의 의례들을 가르쳐주고 산티아고 순례길의 아름다운 역사에 관해 이야기해주던 안내자이자 친구는 사라져버린 듯했다. 대신 내 앞에는 나를 노예인 양 바라보며 말도 안 되는 명령을 내리는 한 남자가 서 있었다.

"뭘 꾸물거리고 있는 겁니까?"

그가 재우쳐 말했다.

나는 폭포를 떠올렸다. 그날 난 페트루스에 대해 의문을 품었고, 그는 내게 너그러운 태도를 보여주었다. 그는 자신의 사랑을 보여주면서 내가 검을 포기하지 않도록 했다. 그토록 관대하던 사람이 왜 갑자기 이토록 냉혹해졌는지 이해할 수가 없었다. 그는 지금 인류가 배척하려고 애쓰는 바로 그 모습 그대로 행동하고 있었다. 인간에 의한 인간의 억압이었다.

"페트루스, 난……"

"복종하시오. 그러지 않으면 산티아고 순례길은 이것으로 끝이니까."

두려움이 다시 돌아왔다. 폭포보다, 나를 그토록 오랫동안 두렵게 했던 개보다 그가 더 두려워졌다. 나는 자연에게 어떤 신호를 보내줄 것을, 이 무모한 명령을 납득할 수 있도록 무언가를 보거나 들을 수 있도록 나를 도와줄 것을 간구했다. 하지만 내 주위에 존재하는 모든 것은 침묵했다. 페트루스에게 복종하거나, 내 검을 포기하거나 둘 중 하나였다. 다시 한번 붕대를 감은 내 팔을 들어 보였지만, 그는 땅바닥에 주저앉아 자신의 명령에 복종할 것을 기다렸다.

나는 복종하기로 마음먹었다.

나는 십자가까지 걸어갔다. 그리고 얼마나 무거운지 가늠하기 위해 십자가를 발로 밀어보았다. 간신히 움직일 정도였다. 손이 자유로웠다 하더라도 그것을 들어올리는 데는 엄청난 어려움이 있을 터였다. 붕대를 감은 손으로는 거의 불가능한 임무였다. 그러나 나는 복종하기로 마음먹었다. 그러다가 죽을 수도 있고, 그토록 무거운 짐을 져야 했던 그리스도처럼 피를 흘릴 수도 있을 터였다. 하지만 내 숭고한 태도에 감동을 받아 나를 그 시험에서 벗어나게 해줄지도 모르지 않은가.

십자가는 밑동이 부러져 나무의 섬유질에 의해서만 겨우 땅 위에 매달려 있는 상태였다. 내겐 그것을 자를 수 있는 주머니칼도 없었다. 극심한 고통을 참으면서 나는 손을 사용하지 않고 부러진 받침대에서 십자가를 뽑아내려 시도했다. 팔의 상처 부분이 나무와 닿자 난 고통을 참지 못하고 비명을 질렀다. 페트루스는 여전히 태연한 표정을 짓고 있었다. 그때부터 난 소리를 안으로 삼킨 채 속으로만 지르리라 결심했다.

당장 가장 어려운 것은 십자가를 옮기는 것이 아니라, 받침대에서 그것을 분리하는 것이었다. 그런 다음 땅에 구멍을 파서 그곳으로 밀어넣어야 했다. 나는 고통을 감수하면서 뾰족한 돌을 집어들어 나무의 섬유질이 떨어져나가도록 두들기기 시작했다.

매 순간 고통이 심해졌고, 섬유질은 서서히 끊어지기 시작했다. 상처가 다시 벌어져서 견딜 수 없는 상황이 되기 전에 어서 끝내야만 했다. 그러나 나는 고통이 극심해지지 않도록 좀더 천천히 일을 진행하기로 했다. 손을 더 잘 보호하기 위해 티셔츠를 벗어 손 주위에 감싸고 나는 다시 십자가를 두드리기 시작했다. 그것은 좋은 생각이었다. 첫번째 섬유질이 끊어지고, 두번째 것도 끊어졌다. 뾰족한 돌들을 모아서 하나하나씩 차례로 사용했다. 손에서 나는 열로 인해 고통이 둔화되기를 바라면서. 거의 모든 섬유질이 끊어졌지만 가운데 있는 가장 굵은 것이 아직 남아 있었다. 온 힘을 다해 일하기 시작했다. 곧 고통을 참을 수 없는 순간이 다가오리라는 것을 알고 있었기 때문이었다. 시간문제였으므로 나 자신을 다스려야만 했다. 피부와 붕대 사이에 흘러내리기 시작한 끈적끈적한 무엇이 움직임을 어렵게 만드는 걸 느끼면서 나는 계속 내리쳤다. 피일 거야. 그렇게 생각하면서도 주의를 다른 데로 돌리려고 애썼다. 갑자기 굵은 섬유질이 끊어질 것 같았다. 나는 너무 흥분한 나머지 단숨에 몸을 일으켜 온 힘을 다해 격렬하게 십자가를 발로 차버렸다.

받침대에서 뽑힌 십자가는 요란한 소리를 내며 옆으로 넘어졌다.

후련한 기분은 몇 초 동안만 지속되었다. 이제 겨우 임무를 시작했을 뿐인데 내 손은 격렬히 떨리기 시작했다. 페트루스는 어느새 잠들어 있었다. 잠시, 그가 알아차리지 못하게 십자가를 세울 수 있는 방법을 생각해보았다. 하지만 그것이야말로 바로 페트루스가 원하는 것이 아니던가. 그를 속일 수 있는 방법은 아무것도 없었고, 임무의 완수는 오로지 내게 달려 있었다.

나는 누렇게 말라버린 땅을 바라보았다. 또다시 나의 구원병은 돌들뿐이었다. 나를 엄청난 불안으로 빠뜨리는 끈적거리는 액체로 인해 통증이 극에 달한 오른손은 사용할 수 없었다. 붕대를 둘러싼 셔츠를 천천히 걷어냈다. 거의 아물어가고 있던 상처를 감싼 거즈가 피로 물들어 있었다. 잔인한 페트루스.

나는 좀더 무거운 돌을 찾으러 갔다. 그리고 왼팔 주위에 셔츠를 말아 감고, 십자가 아래쪽의 땅을 두들기면서 파기 시작했다. 처음에는 진전이 있는 듯했으나 곧 단단하고 메마른 땅이 장애로 작용했다. 계속 파내려갔지만 구멍은 더 깊어지지 않았다. 십자가가 흔들거리지 않고 견고히 끼여 박힐 수 있도록 하기 위해 구멍을 더 넓히지 않기로 했다. 좁은 구멍에서 흙을 퍼내는 것은 더욱 어려운 일이었다. 오른손은 이제 아프지 않았지만 엉겨붙은 피를 보니 구역질이 치밀었다. 왼손을 쓰는 게 익숙지 않은 탓에 걸핏하면 돌이 손가락 사이로 미끄러져 떨어졌다.

끝날 것 같지 않은 긴 시간 동안 땅을 파내려갔다. 돌로 땅을 칠 때마다, 흙을 파내기 위해 구멍에 손을 집어넣을 때마다 페트루스를 생각하면서. 곤하게 잠들어 있는 그의 모습을 바라보면서 나는 마음속 깊이 그를 증오했다. 그러나 무슨 소리가 들려도, 내가 아무리 그를 증오해도 그는 아무 신경도 쓰지 않는 듯했다. '그럴 만한 무슨 이유가 있겠지.' 그렇게 생각하면서도 그가 나를 모욕하던 방식과 노예와 주인 같은 이 상황을 이해할 수가 없었다. 그러자, 땅이 그의 얼굴로 보였다. 나는 땅에 대고 힘껏 돌로 내리쳤다. 그리고 분노를 느끼며 땅을 깊게, 더 깊게 파내려갔다. 조만간 반드시 성공할 것이라고 믿으며.

그런 생각을 하던 찰나에 단단한 무언가에 부딪힌 돌이 또다시 손에서 미끄러졌다. 내가 두려워했던 일이 일어났다. 계속 파내려가기엔 너무 큰 바위를 만난 것이었다.

나는 일어나서 얼굴의 땀을 닦은 다음 곰곰 생각에 잠겼다. 내겐 십자가를 운반할 만한 충분한 힘이 없었다. 처음부터 다시 시작할 수는 없는 노릇이었다. 작업을 멈춘 지금 왼손에는 마비 증세가 보이기 시작했다. 통증보다 더 나쁜 상황이 일어난 것이었다. 두려워지기 시작했다. 손가락은 여전히 내 의지대로 움직이긴 했지만, 더는 손을 혹사해서는 안 된다는 걸 본능적으로 느낄 수 있었다.

구멍을 유심히 바라보았다. 십자가를 지탱하기에는 충분치 않았다.

"그릇된 해결책이 올바른 해결책을 알려줄 것이다."

그림자 훈련을 가르쳐주던 페트루스의 말이 생각났다. 게다가 그는 람의 의례들은 일상적인 삶의 도전에 그것들을 적용할 때만 그 의미가 있다고 늘 강조하지 않았는가. 이것처럼 터무니없어 보이는 상황 앞에서도 람의 의례들은 무언가에 쓸모가 있을 것이었다.

"그릇된 해결책이 올바른 해결책을 알려줄 것이다."

불가능한 방법은 십자가를 옮기는 것이었고, 내겐 그럴 힘도 없었다. 또다른 불가능한 방법은 땅을 더 깊게 파내려가는 것이었다. 그러니까, 그릇된 방법이 땅을 더 깊게 파내려가는 것이라면 적절한 방법은 땅을 높이는 것이었다. 하지만 어떻게?

갑자기, 페트루스에 대한 애정이 돌아왔다. 그가 옳았다. 나는 땅을 높일 수는 있었다.

주변에 흩어져 있는 돌들을 모아 내가 파낸 흙과 합쳐 구멍 주위에 쌓기 시작했다. 그리고 무진 애를 써서 십자가 아랫부분을 살짝 들어올리고는 돌로 받쳐놓았다. 삼십 분이 지나자 땅이 높아지면서 구멍이 충분히 깊어졌다.

이제 십자가를 끌어당겨 구멍 안으로 집어넣는 일만 남았다. 최후의 노력이 필요한 시점이었다. 반드시 성공해야 했다. 한 손은 무감각했고 다른 한 손에는 통증이 느껴져 손을 사용할 수는 없었다. 하지만 등에는 조금 긁힌 상처만 있을 뿐이었다. 십자가 밑으로 길게 엎드려 천천히 몸을 일으킨다면 그것을 구멍 안으로 미끄러뜨려 넣을 수 있을 것 같았다.

입과 눈으로 들어오는 흙먼지를 느끼면서 땅바닥에 배를 깔고 엎드렸다. 그리고 무감각해진 손으로 마지막 힘을 다해 십자가를 들어올리고 그 아래로 미끄러져 들어갔다. 십자가의 몸체가 바로 척추 위에 놓이도록 조심스럽게 움직였다. 여러 번 십자가가 미끄러져 떨어질 것 같았으나 자세를 바로잡아가면서 매우 느리게 움직였다. 마침내 나는 무릎을 앞으로 구부린 태아 자세를 취해 등 위에서 십자가가 균형을 잡게 했다. 잠시 십자가 아랫부분이 돌무더기 위에서 흔들거렸지만 다행히도 미끄러지지는 않았다.

"온 세상을 구원하는 임무가 아닌 게 천만다행이군."

십자가의 무게와 그것이 상징하는 모든 것 때문에 나는 중압감을 느꼈다. 그때 깊은 신앙심이 나를 사로잡았다. 이미 누군가가 등에 이 십자가를 지고 갔으며, 그의 상처 입은 손도 나처럼 그 고통과 무게를 피할 수 없었으리라는 생각이 들었다. 그것은 고통과 함께 깨닫는 신앙심이었다. 하지만 등 뒤의 십자가가 다시 흔들리기 시작하자 그 생각도 곧 사라져버렸다.

나는 천천히 몸을 일으킴으로써 다시 태어나기 시작했다. 뒤를 돌아볼 수 없는 상황에서 방향을 가늠하기 위해 의지할 수 있는 유일한 수단은 소리뿐이었다. 바로 얼마 전, 세상의 소리를 듣는 법을 배운 것이 다행이었다. 페트루스는 이런 종류의 인식이 내게 필요하리란 것을 미리 알고 있었던 것일까. 나는 조금씩 십자가의 무게에서 벗어날 수 있었고, 돌들은 자리를 잡아갔다. 십자가는 서서히 올라갔다. 나를 이 시련으로부터 벗어나게 해주면서, 다시금 산티아고 순례길의 한 부분을 구성하는 장식물이 되기 위해.

이제 마지막 노력만이 남았다. 내가 무릎을 꿇고 앉으면 십자가는 등에서 미끄러져 내려가서 구멍 속에 박히게 될 터였다. 한두 개의 돌이 움직였지만 십자가가 나를 도와주는지 흙으로 쌓은 둔덕을 벗어나지는 않았다. 마침내 등 뒤에서 느껴지는 진동으로 보건대 십자가 아랫부분이 내 등에서 벗어났음을 알 수 있었다. 폭포수를 거슬러 올라가 통과했을 때와 마찬가지로 가장 어려운 마지막 순간이 남아 있었다. 여태까지 한 노력이 헛수고로 돌아갈까 두려워하며, 시도하기도 전에 포기하려고 마음먹게 되는 순간. 내 검을 되찾고 구세주 그리스도가 부활할 수 있도록 모든 십자가를 쓰러뜨리는 것이 내 유일한 소망임에도, 이렇게 십자가를 다시 세우고 있는 나 자신을 생각하니 참으로 부조리하다는 생각이 들었다. 하지만 지금은 그 어떤 것도 중요하지 않았다. 등을 격하게 움직이자 십자가 밑부분이 미끄러졌다. 나는 다시 한번 운명이 내 임무를 이끌어주고 있음을 생각했다.

나는 십자가가 다른 쪽으로 넘어지면서 모아놓은 돌들을 사방으로 흩뜨릴 것이라고 예상했다. 혹은 내가 가하는 힘이 불충분해서 다시 나를 향해 쓰러져 덮칠 가능성도 있었다. 그러나 내 귀에 들리는 것은 땅바닥을 때리는 물체의 둔탁한 소리였다.

천천히 뒤를 돌아보았다. 십자가가 서 있었다. 충격으로 인해 여전히 흔들리고 있긴 했지만. 돌무더기에서 약간의 돌들이 굴러 떨어졌지만, 십자가는 견고하게 버티고 서 있었다. 난 재빨리 돌들을 제자리에 가져다놓은 다음 십자가가 흔들림을 멈추도록 팔로 감싸안았다. 그리고 따뜻한 온기를 내뿜으며 살아 있는 십자가를 느꼈다. 그는 내가 임무를 수행하는 내내 나의 친구였다.

나는 한동안 내가 이루어놓은 것을 경탄하며 바라보았다. 상처의 통증을 다시 느끼기 시작할 때까지. 페트루스는 여전히 잠들어 있었다. 나는 다가가서 그를 가볍게 발로 찼다.

그는 깜짝 놀라 잠에서 깨어나서는 십자가를 바라보았다.

"해냈군요."

그것이 그의 유일한 의견이었다.

"폰페라다에서 붕대를 갈도록 하죠."

성전聖傳

“차라리 나무를 들어올리는 게 나을 뻔했습니다. 그 십자가를 등에 짊어졌을 때, 인간이 지혜를 추구한다는 것은 희생을 동반한다는 생각이 들더군요.”

지금 내가 있는 곳에서 그런 말은 무의미하게 들릴 뿐이었다. 십자가를 들어올린 것이 전날이 아닌, 아주 오래전에 일어난 아득한 일처럼 여겨졌다. 검은 대리석에 둘러싸인 욕실, 물마사지 시설을 갖춘 욕조 안의 따뜻한 물, 음미하며 마시는 감미로운 향의 리오하 산 포도주가 담긴 크리스털 술잔 등은 그 이야기와 전혀 어울리지 않는 것들이었다. 우리는 고급 호텔에 묵고 있었다. 페트루스는 방 안에 있었지만 내 시야에서 벗어나 있었다.

“그런데 왜 십자가였죠?”

난 계속해서 물었다.

"여기 들어올 때 사람들한테 당신이 거지가 아니라는 걸 설득하느라 어찌나 힘들었는지!"

그가 방에서 소리쳤다.

그간의 경험에 비추어 볼 때, 그가 화제를 바꾸는 것은 얘기를 계속할 필요가 없다는 의미였다. 나는 욕실에서 나와 깨끗한 바지와 셔츠로 갈아입고 붕대를 새로 갈았다. 상처가 새로 났을 거라 예상하고 붕대를 조심스럽게 풀어보니 딱지가 갈라져 그 사이로 약간 피가 난 것 말고는 상태는 양호했다. 이미 흉이 져 있는 것을 보니 다시 기운이 솟는 것 같았다.

우리는 호텔 식당에서 저녁을 먹었다. 페트루스는 그날의 특선 요리인 발렌시아 식 파에야*를 주문했다. 우리는 감미로운 리오하 산 포도주를 음미하면서 조용히 식사했다. 식사가 끝나자 그는 내게 주위를 한 바퀴 돌아보자고 말했다.

호텔에서 나온 우리는 기차역 쪽으로 향했다. 예의 그 침묵 속으로 다시 빠져든 그는 산책을 하는 내내 아무 말도 하지 않았다. 우리는 더럽고 기름에 찌든 차고에 이르렀다. 그는 육중한 기관차의 발판 위에 걸터앉았다.

---

* 스페인의 전통 요리로, 여러 가지 해산물을 재료로 하는 볶음밥의 일종.

"이곳에서 쉬어가죠."

그가 말했다.

나는 바지에 기름이 묻을까봐 앉고 싶지 않았다. 선 채로 페트루스에게 폰페라다의 주 광장까지 걸어가는 게 어떻겠느냐고 물었다.

"산티아고 순례길은 이제 거의 끝나가고 있어요. 우리가 살고 있는 현실의 삶은 여기 오는 중에 본 목가적인 풍경들보다는 기름 냄새가 나는 여기 기차의 차량들에 더 가까운 모습이지요. 그러니 오늘은 이곳에서 대화를 나누는 게 좋을 것 같군요."

페트루스는 내게 테니스화와 셔츠를 벗을 것을 요구했다. 그리고 팔을 자유롭게 쓸 수 있도록 내 팔에 감은 붕대를 느슨하게 풀어주었다. 손을 감은 붕대는 그냥 놔두었다.

"언짢게 생각하지 말아요. 지금은 손을 쓸 일이 없을 겁니다. 적어도 뭔가를 붙잡을 일은 없을 테니까요."

그는 평소보다 더 진지했다. 그의 달라진 어조에 나는 내심 놀랐다. 중요한 사건이 일어나려 하고 있음이 분명했다.

다시 돌아가서 발판 위에 앉은 페트루스는 한참 나를 바라보더니 다시 이야기를 시작했다.

"어제 그 일에 관해서는 아무 말도 하지 않겠습니다. 당신이 스스로 그 의미를 알아낼 수 있을 테니까요. 언젠가 카리스마와 기적의 길인 로마의 순례길을 따라가기로 결심한다면 비로소 알게 될 것입니다. 다만 한 가지만 말해주겠습니다. 스스로를 지혜롭다고 믿는 이들은 명령을 해야 할 순간에는 우유부단해지고, 복종해야 할 순간에는 반항적이 되지요. 명령을 내리는 것은 부끄러운 일이며, 명령을 따르는 것은 불명예스럽다고 생각하기 때문입니다. 당신은 결코 그렇게 행동하지 마십시오.

아까 호텔 방에서 당신은 지혜의 길은 희생으로 통한다고 말했지요. 그 생각은 잘못된 것입니다. 당신의 수련은 어제로 끝난 게 아닙니다. 당신의 검을 되찾고, 그 비밀을 알아내야 합니다. 람의 의례들은 인간이 '선한 싸움'을 이끌도록 인도해주며, 살아가는 동안 승리할 수 있는 기회를 늘려주지요. 당신이 한 경험은 순례길에서 치러내야 할 하나의 시험일 뿐이었어요. 말하자면, 로마의 순례길을 위한 하나의 준비 단계인 셈이죠. 그런데 당신이 그렇게 생각했다니 내 마음이 우울해지는군요."

정말로 그의 목소리에는 슬픔이 깃들어 있었다. 우리가 함께 보낸 시간 내내, 내가 그가 가르쳐준 것들에 의구심을 품었던 기억이 떠올랐다. 나는 주술사 돈 후안의 가르침 앞에서 겸손하면서도 강인했던 카스타네다가 아니라, 람의 의례들이 지닌 소박함 앞에서 오만하고 반항적인 인간이었던 것이다. 그에게 그 말을 하고 싶었지만 그러기에는 이미 늦어버렸다.

"눈을 감으십시오."

페트루스가 말했다.

"'람의 호흡법'을 실행하면서 이 강철과 기계들과 기름 냄새와 조화를 이루도록 해보십시오. 이것이 우리가 살고 있는 세상입니다. 내가 할 말을 끝낸 다음 당신이 행할 훈련을 가르쳐줄 때 눈을 뜨십시오."

눈을 감은 채 호흡에 집중하자 차차 몸의 긴장이 풀렸다. 멀리서 도시의 소음과 개들이 짖는 소리, 가까운 곳에서 떠드는 목소리가 들려왔다. 갑자기, 내가 청년이었을 때 페피노 디 카프리가 불러 크게 유행한 이탈리아 노래를 부르는 페트루스의 목소리가 들려왔다. 가사는 알아들을 수 없었지만, 노래를 듣고 있자니 행복했던 추억이 떠오르며 마음이 평온해졌다.

노래를 멈춘 그는 이야기를 시작했다.

"얼마 전 밀라노 시청에 제출할 프로젝트를 준비하고 있는데, 나의 마스터로부터 메시지를 받았죠. 누군가 성전聖傳의 길 끝에 도달했지만 자신의 검을 받지 못했다는. 그래서 내가 그를 산티아고 순례길로 안내해야 한다는 내용이었어요.

나는 별로 놀라지 않았습니다. 언제라도 그런 종류의 부름을 받으리라 기다리고 있었거든요. 예전에 내가 안내를 받았던 것처럼, 은하수길로 순례자를 안내하는 임무를 아직 완수하지 못했기 때문이죠. 그 소식을 듣고 나는 흥분했습니다. 내게는 처음 이자 유일한 기회가 될 임무였고, 어떻게 완수해야 할지 잘 몰랐거든요."

나는 페트루스의 말을 듣고 몹시 놀랐다. 그가 이미 그 일을 수십 차례 해보았다고 생각했던 것이다.

"그렇게 해서 내가 당신을 안내하게 되었지요. 솔직히 말하면, 사실 처음에는 무척 어려웠습니다. 당신이 평범한 사람들의 길인 순례길의 진정한 의미보다는, 가르침이 포함된 지적인 면에만 더 많은 관심을 보였으니까요. 하지만 알폰소를 만나고 나서 당신과의 관계가 좀더 단단하고 견고해졌습니다. 그래서 곧 당신에게 검의 비밀을 알려줄 수 있으리라 생각했어요. 하지만 그런 일이 일어나지 않았습니다. 그렇기 때문에 이제 얼마 남지 않은 시간 동안 당신은 그것을 스스로 알아내야 합니다."

그의 말에 신경이 곤두선 나는 '람의 호흡법'에 집중할 수가 없었다. 페트루스는 그것을 알아차리고 다시 노래를 부르기 시작했고, 내가 다시 긴장을 푼 후에야 노래를 멈췄다.

"당신이 비밀을 발견하고 검을 되찾는다면, 당신은 람의 참모습을 발견하고 권능의 주인이 될 수도 있을 것입니다. 그러나 그것이 끝은 아닙니다. 지혜에 이르기 위해서는, 비밀의 길을 포함한 다른 세 개의 길을 따라가야 하니까요. 비밀의 길에 관해서는, 그곳을 걸어본 사람에게서조차 아무것도 알아낼 수 없을 것입니다. 내가 이런 말을 하는 것은 우리가 이제 볼 수 있는 시간이 단 한 번밖에 남지 않았기 때문입니다."

갑자기 가슴이 두방망이질 치면서 나도 모르게 눈을 떴다. 페트루스의 몸에서는 마스터에게서만 본 적이 있는 빛이 발산되고 있었다.

"눈을 감으시오!"

나는 즉시 복종했다. 하지만 가슴이 메어져왔고 더는 집중할 수가 없었다. 내 안내자는 다시 이탈리아 노래를 부르기 시작했고, 나는 한참이 지난 후에야 다시 긴장을 풀 수 있었다.

"내일 당신은 내가 어디 있을지 알려주는 쪽지를 받게 될 겁니다. 그곳에서 공동의 입문의식이 거행될 것입니다. 성전에 경의를 표하는 의식이죠. 수세기에 걸쳐 지혜와 '선한 싸움' 그리고 아가페의 불꽃을 키워나가는 데 커다란 기여를 한 많은 사람에게 바치는 의식입니다. 그곳에서 당신은 내게 말을 걸 수가 없습니다. 우리가 모일 곳은 신성한 곳입니다. 성전의 길을 따라갔던, 그리고 날카로운 검을 가졌음에도 암흑을 무찌를 수 없었던 기사들의 피로 물든 곳입니다. 하지만 그들의 희생은 헛되지 않았습니다. 수세기라는 긴 시간이 지났음에도 각기 다른 길을 따라온 사람들이 그들에게 경의를 표하기 위해 그곳으로 모여드는 것이 그 증거입니다. 이 이야기는 매우 중요한 것이며, 결코 잊어서는 안 됩니다. 당신이 앞으로 마스터가 된다고 해도, 당신이 걷는 길은 신에게로 이끄는 수많은 길 중 하나일 뿐이라는 것을 명심해야 합니다. 예수께서 이렇게 말했던 것처럼 말입니다. '내 아버지 집에는 있을 곳이 많다.'"

페트루스는 다음날이 되면 이제 자신을 볼 수 없을 것이라고 덧붙였다.

"언젠가는 내게서 메시지를 받게 될 것입니다. 내가 당신을 안내한 것처럼 산티아고 순례길로 누군가를 안내하라는. 그때 비로소 당신은 이 여행의 위대한 비밀을 체험하게 될 것입니다. 내가 지금 당신에게 말로만 알려주고자 하는 비밀을. 진정으로 이해하기 위해서는 몸으로 살아야 하는 것입니다."

그리고 긴 침묵이 이어졌다. 나는 그가 생각을 바꿨거나 이미 떠난 것이라고 생각했다. 무슨 일이 일어나고 있는지 보기 위해 눈을 뜨고 싶은 마음이 간절했지만, 나는 '람의 호흡법'에 집중하기 위해 무진 애를 썼다.

"비밀은 바로 이것입니다."

한참 만에 그가 다시 입을 열었다.

"누군가를 가르칠 때 비로소 배울 수 있다는 것. 함께 신비로운 산티아고 순례길을 따라 걸어오면서, 당신이 의례들을 배우는 동안 나는 그 의미를 깨달았습니다. 당신을 가르침으로써 나는 진정으로 배울 수 있었던 것이지요. 안내자의 역할을 수행하면서 비로소 나 자신의 길을 찾는 데 성공한 것입니다.

당신이 검을 발견하게 된다면, 당신은 누군가에게 순례길에 관해 가르쳐주어야 할 것입니다. 그때 비로소 마스터의 역할을 받아들이게 되면, 당신 자신의 마음속에서 들려오는 대답을 들을 것입니다. 우리 모두는 누군가 말해주기 전부터 이미 모든 것을 알고 있습니다. 삶은 매 순간 우리에게 많은 것을 가르쳐주니까요. 따라서 비밀은 단 한 가지밖에 없습니다. 매일의 삶을 살아가면서, 우리도 솔로몬 왕처럼 지혜롭고 알렉산드로스 대왕처럼 강인해질 수 있다는 것을 받아들이는 것. 하지만 우리는 누군가를 가르치거나, 이번처럼 특별한 모험에 참여하게 될 경우에만 그 사실을 인식하게 되는 것이죠."

지금 나는 내 삶에서 가장 뜻밖인 이별의 한 장면을 겪어내고 있는 중이었다. 나와 강한 유대감을 느끼는 사람이, 나를 목표 지점까지 안내해줄 것으로 믿었던 그가 순례길 도중에 나를 내팽개치고 떠나다니. 그것도 기름 냄새가 나는 기차역에서 내 눈을 감게 해놓고서.

"나는 작별 인사 하는 걸 좋아하지 않아요."

페트루스가 다시 입을 열었다.

"난 이탈리아인이라 감정적이거든요. 우리의 율법이 요구하는 대로, 당신은 스스로 검을 발견해야만 합니다. 그것만이 당신이 스스로의 권능을 믿을 수 있는 유일한 방법입니다. 내가 당신에게 전해주어야 할 것은 모두 전수했습니다. 이제 가르쳐줄 '춤의 훈련'만이 남아 있을 뿐. 내일 의식을 거행하는 동안 실행해야 하는 훈련입니다."

잠시 침묵하던 그는 이렇게 말했다.

"스스로를 찬양하는 이여, 주의 영광 속에서 그러할지어다. ……이제 눈을 떠도 됩니다."

페트루스는 여전히 기관차 발판 위에 앉아 있었다. 난 아무것도 말할 기분이 아니었다. 브라질인 또한 감정적이니까. 우리를 비춰주던 수은등이 깜빡이더니 기차가 곧 도착할 것을 알리는 기적 소리가 멀리서 들려왔다.

페트루스는 나에게 '춤의 훈련'을 가르쳐주었다.

춤의 훈련

긴장을 풀고 눈을 감으십시오.

•

당신이 어릴 적에 처음으로 들었던 노래들을 떠올리십시

오. 그리고 그 노래들을 속으로 흥얼거리며 불러보십시오. 조금씩 당신 몸의 한 부분, 다리, 배, 손 또는 머리 중 오직 한 부분만을 노래 가락에 맞춰 춤을 추게 하십시오.

•

오 분 후, 노래를 멈추고 당신 주위에서 들려오는 소리들을 들어보십시오. 그것들과 함께 곡조를 만들어 온몸으로 춤을 추십시오. 어떤 특정한 것을 생각하지 말고, 자연스럽게 당신 눈앞에 나타나는 이미지들을 떠올려보십시오.

•

춤은 무한한 지혜와 소통할 수 있는 가장 완벽한 수단입니다.

•

이 훈련은 십오 분간 실행하십시오.

“아직 한 가지가 더 남아 있습니다.”
그가 내 눈 깊은 곳을 들여다보며 말했다.
“순례를 마치고 돌아갔을 때 나는 내게 일어난 모든 일을 보여주는 거대한 그림을 그렸습니다. 당신 역시 그렇게 할 수 있습니다. 산티아고 순례길은 평범한 사람들의 길이니까요. 그림을 그릴 줄 모른다면 글을 쓰거나 발레를 구상해도 좋습니다. 그렇게 함으로써, 어디에 있든지 간에 누구든지 신비로운 산티아고 순례길인 은하수를 따라갈 수가 있게 되는 것이죠."

휘파람 소리를 내며 기차가 역으로 들어섰다. 페트루스는 손을 흔들더니 객차에 올라탔다. 나는 삐걱거리는 금속성의 브레이크 소리가 울려 퍼지는 가운데 혼자 남겨졌다. 나를 이곳까지 이끌고 왔으며, 인간의 고독과 운명을 움직이며 말없이 내 머리 위에서 빛나는 저 은하수의 신비를 밝혀내야 한다는 과제와 함께.

다음날 내 방 편지함에는 간단한 메모가 담긴 쪽지 한 장이 담겨 있었다. '저녁 일곱시, 템플기사단 성에서.'

나는 저녁이 되기를 기다리며 거리를 배회했다. 해질 무렵에 그와 만나기로 한, 멀리 언덕 위로 보이는 성을 바라다보며 폰페라다의 작은 동네를 세 번이 넘게 왕복했다.

템플기사단은 언제나 내 상상력을 강하게 자극했다. 폰페라다 성은 산티아고 순례길에 있는 템플기사단의 유일한 자취는 아니었다. 기사단은 십자군 전쟁에서 돌아오지 않기로 결심한 아홉 명의 기사에 의해 결성되었다. 그리고 그들은 짧은 시간 안에 전 유럽으로 세를 확장하면서 새 천년 초기의 풍속에 일대 혁명을 일으켰다. 대부분의 귀족이 봉건제도하에서 농노의 피땀으로 부를 축적하는 데 전념한 반면, 템플기사단원들은 자신들의 목숨과 재산 그리고 검을 오직 한 가지 대의만을 위해서 바쳤던 것이다. 예루살렘으로 향하는 순례자들을 보호하는 것이 그것이었다. 순례자들이 지혜를 찾아 떠나는 것을 도움으로써 그들은 그 안에서 영적인 삶의 본보기를 발견하고자 했다.

1118년 위그 드 파양과 여덟 명의 기사는 폐허가 된 낡은 성의 뜰에 모여 인류를 위한 사랑의 맹세를 했다. 그로부터 두 세기가 지난 후, 그때까지는 양립할 수 없을 것만 같았던 두 가지 활동인 군사적 삶과 종교적 삶이 양립하면서 오천 개가 넘는 기사령騎士領이 전 세계에 흩어져 존재하게 되었다. 기사단원들과 그들에게 감사하는 수천의 순례자들이 기부한 덕분에 템플기사단은 빠른 속도로 엄청난 부를 축적할 수 있었다. 그들의 부는 이슬람교도들에게 붙잡힌 저명한 기독교도들의 몸값을 치르는 데 사용되기도 했다. 기사들의 청렴함에 감동받은 왕과 귀족들은 자신들의 재물을 그들에게 맡겼고, 기사들은 그 재물의 존재를 증명하는 문서를 지니고 여행을 했다. 그 문서는 템플기사단에 속하는 어느 성에서든지 해당 금액의 금전으로 교환이 가능했고, 이런 관습은 오늘날 우리가 사용하는 어음의 기원이 되었다.

그뿐이 아니었다. 템플기사단원들의 영적인 신앙심은 그들로 하여금 간밤에 페트루스가 상기시켜준 진리를 몸소 깨닫게 했다. '내 아버지 집에는 있을 곳이 많다'는 예수의 말씀을.

그리하여 그들은 종교전쟁에 종지부를 찍기 위해 당시의 주요 일신론一神論적 종교인 기독교와 유대교 그리고 이슬람교를 한데 모으고자 했다. 그때부터 그들의 예배당은 유대교의 솔로몬 성전의 둥근 지붕, 아랍 회교사원의 팔각형 벽, 그리고 기독교 교회의 특징인 중앙 회랑을 고루 갖춘 모습을 하게 되었다.

그러나 시대를 앞서가는 모든 것의 운명이 그러하듯, 템플기사단원들은 경계심을 불러일으키기 시작했다. 그들의 막강한 경제력은 왕들의 탐욕을 부추겼고, 개방적인 종교관은 기독교 교회에 위협으로 작용했다. 그리하여 1307년 10월 13일 금요일, 바티칸과 유럽 주요 국가들은 중세 최대의 검거 작전을 함께 획책했다. 그날 밤, 기사단의 핵심 수장들이 자신들의 성에서 체포되어 감옥으로 이송되었다. 그들은 악마 숭배와 그리스도에 대한 신성모독, 통음난무의 의식, 그리고 남색을 포함한 비밀 의식을 행한 죄로 기소되었다. 혹독한 고문과 개종 그리고 배신이 이어진 끝에 템플기사단은 중세 역사의 지도에서 지워져버렸다. 그들의 재물은 압수되었고, 그 단원들은 전 세계로 뿔뿔이 흩어졌다. 기사단의 마지막 마스터였던 자크 드 몰레는 파리 한복판에서 동료 한 명과 함께 산 채로 화형을 당했다. 그의 마지막 청은 노트르담 성당의 종각을 바라보면서 죽는 것이었다.*

그러나 이베리아 반도에서 레콩키스타를 시작한 스페인은 유럽에서 박해를 피해 도피해온 템플기사단원들을 맞아들였다. 그리하여 그 기사들은 스페인의 왕들을 도와 무어인과의 싸움을 이끌었고, 순례길을 수호하던 산티아고 기사단을 포함한 스페인의 기사단들에 통합되었다.

정확히 저녁 일곱시, 템플기사단의 오래된 성의 문을 통과하는 나의 머릿속에 이 모든 역사가 스쳐 지나갔다. 그곳에서 나는 성전聖傳과 만나기로 되어 있었다.

그곳은 인기척이라고는 없이 텅 비어 있었다. 난 삼십여 분 동안 줄담배를 피워대며 기다리다가 마침내 최악의 상황을 상상했다. 의식은 아침 일곱시에 이미 거행되었음이 분명하다고. 하지만 내가 그곳을 떠나기로 마음먹은 순간, 네덜란드 국기와 산티아고 순례길의 상징인 가리비껍데기를 옷에 꿰매어 붙인 두 젊은 여자가 들어왔다. 그녀들과 몇 마디 이야기를 나눈 후에야 나

* 템플기사단의 역사와 중요성에 관해 상세히 알고 싶은 사람에게는 간략하지만 흥미로운 레진 페르누의 저서 『템플기사단 *Les Templiers*』(Que sais-je?, PUF)을 추천한다. (원주)

는 우리가 같은 목적으로 그곳에 왔음을 알게 되었다. 메모의 내용이 틀리지 않은 것이 확인되자 안심이 됐다.

그후 십오 분마다 누군가 새로 도착했다. 호주인 한 명, 스페인인 다섯 명과 또 한 명의 네덜란드인이 나타났다. 모두 의아해했던 시간에 관한 질문 말고는 서로 거의 아무런 대화도 나누지 않았다. 우리는 예전에는 포도주 저장고였지만 지금은 폐허가 된, 성의 입구 격인 방에 모여 앉아 무슨 일인가 일어나기를 기다리기로 했다. 만약의 경우, 하룻밤 하루 낮을 꼬박 더 기다려야 할지라도.

기다림의 시간이 길어지고 있었다. 우리는 마침내 각자 이곳으로 오게 된 동기에 관해 이야기를 나누게 되었다. 그제야 난 산티아고 순례길이 대부분 성전과 관련된 각기 다른 교단들에 의해 사용되고 있음을 알게 되었다. 그곳에 모인 사람들은 다양한 시험과 입문과정을 거친 이들이었다. 하지만 그들이 치른 시험들은 이미 오래전에 내가 브라질에서 겪은 일들이었다. 호주인과 나만이 첫번째 길의 상위 등급을 통과하고 있었다. 자세한 얘기를 듣지 않았지만, 그의 방식은 람의 의례와 전혀 다른 것임을 알 수 있었다.

여덟시 사십오분경, 우리가 개인적인 이야기를 나누려던 찰나 징소리 같은 것이 울려 퍼졌다. 성의 오래된 예배당에서 들려오는 소리였다. 우리 모두는 그곳으로 향했다.

눈앞에서는 놀라운 장면이 펼쳐지고 있었다. 예배당—대부분이 폐허로 변했으므로, 예배당의 남은 부분이라고 하는 게 맞겠다—은 횃불로 밝혀져 있었다. 예전에 제단이 서 있던 곳에 템플기사단원들이 입었던 세속적인 복장을 한 일곱 개의 실루엣이 보였다. 그들은 두건 달린 망토와 쇠사슬 갑옷을 입고, 쇠로 만든 투구를 쓰고 검과 방패를 들고 있었다. 숨이 멎는 것만 같았다. 시간이 거꾸로 흐른 듯했다. 현실감을 주는 것은 우리가 입고 있는 가리비껍데기를 꿰매어 붙인 청바지와 티셔츠뿐이었다.

횃불의 불빛이 희미했는데도 기사 중 하나가 페트루스임을 알아볼 수 있었다.

"각자의 스승에게로 다가가시오."

제일 나이가 많아 보이는 이가 말했다.

"그리고 그의 눈을 똑바로 바라보시오. 그런 다음 당신이 입고 온 옷을 벗고, 그에게 새 옷을 받으시오."

나는 페트루스를 향해 갔다. 그는 일종의 최면 상태에 빠져 나를 알아보지 못하는 것 같았다. 그러나 그의 눈 속에서 그 전날 목소리에 배어 있던 것과 같은 슬픔을 읽을 수 있었다. 내가 옷을 모두 벗자, 그는 몸 전체에 길게 늘어지는 향기롭고 긴 검은 웃옷을 건네주었다. 스승 중 하나는 한 명 이상의 제자가 있는 것 같았지만, 눈을 페트루스의 눈에 고정시켜야 했기 때문에 그가 누구인지 볼 수는 없었다.

최고 사제는 우리를 예배당 중앙으로 인도했고, 두 명의 기사는 신성한 기운을 불어넣는 주문을 외며 우리 주위에 원을 그리기 시작했다.

"트리니타스, 소테르, 메시아스, 엠마누엘, 사바오트, 아도나이, 아타나토스, 제수……"*

안에 있는 이들을 보호하기 위한 필수적 조치인 원이 완성되었다. 나는 기사 중 네 사람이 완전한 순결을 의미하는 흰색 제의를 입었다는 것에 주목했다.

"아미데스, 테오도니아스, 아니토르!"

최고 사제는 계속 주문을 외었다.

"주여, 천사들의 공덕으로 이 구원의 의복을 입습니다. 영원히 우리를 다스리실 지극히 신성한 아도나이Adonai**여, 제가 바라

---

* 이는 성전의 길을 알고 있는 이들만이 이해할 수 있는 매우 긴 의식이므로, 여기서는 사용된 주문(呪文)의 일부를 언급하는 데 그치기로 한다. 하지만 이러한 결정이 이 작품에는 아무런 영향을 미치지 않았음을 밝혀둔다. 이 의식의 집행은 고대인들을 만나 그들에게 경의를 표하는 데 그 목적이 있기 때문이다. 하지만 산티아고 순례길에 속하는 이 부분의 핵심인 '춤의 훈련'은 온전하게 묘사되었다. (원주)

는 모든 것이 당신을 통해 이루어지도록 해주시옵소서, 아멘!"

최고 사제는 쇠사슬 갑옷 위에, 템플기사단의 십자가가 정중앙에 수놓인 흰 망토를 걸쳤다. 그러자 다른 기사들도 그를 따라 했다.

시각은 정확히 아홉시를 가리키고 있었다. 사자인 헤르메스의 시간이었다. 나는 다시 성전의 원 안에 들어가 있었다. 박하와 바질, 벤조인(안식향)의 향이 예배당 안에 은은하게 퍼졌다. 모든 기사들이 함께 엄숙하게 기도를 하기 시작했다.

"오 위대하고 강력한 왕 엔N이여. 지고한 신 엘EL***의 권능을 빌려 높고 낮은 모든 영들, 그중에서도 동방 영토의 지옥 교단을 지배하는 왕이여. 내 바람이 어떤 것이든 그대의 위업과 일치하기만 한다면, 하늘과 대기와 대지와 지옥의 모든 것을 창조하고 주관하시는 신 엘의 권능으로 그것이 이루어지기를 당신의 이름

** 이스라엘 사람들의 신 야훼(Yahweh)를 의미하는 이름. 이 이름은 모세에게 4개의 히브리어 자음(YHWH)으로 계시되었는데, 야훼라는 이름은 너무 거룩하여 발언할 수 없는 것으로 간주하여 회당 예배에서는 아도나이('나의 주님')로 발음했다.

*** 서부 셈족에 속하는 페니키아인 및 아랍인의 주신(主神). 구약성서에서 '엘'은 일반적으로 '신'을 가리키는 용어로 사용되었고, '야훼'와 동의어로 사용되기도 했다.

으로 기도드리나이다."

우리는 모두 깊은 침묵 속으로 빠져들었다. 그리고 기도 속에서 이름이 언급된 신의 존재를 느꼈다. 우리는 봉헌 의식을 하고 있는 것이었다. 난 이런 종교 의식에 이미 수백 차례나 참여한 경험이 있었다. 지금 보는 것보다 훨씬 더한 경이를 목격한 적도 있었다. 하지만 템플기사단의 성에는 확실히 내 상상력을 자극하는 면이 있었다. 예배당 왼편에서 날고 있는 새 한 마리를 본 듯했다. 처음 보는 새였는데, 새에게서는 환한 광채가 뿜어져나오고 있었다.

최고 사제는 원 바깥에 서서 우리에게 물을 흩뿌렸다. 그런 다음, 신성한 잉크로 바닥에 성전에서 신을 지칭하는 일흔두 개의 명칭을 쓰기 시작했다. 순례자들과 기사들은 모두 함께 신성한 이름들을 큰 소리로 읽어나가기 시작했다. 횃불에서 불꽃이 탁탁 튀는 소리가 났다. 우리가 호명한 영이 응답했다는 표지였다.

이제 춤을 출 순서였다. 전날 밤 페트루스가 왜 '춤의 훈련'을 가르쳐주었는지 비로소 이해할 수 있었다. 이 의식의 단계에서 내가 늘 행했던 것과는 다른 춤이었던 것이다.

춤을 출 때 지켜야 할 규율에 관해 아무런 언급도 없었지만 모두 잘 알고 있었다. 아무도 원 바깥으로 발을 내디뎌서는 안 되었다. 우리는 기사들이 쇠사슬 갑옷 속에 입은 보호 장비를 입고 있지 않기 때문이었다. 나는 원의 크기를 가늠해보면서 페트루스가 가르쳐준 그대로 춤을 추었다.

나는 어린 시절을 떠올리기 시작했다. 목소리 하나가, 아득한 곳에서 들려오는 여인의 목소리가 내 안에서 단순한 곡조의 노래를 부르기 시작했다. 나는 무릎을 꿇고 앉아 씨앗 모양으로 몸을 움츠렸다. 그리고 오직 가슴만으로 춤을 추기 시작했다. 차차 기분이 좋아지면서, 성전의 의식 속으로 깊이 빠져들었다. 점차 내 안의 음악이 변함에 따라 움직임이 커졌고, 나는 강렬한 황홀경에 사로잡히게 되었다. 모든 것이 어둠에 잠겼고, 이제 그 어둠 속에서 나의 육체는 무게를 가진 존재가 아니었다. 나는 꽃으로 뒤덮인 아가타의 들판을 거닐다가 어린 시절 내게 소중한 존재였던 할아버지와 삼촌을 만났다. 시간의 경계가 모호해지는 것이 느껴졌다. 그곳에서는 각기 다른 길들이 구분할 수 없을 정도로 뒤섞여 마구 엉키고 있었다. 어느 순간, 빠른 속도로 지나가는 호주인이 보였다. 그의 온몸은 붉은 빛으로 뒤덮여 있었다.

뒤이어 보이는 형상은 성배聖杯와 성반聖盤*이었다. 그 이미지

* '파테나'라고 하며, 대개는 금으로 된 둥근 쟁반으로 미사 때 축성된 성체(밀떡)를 놓는 데 쓰인다.

는 꽤 오랫동안 머물러 있었다. 마치 내게 무언가를 말하려고 하는 것 같았다. 나는 그 의미를 파악하고자 했다. 분명 내 검과 관련이 있을 거라는 확신에도 불구하고 아무것도 알아낼 수가 없었다. 성배와 성반이 사라지자 다시 어두워진 가운데 람이 그 모습을 드러내는 듯했다. 하지만 가까이 다가온 것은 내가 오래전부터 알고 있던 N의 모습이었다. 우리의 기도에 대한 응답으로 나타난 것이었다. 우리는 어떤 특별한 대화도 나누지 않았고, 그의 모습은 내 주위에서 끊임없이 오가는 어둠 속으로 흩어져버렸다.

그렇게 얼마나 오랫동안 춤을 추었을까. 갑자기 누군가의 목소리가 들려왔다.

"야훼, 테트라그라마톤……*"

최면 상태에서 벗어나고 싶지 않았다. 하지만 최고 사제는 반복해서 외쳤다.

"야훼, 테트라그라마톤……"

귀에 거슬리는 소리였다. 나는 아직 성전에 머물러 있었고, 그

---

* '야훼' 또는 '여호와'를 뜻하는 히브리어로, 신성한 '4문자 말씀(YHWH)'을 의미한다. 여호와 또는 야훼로 번역하나, 모음이 빠져 있기 때문에 진정한 발음이 어떤 것인지는 확실하게 전승되지 않았다. 모음이 빠져 있는 것은 주의 이름은 사람의 입에서 입으로 불릴 수 없기 때문이라고도 한다.

곳에서 돌아오고 싶지 않았다. 그러나 마스터는 끈질기게 요구하고 있었다.

마지못해 다시 지상으로 돌아온 나는 고풍스런 템플기사단 성안의 마법의 원 속에 서 있었다.

우리 순례자들은 서로 마주 보았다. 모두 갑작스런 단절에 기분이 언짢아진 듯했다. 최면 상태에서 본 것을 호주인에게 얘기해주고 싶은 마음이 간절했다. 하지만 그를 바라보자 그럴 필요가 없음을 깨달았다. 그 역시 나를 본 것이었다.

기사들이 우리를 에워쌌다. 그러고는 귀가 멍해질 정도로 큰 소리를 내며 검으로 방패를 두드리기 시작했다. 그 행위는 최고 사제가 다시 입을 열 때까지 계속되었다.

"오 엔N의 영이여. 내 청원에 성심껏 응답해준 그대에게, 인간과 동물을 욕되게 함이 없이 떠나기를 내 장엄하게 허하노라. 내가 말하노니, 떠나라. 그리고 언제라도 성전의 신성한 의식에 의해 정당하게 돌아올 수 있기를 간구하며 기다릴지니. 이제 평화롭게 조용히 물러나, 신의 평화가 그대와 나 사이에 영원히 함께하기를. 아멘."

원이 해체되고, 우리는 무릎을 꿇고 앉아 고개를 숙였다. 기사 한 명이 우리와 함께 주의 기도 일곱 번과 성모송을 일곱 번 암송했다. 그리고 최고 사제가 그때마다 영광송을 일곱 번 암송했다. 1982년 유고슬라비아의 메주고리예에 발현한 성모마리아가 가르쳐준 기도였다. 우리는 기독교 의식을 행하고 있는 것이었다.

"앤드루, 일어나 이리 오라."

최고 사제의 명령에 호주인은 일곱 명의 기사가 서 있는 제단을 향해 나아갔다.

그의 안내자로 보이는 기사가 물었다.

"형제여, 그대는 교단의 품에 받아들여지기를 원하는가?"

"네, 그렇습니다."

호주인이 대답했다.

그때에야 나는 우리가 참가하고 있는 의식이 무엇인지 깨달았다. 템플기사단의 입문식이었다.

"그대는 교단의 엄격함과 그 속에 담긴 자비의 정신을 알고 있는가?"

"저는 모든 것을 견뎌낼 준비가 되어 있습니다. 그리고 신을 통해 영원히, 매일같이, 교단의 충복이자 쓰이는 자가 되기를 간구합니다."

그리고 의식에 관한 일련의 질문들이 이어졌다. 어떤 것들은 오늘날의 세상에서는 더는 아무런 의미도 가질 수 없는 것이었으며, 또 어떤 것들은 깊은 헌신과 사랑의 의미를 담고 있었다.

앤드루는 고개를 숙인 채 모든 질문에 답했다.

"훌륭한 형제여, 그대는 너무 많은 것을 요구하고 있다. 그대가 그 안에 담긴 엄격한 계율은 알지 못한 채 우리 교단의 외관과 멋진 말馬, 멋진 의복만을 보고 있기 때문이다. 자신의 주인인 그대가 다른 이의 충복이 된다는 것은 몹시 어려운 일이다. 자신이 원하는 바를 이루게 되는 일은 거의 없을 것이다. 이곳에 머무르고 싶어하는 그대를 바다 건너편으로 보내게 될 것이며, 아크레로 가기를 원하는 그대를 트리폴리, 안티오키아 또는 아르메니아 땅으로 보내게 될 것이다. 잠자고 싶을 때도 깨어 있어야만 할 것이며, 깨어 있고 싶을 때는 억지로 잠을 청해야만 할 것이다."

"그래도 저는 교단에 들어가기를 희망합니다."

호주인이 대답했다.

예전에 이 성에 살았던 중세 기사단원들이 행복한 모습으로 입문식을 참관하고 있는 것 같았다. 횃불의 불꽃이 탁탁거리는 소리가 더욱 커지고 있었다.

안내자의 경고가 잇달았고, 호주인은 그 모든 것을 감수하며 교단에 들어가고 싶다는 말로 일관했다. 마침내 그의 안내자는 최고 사제를 돌아보며 호주인의 대답을 그대로 전달했다. 최고 사제는 교단이 요구하는 모든 규율을 받아들일 준비가 되었는지 다시 한번 엄숙하게 물었다.

"그렇습니다, 마스터. 하느님께서 허락하신다면. 하느님과 최고 사제이신 당신과 형제들 앞에서, 하느님과 성모님의 이름으로, 영적이며 세속적인 차원에서 교단의 충복이자 쓰이는 자로서, 이제부터 그리고 남은 삶의 매일을 당신과 동행하며 교단의 선행에 동참할 수 있도록 저를 받아주시기를 간곡히 청합니다."

그러자 최고 사제가 말했다.

"사랑이신 신의 이름으로, 그의 입문을 허하노라."

그 순간, 모든 기사가 칼집에서 검을 꺼내들고 하늘을 가리켰다. 그러고는 검을 내려 앤드루의 머리 주위에 철의 왕관을 만들었다. 칼날에 금빛 불꽃이 비쳐 성스러운 장면이 연출되었다.

그의 마스터가 엄숙한 모습으로 다가섰다. 그리고 그에게 검을 건넸다.

누군가 울리고 있는 종소리가 끝없이 고성에 울려 퍼졌다. 우리가 모두 고개를 숙이고 있는 동안 기사들은 어디론가 사라져 버렸다. 고개를 들었을 때 우리는 열 명밖에 남아 있지 않았다. 호주인은 연회에 참석하기 위해 기사들과 함께 가버린 것이었다.

우리는 옷을 갈아입은 후 아무런 격식 없이 각자 흩어졌다. 이미 날이 밝아오고 있는 걸 보니 꽤 오랫동안 춤을 춘 것 같았다.

엄청난 고독감이 몰려왔다.

자신의 검을 되찾고 마침내 추구하던 것을 얻게 된 호주인이 부러웠다. 이제부터 나는 혼자였다. 안내자도 없었다. 이곳에서 멀리 떨어진 남미의 한 나라에서 성전은 돌아갈 길도 가르쳐주지 않은 채 나를 내쫓은 것이었다. 그리고 나는 신비로운 산티아고 순례길을 따라 걸어야만 했다. 내 검의 비밀과 그것을 되찾을 수 있는 방법을 알아내지도 못했는데, 이제 그 길의 끝이 보이고 있었다.

종은 여전히 울리고 있었다. 성에서 나오면서 그 소리가 그날의 첫 미사를 위해 신자들을 부르는 이웃 교회에서 나는 종소리임을 알게 되었다. 일터로 갈 시간, 불행한 사랑, 아득한 꿈 그리고 갚아야 할 빚을 위해 인간의 마을이 깨어나고 있었다. 하지만 끝없이 울려대는 종소리도, 마을 사람들도, 지난밤 동안 그곳에서 오래된 의식이 엄숙히 치러졌음을, 수세기 전에 소멸해버린 것으로 믿었던 것이 다시 소생하여 그 위대한 권능을 보여주었음을 알지 못할 것이다.

엘 세브레이로

"순례자세요?"

찌는 듯한 한낮, 비야프랑카 델 비에르소에서였다. 마을에서 유일하게 살아 움직이는 존재인 듯한 어린 소녀가 내게 물었다.

나는 대답 없이 소녀를 바라보았다. 여덟 살가량의 나이에 남루한 옷차림을 한 아이는 내가 잠시 쉬려고 앉아 있는 분수가로 달려왔다.

나의 유일한 관심사는 속히 산티아고 데 콤포스텔라에 도착해 이 말도 안 되는 모험에 확실한 종지부를 찍는 것뿐이었다. 기차역의 차고에 앉아서 내게 말하던 페트루스의 슬픈 목소리와, 입문의식 중에 나와 눈이 마주쳤을 때 아득해 보이던 그의 눈빛을 잊을 수가 없었다. 나를 도우려던 그의 모든 노력이 물거품으로 돌아갔다고 말하는 것 같았던 눈빛. 부름을 받아 제단으로 나아가는 호주인을 보면서, 페트루스는 나 역시 그럴 수 있기를 바랐을 것이다. 내 검은 고대인들의 전설과 지혜로 가득 찬 그 성에 숨겨져 있었을 테니까. 그곳은 그림자 훈련 후에 내가 도달했던 결론과 완벽하게 일치하는 장소였다. 황량하고, 템플기사단의 성유물을 존중하는 몇몇 순례자만이 방문하는 신성한 장소.

하지만 부름을 받은 사람은 호주인뿐이었다. 페트루스는 자괴감을 느꼈을 것이다. 안내자로서 나를 검까지 인도하지 못했으므로.

그것 말고도, 입문의식은 '평범한 사람들의 길'인 산티아고 순례길을 따라 걷는 동안 잊고 있었던 매혹적인 신비술에 관한 내 지적 욕구를 다시 일깨워주었다. 간구, 물질에 대한 거의 완벽한 통제력, 다른 세계와의 소통 등은 람의 의례들보다 훨씬 더 흥미로웠다. 그 의례들을 알았더라면 내가 살아가는 동안 더 실제적인 도움을 받았을지도 모르는 일이었다. 순례길을 따라 걷기 시작하고 내가 많은 변화를 겪은 것은 사실이었다. 페트루스가 가르쳐준 훈련들 덕분에, 나는 폭포를 거슬러 올라가고 적들을 물리치고 사자와 실제적인 문제들에 관해 대화할 수 있었다. 내게 닥칠 죽음의 얼굴과, 소멸시키는 사랑의 푸른 천체가 온 세상을 가득 채우는 모습도 보았다. 또한 '선한 싸움'을 이끌며, 삶을 거듭되는 승리로 만들어나가는 마음의 자세도 갖추었다.

그렇지만 내 안에 숨겨진 한 부분은 아직도 마법의 원과 초월적인 주문, 향과 신성한 잉크를 그리워하고 있었다. 페트루스가 '고대인들에 대한 경의'라고 부른 그것은 내게 지금은 잊혀져버린 오래된 가르침들과의 강렬하고 향수 어린 접촉을 의미하는 것이었다. 그리고 이제 그 세계와 다시 만날 수 없을 거라는 예감이 더 앞으로 나아가려는 내 의욕을 꺾어버린 것만 같았다.

입문의식에 참례한 후 호텔에 돌아온 나는 열쇠와 함께 놓여 있는 순례자 안내서를 발견했다. 노란 표지가 보이지 않을 때 마을과 마을 사이의 거리를 가늠해보기 위해 페트루스가 참조하던 책이었다. 나는 하루 더 묵어가지 않고 바로 그날 아침 폰페라다를 떠나 다시 순례길에 올랐다. 그러나 오후가 되자마자 지도가 틀린 것을 발견하고는, 부득이하게 바위 아래 노천에서 별들을 친구 삼아 밤을 보내야 했다.

그곳에 누워, 사뱅 부인을 만난 이후로 내게 일어난 모든 일을 하나하나 되짚어보았다. 그리고 페트루스가 내게 끈질기게 이해시키려고 했던 것, 내가 배운 것과는 반대로 중요한 것은 결과라는 그의 말을 곱씹었다. 노력은 유익하고 필수적인 것이지만, 결과가 따라오지 않는다면 아무런 의미가 없다는 것이 그의 말이었다. 나 자신과 그동안 일어난 모든 일에서 내가 기대할 수 있는 결과는 단 한 가지였다. 바로 내 검을 되찾는 일이었다. 그러나 그 일은 아직 일어나지 않고 있었다. 산티아고가 지척인 지금 이 순간까지도.

"아저씨가 순례자라면 '용서의 문'까지 제가 안내해드릴 수 있어요."

비야프랑카 델 비에르소의 분수 옆에서 소녀가 내게 권했다.

"그 문에 들어가는 사람은 산티아고까지 갈 필요가 없거든요."

혼자 조용히 있고 싶었던 나는 소녀가 어서 떠나기를 바라면서 페세타 몇 닢을 내밀었다. 하지만 아이는 가지 않고 분수의 물을 가지고 장난을 치면서 내 배낭과 바지를 적셨다.

"가요, 얼른 가요, 아저씨."

그 순간 페트루스가 늘 버릇처럼 인용하던 문구가 떠올랐다.

"밭을 가는 사람이 희망을 가지고 일하고, 타작하는 사람이 자기 몫을 얻으리라는 희망을 가지고 일하는 것은 당연한 일입니다."

사도 바오로의 편지에 나오는 글귀였다.

아직 더 견뎌내야 할 것이 있었다. 패배를 두려워하지 않고 계속 나아가, 내 검을 되찾고 비밀을 밝혀내리라는 희망을 간직해야 했다. 누가 알겠는가? 이 어린 소녀가, 내가 이해하고 싶어하지 않는 무언가를 말하려고 하는지. 만약 교회에 있다는 '용서의 문'이 산티아고까지 가는 것과 똑같은 효과가 있다면, 내 검이 그곳에 있지 말란 법도 없지 않은가.

"그래, 가자."

마침내 나는 소녀에게 말했다.

나는 방금 내려온 언덕을 돌아보았다. 다시 돌아가서 오르막을 올라야 했다. 잘 알아볼 생각은 하지 않고 '용서의 문'을 그저 지나쳐온 것이었다. 내게는 오직 한 가지 목표, 산티아고에 도달하는 것밖에 없었으니까. 그런데 찌는 듯한 한낮의 그곳에, 유일하게 살아 움직이는 존재인 어린 소녀가 있었다. 그리고 소녀는 내가 무심히 지나쳐온 곳으로 다시 돌아가 가까이 살펴볼 것을 고집하고 있었다. 그래, 어쩌면 조급함과 실망에 눈이 어두워 내 목표를 보지 못하고 지나쳐왔는지도 몰랐다. 다시 곰곰 생각해보니, 내가 돈을 준 후에도 소녀가 떠나지 않은 것도 심상치 않았다.

페트루스는 늘 내가 이야기 지어내기를 좋아한다고 면박을 주었지. 그러나 어쩌면 그가 틀렸을 수도 있었다.

어린 소녀를 따라가는 동안, 나는 '용서의 문'의 역사에 대해 읽었던 기억을 떠올렸다. 가톨릭교회는 병들거나 지친 순례자들에게 일종의 '타협안'을 제시했다. 이곳에서 콤포스텔라까지는 기복이 심하고 산악 지대가 많은 험난한 길이 이어졌다. 따라서 십이 세기에 교황은 길을 계속 갈 힘이 없는 순례자는 '용서의 문'에 들어서는 것으로 순례를 다하였음을 인정한다고 선언했다. 순례길을 끝까지 간 사람들과 똑같은 면죄부를 받을 수 있는 것이었다. 그런 방식으로 교황은 일부 순례자들의 문제를 해결하면서 순례를 장려했다.

나는 이미 지나온 길을 다시 거슬러 올라갔다. 구불구불하고 미끄럽고 가파른 길이었다. 앞장서 가던 소녀는 들짐승처럼 빨라서 조금 천천히 가자고 부탁해야 했다. 잠시 주춤거리던 소녀는 잠시 후 다시 내달리기 시작했다. 투덜대면서 삼십 분 정도를 걸은 후 마침내 '용서의 문'에 이르렀다.

"저한테 성당 열쇠가 있어요."

소녀가 말했다.

"제가 들어가서 아저씨가 들어갈 수 있도록 문을 열어드릴게요."

소녀가 정문으로 들어간 후 나는 밖에서 기다리고 있었다. 규모가 작은 예배당이었다. 북쪽으로 나 있는 문은 가리비껍데기와 성 야고보의 생애를 담은 장면들로 장식되어 있었다. 자물쇠 구멍에서 열쇠 소리가 들리는 순간, 어디선가 거대한 독일 셰퍼드가 나타나 나와 문 사이에 끼어들었다.

내 몸은 즉시 싸울 태세를 갖추었다.

'또 시작이군. 대체 끝이 있긴 한 거야? 이겨내야 하는 시련과 싸움, 모욕이 한없이 이어지니 원. 내 검을 찾을 가능성도 보이지 않는데 말야.'

절로 이런 생각이 들었다. 순간 '용서의 문'이 열리면서 소녀가 나타났다. 소녀는 나를 바라보고 있는 개를 향해 다정한 말을 몇 마디 건넸다. 그러자 즉시 유순해진 개는 교회 안쪽으로 사라졌다.

페트루스의 말이 맞는지도 몰랐다. 나는 이야기를 꾸며내기를 좋아하는 사람인지도 몰랐다. 평범한 독일 셰퍼드가 위협적이고 초자연적인 짐승으로 보이다니. 나쁜 징조였다. 패배를 부르는 피곤함을 드러내 보이는 징조.

하지만 아직 희망은 남아 있었다. 소녀는 나를 들어오도록 했다. 나는 잔뜩 기대한 채 산티아고의 순례자들과 동일한 면죄부를 약속한다는 '용서의 문'에 들어섰다.

나는 거의 아무런 표상도 없이 비어 있는 성소를 눈으로 훑었다. 온통 내 뇌리를 가득 채우고 있는 그 유일한 것을 찾아서.

"여기에는 순례길의 상징인 가리비껍데기 모양의 기둥머리들이 있어요."

소녀는 관광안내원처럼 설명을 시작했다.

"……이건…… 세기의 성녀 아가타 상이고요……"

길을 되짚어가며 이곳에 온 것이 쓸데없는 짓이었다는 판단이 서기까지는 많은 시간이 필요치 않았다.

"그리고 여기 검을 휘두르는 조각상은 무어인을 무찌르는 성 야고보*고요. 그의 말발굽 아래에는 무어인들이…… 이건 …… 세기 때 조각상인데요……"

그곳에는 성 야고보의 검은 있었지만 내 것은 보이지 않았다. 다시 페세타 몇 닢을 내밀었지만 소녀는 받지 않았다. 그 때문에 기분이 상한 듯 소녀는 내게 나가라고 말하며 입을 다물어버렸다.

나는 산에서 내려와 다시 콤포스텔라 쪽을 향해 걷기 시작했다. 다시 비야프랑카 델 비에르소를 통과하고 있는데, 한 남자가 나타나 자신을 앙헬이라고 소개하더니 '노동자 성 요셉'** 성당을 방문하겠느냐고 물었다. 그의 이름이 매혹적으로 들렸지만***, 나

---

* 이베리아 반도에 처음 발을 디뎠던 복음 전도사로 알려져 있는 성 야고보는 스페인에서는 종종 '산티아고 마타모로스', 즉 '무어인을 무찌르는 성 야고보'로 묘사되고 있다. 서기 844년 클라비호 전투(성 야고보의 유령이 백마를 타고 나타나 개입했다고 전해짐)에서 비롯된 이 표상으로 인해 그의 조각상은 백마 위에 올라탄 채 이슬람교도들을 검으로 내리치는 모습으로 묘사되어 있다.

** 성모마리아의 남편이며 예수의 법적 아버지인 성 요셉을 일컫는 명칭. 교황 베네딕토 15세는 나자렛 성가정의 보호자 성 요셉에게 '노동자의 수호성인'이라는 호칭을 부여했다. 1955년 5월 1일에 교황 비오 12세는 이날을 '노동자 성 요셉 축일'로 선포하였다.

*** 스페인어로 앙헬(Angel)은 '천사'를 의미한다.

는 방금 또 한번의 실망을 겪은 터였고, 페트루스가 인간성에 관한 한 정통했다는 것을 확인한 터였다. 나는 그 제안에 망설이지 않을 수 없었다. 하지만 우리 인간은 존재하지 않는 것들에 관해서는 상상을 동원해서라도 이야기를 지어내면서도, 너무나도 명백한 사실 앞에서는 그것을 믿고 싶어하지 않는 경향이 있지 않은가.

나는 다만 그 사실을 다시 한번 확인하기 위해 앙헬이 이끄는 대로 성당으로 향했다. 그러나 성당은 닫혀 있었고, 그는 열쇠를 가지고 있지 않았다. 그는 목수의 도구를 들고 서 있는 문 위의 성 요셉 상을 가리켰다. 난 그것을 바라본 후 그에게 감사하다고 말하고 답례로 약간의 페세타를 주고자 했다. 그러나 그는 받기를 거부하며 말했다.

"우리는 우리가 사는 이 마을을 자랑스럽게 여기고 있어요. 돈을 받자고 이런 일을 하는 게 아니란 말입니다."

그러고는 길 한가운데에 나를 버려두고 떠나버렸다.

나는 다시 순례길에 접어들어 십오 분 정도 걸어가다가 뒤를 돌아보았다. 성스러운 문과 거리, 무상으로 길을 안내하는 신비로운 안내자들이 있는 비야프랑카 델 비에르소가 거기 있었다.

그후 한동안은 산악 지대를 지나가느라 무진 애를 쓰며 천천히 나아가야 했다. 처음에는 당장 내 앞의 처지에 관해서만 생각했다. 혼자 남겨진 후의 고독감과 페트루스를 실망시켰다는 것에 대한 부끄러움, 내 검과 그 비밀에 관해서만. 그러나 어린 소녀와 앙헬의 모습이 자꾸 머릿속에 떠올랐다. 내가 얻어야만 하는 것에 골몰하고 있을 때, 그들은 자신들이 내게 줄 수 있는 최선을 베풀었다. 자신들이 사는 마을에 대한 사랑을. 아무런 대가도 바라지 않고. 혼란스럽기만 하던 생각은 나의 가장 깊은 곳에서 점차 형체를 갖추어갔다. 이 모든 것들을 이어주는 어떤 끈이 존재하고 있었다. 페트루스는 늘 강조해 말했다. 승리에 이르기 위해서는 절대적으로 보상을 추구하고 기대해야 한다고. 하지만 내가 세상사를 잊은 채 온 신경을 내 검에 집중할 때마다, 그는 고통스러운 방식으로 나를 현실로 다시 데려왔다. 그런 일은 순례길을 걷는 내내 되풀이되었다.

거기엔 무슨 이유가 있어서였을 것이다. 그리고 바로 거기에 내 검의 비밀이 숨어 있을 것이다. 내 마음 깊은 곳에 묻혀 있던 것이 동요하기 시작했고, 희미한 빛을 발하기 시작했다. 아직 그것이 무엇인지는 알 수 없었지만, 무언가 내가 올바른 방향을 바라보고 있다고 말해주고 있었다.

나는 앙헬과 어린 소녀를 만난 것에 감사했다. 교회에 관한 그들의 이야기 속에는 모든 것을 소멸시키는 사랑이 존재하고 있었다. 그들은 내가 이미 지나온 길을 두 번씩이나 다시 걷도록 했다. 그리고 그럼으로써 나는 내가 미혹되어 있던 입문의식을 잊어버리고 스페인 땅으로 돌아올 수 있었다.

순례 초기 피레네 산맥에서 같은 장소를 여러 번 지나왔다고 말했던 페트루스가 떠올랐다. 벌써 한참 전의 일이 되었다. 그날이 그리워졌다. 아주 좋은 출발인 셈이었다. 하지만 그때와 똑같은 일이 반복되었다고 해서 행복한 결말에 도달하리라고 속단할 수는 없었다.

저녁에 어느 마을에 도착한 나는 한 노부인의 집에 숙소를 구했다. 그녀는 식대와 숙박비로 아주 적은 금액을 요구했다. 함께 이런저런 이야기를 나누는 동안, 그녀는 내게 성심의 그리스도에 대한 자신의 신앙과 극심한 가뭄에 시달려 올해 올리브 작황이 어떨지 걱정이 된다는 염려를 털어놓았다. 나는 수프에 포도주를 곁들여 먹고 일찍 잠자리에 들었다.

더 큰 평온함이 느껴졌다. 내 안에서 곧 터져나올 어떤 생각이 형체를 갖추어가고 있었다. 나는 기도를 하고 페트루스가 내게 가르쳐준 몇몇 훈련을 실행한 다음, 아스트랭을 불러냈다. 검은 개와의 싸움에 대해 그와 얘기를 해야 했다. 그날 그는 나를 거의 패배로 몰아갔고, 십자가를 세우는 명령에 복종했던 내 간절한 청을 거부한 바 있었다. 그래서 나는 영원히 그를 멀리하기로 결심했었다. 하지만 반대로, 만약 그때 그의 목소리라는 걸 알아채지 못했더라면 싸움을 하는 내내 시달리던 유혹에 굴복하고 말았을 것이었다.

"당신은 군단이 이기도록 돕기 위해 최선을 다했지."

"난 내 형제들과 싸우지 않아."

아스트랭이 반박했다.

예상했던 대답이었다. 나는 이미 그가 그렇게 대답하리라는 것을 알고 있었다. 사자가 자신의 본성에 따라 행동한다고 화를 내는 것은 어리석은 짓이었다. 내가 그에게서 기대할 수 있는 것은, 이와 같은 때에 그가 나를 도와줄 수 있는 친구가 될 수 있는가였다. 그것이 그의 유일한 역할이니까. 나는 유감스러운 마음은 접어놓은 채, 순례길과 페트루스, 그리고 내 안에 존재하고 있으리라 예상되는 검의 비밀에 관해 의논하기 시작했다. 그러나 그는 그런 비밀은 자신에게 금지되어 있다는 말 외엔 별 도움이 될 만한 말은 하지 않았다. 하지만 적어도 그는 오후 내내 침묵했던 내게 편안히 대화할 수 있는 말동무가 되어주었다. 늦게까지 그와 얘기를 하고 있는데 노부인이 방문을 두드렸다. 내가 잠꼬대를 하는 것 같아 와보았다는 것이었다.

기분 좋게 잠에서 깨어난 나는 아침 일찍부터 걷기 시작했다. 내 예상대로라면, 오후에는 산티아고 데 콤포스텔라가 있는 갈리시아 땅에 도착할 수 있을 것이었다. 하지만 오르막길이 이어지는 바람에, 스스로 정해놓은 리듬을 지키기 위해서는 네 시간 가까이 두 배의 힘을 들여 걸어야 했다. 매 순간 다음 길모퉁이에서는 다시 내리막길로 바뀌기를 바랐지만 그런 일은 일어나지 않았다. 결국 나는 빨리 걸을 수 있으리라는 희망을 포기하고 말았다. 저 멀리 더 높이 솟은 산들이 보였다. 조만간 저곳들을 넘어가야 할 것이었다. 그 사이, 육체적인 고통이 너무 심해 더는 생각하는 것이 불가능해져버렸다. 스스로에게 좀더 관대해져야만 했다.

제기랄! 곰곰 생각해보면 검 하나를 찾자고 모든 것을 내팽개친 사람을 누가 정상이라고 생각하겠는가? 설령 검을 찾지 못한다 한들 내 인생에서 실제로 달라질 게 뭐가 있단 말인가? 난 람의 의례들을 배웠고, 나의 사자를 만났고, 개와 싸우고, 내 죽음을 미리 보기까지 하지 않았는가. 나는 산티아고 순례길의 의의를 스스로에게 납득시키고자 애썼다. 검은 하나의 결과일 뿐이었다. 그것을 되찾을 수 있기를 바라지만, 그보다는 그것으로 무엇을 할 것인가가 더 중요했다. 나는 그 검을 실제적인 용도로 사용할 수 있어야 했다. 페트루스가 내게 가르쳐준 훈련들을 사용하듯이.

갑자기 나는 멈춰 섰다. 그때까지 내 안에 묻혀 있던 무언가가 폭발했다. 모든 것이 분명해졌다. 제어할 수 없는 아가페의 물결이 내 안에서 솟구쳤다. 그 순간 페트루스가 그곳에 있어 그가 내게 그토록 듣고 싶어하던 그 말을 해줄 수 있다면 얼마나 좋을까 싶었다. 그것은 그가 내가 진정 이해하기를 바라던 유일한 것이었고, 신비한 산티아고 순례길이 오랜 세월에 걸쳐 주고자 한 가르침을 완성하는 한 가지였다. 그것은 내 검의 비밀이었다.

내 검의 비밀은, 인간이 살아가면서 얻는 모든 성취의 비밀과 마찬가지로, 세상에서 가장 단순한 것이었다. 검을 가지고 무엇을 할 것인가가 바로 그것이었다.

지금까지 그런 식으로 생각해본 적이 한 번도 없었다. 순례길을 따라 걷는 동안, 내가 알고 싶어했던 것은 오직 검이 숨겨져 있는 장소였다. 왜 그것을 찾고 싶어하는지, 그것이 왜 필요한지에 대해서는 한 번도 자문하지 않았다. 나의 모든 에너지는 보상만을 생각하는 데 소진되었다. 무언가를 원할 때는 그 욕망의 대상에 아주 확실한 목적성을 부여해야 한다는 것을 깨닫지 못하고 있었다. 그것이야말로 보상에 대한 유일한 동기였다. 그것이 내 검의 비밀이었다.

내가 발견한 것을 페트루스에게 알리고 싶었지만, 이제 다시는 그를 볼 수 없을 터였다. 그가 그토록 오래 기다려왔던 순간이 왔는데도, 지금 그는 내 곁에 없었다.

나는 조용히 무릎을 꿇고 앉았다. 그리고 수첩에서 종이 한 장을 떼어내 내가 검으로 하고자 하는 것들을 적어내려갔다. 그리고 종이를 정성스레 접어서는 길가의 돌 아래에 넣었다. 페트루스의 이름과 우정을 기억하기 위해. 머지않아 종이는 부식되어버리겠지만, 나는 페트루스에게 상징적으로나마 전해주고 싶었다.

그는 이미 내가 검으로 무엇을 할 것인지 알고 있었으리라. 나 또한 페트루스에게서 부여받은 임무를 완수한 것이었다.

나는 산을 더 높이 올라갔다. 내 안에서 솟아나오는 아가페가 주위 풍경을 붉게 물들이고 있었다. 비밀을 알아낸 지금, 이제는 내가 찾고 있는 것을 발견해야 했다. 흔들리지 않는 믿음과 확신이 내 온몸을 사로잡았다. 나는 차고에서 페트루스가 흥얼거렸던 노래의 곡조에 떠오르는 대로 가사를 지어 붙여 노래를 부르기 시작했다. 아무도 없는 울창한 숲을 혼자 걸으며, 나는 더 큰 목소리로 노래를 불렀다. 내가 지어낸 언어들은 머릿속에서 부조리한 의미를 띠어갔다. 나는 그것이 내가 세상과 소통하는 방법이라고 생각했다. 오직 나 혼자만이 아는 세상. 이제 나를 가르치는 것은 세상이었다.

군단을 처음 만났을 때, 다른 방식으로 그 비슷한 경험을 한 적이 있었다. 그날 내 안에서 방언의 은사가 나타났다. 하지만 그때 나는 영靈의 하수인일 뿐이었다. 영은 나를 시켜 한 여인을 구하고, 적을 만들어냈으며, 내게 '선한 싸움'의 잔인한 형태를 가르쳐주었다. 하지만 지금은 달랐다. 나는 나 자신의 주인이었고, 세상과 대화하는 법을 배우고 있었다.

나는 길 위의 모든 것과 대화하기 시작했다. 나무 그루터기, 물웅덩이, 낙엽, 그리고 근사한 덩굴식물과도. 그것은 평범한 사람들의 훈련이었다. 어릴 적에 배웠지만 어른이 되어 잊어버리고 만. 그런데 신비하게도 사물들이 내게 응답하고 있었다. 마치 내가 말하는 것을 이해하기라도 하듯이. 그리고 그들은 모든 것을 소멸시키는 사랑으로 내게 쏟아져 들어왔다. 나는 무아경으로 빠져들었다. 두려웠지만, 이 게임을 끝까지 계속하고 싶었다.

다시 한번 페트루스가 옳았음을 깨달았다. 스스로를 가르치면서, 나는 마스터로 변화하고 있었다.

점심때가 되었지만, 나는 걸음을 멈추지 않았다. 작은 마을을 지나갈 때는 낮은 목소리로 말하며 혼자 웃기도 했다. 누군가 그런 나를 보았다면, 요즘 산티아고 순례길을 가는 순례자들은 제정신이 아니라고 생각했을지도 몰랐다. 하지만 그런 것은 아무래도 좋았다. 내 주위의 생명들이 경이롭게 느껴졌고, 이제 내 검을 찾게 되면 무엇을 해야 하는지 알고 있었으니까.

오후 내내 무아경 속에서 걸었다. 나는 내가 가고자 하는 곳에 관해 생각했다. 그러나 무엇보다 내 주의를 강력히 끄는 것은 내게 아가페를 되돌려주고 있는 주위의 모든 것들이었다. 하늘에 짙은 구름이 끼기 시작했다. 시원하게 비가 뿌려주었으면. 오랜 기간 그토록 건조한 무더위 속을 걸은 후에 맞는 비는 참으로 새롭고 자극적인 경험이 될 터였다. 오후 세시, 드디어 갈리시아의 땅에 들어섰다. 지도상으로는 이제 산 하나만 넘으면 여정의 목적지에 도달할 수 있었다. 나는 산을 넘은 후 처음 만나는 마을에서 하룻밤 쉬어가기로 마음먹었다. 트리아카스텔라. 위대한 왕 알폰소 11세가 거대한 도시로 만들고자 꿈꾸었건만 수세기가 지난 지금까지도 작은 시골마을로 남아 있는 곳이었다.

나는 계속 가사를 지어 노래 부르고, 내가 지어낸 언어들로 주위의 것들과 대화하며 내 순례의 마지막 남은 산을 오르기 시작했다. 그 산의 이름 엘 세브레이로는 그 지역의 고대 로마 정착민들이 살던 한 마을에서 기원한 것으로, 어떤 중요한 사건이 일어난 2월을 가리켰다. 예전에는 산티아고 순례길 중 가장 험난한 통행로로 여겨졌던 곳이지만 지금은 상황이 바뀌었다. 물론 오르막길은 여전히 가팔랐지만, 근접한 산 위에 설치한 거대한 송신탑이 순례자들에게 지표 역할을 해주는 덕분에 예전처럼 빈번히 길을 잃어버리는 치명적인 사건이 일어나지 않게 되었다.

구름은 점점 더 낮게 깔렸고, 이제 곧 안개 속을 뚫고 가야 할 것이었다. 산 위에 설치된 송신탑은 이미 안개에 묻혀 보이지 않았다. 트리아카스텔라에 이르기 위해서는 노란 표지에 주의해서 따라가야 했다. 만약 여기에서 길을 잃는다면 어쩔 수 없이 길에서 하룻밤을 지내야 할 터인데, 금방이라도 비가 쏟아질 것 같은 날씨로 봐서 그다지 유쾌한 경험이 될 것 같지 않았다. 계속 길을 걸으며 얼굴에 떨어지는 물방울을 느끼면서 충만함과 자유와 삶을 만끽하고 싶지만, 그러자면 가까운 곳에 다음날의 여정을 그리며 쉴 수 있는 침대와 한 잔의 포도주가 있는 숙소가 있어야 했다. 그것은 젖은 붕대 때문에 무릎 상처가 덧나지 않을까 염려하면서 진흙탕에서 애써 잠을 청하는 것과는 전혀 다른 상황일 터였다. 속히 결정을 내려야 했다. 아직 남아 있는 해를 믿고 계속 안개를 뚫고 전진할 것인지, 아니면 몇 시간 전에 지나온 작은 마을로 되돌아가 밤을 보내고 다음날 엘 세브레이로를 다시 넘을 것인지 선택해야만 했다.

즉시 결정을 내려야 한다고 생각한 순간, 나는 이상한 일이 일어났음을 감지했다. 검의 비밀을 발견했다는 확신이 나를 밀고 있었던 것이다. 그 확신은 곧 덮쳐올 안개를 뚫고 나아가라고 말하고 있었다. 그건 '용서의 문'까지 어린 소녀를 따라갔을 때나

'노동자 성 요셉' 성당까지 안내한 남자를 따라갔을 때 느꼈던 것과는 사뭇 다른 느낌이었다.

브라질에서 신비주의 체험에 대해 사람들과 아주 가끔 대화를 나눈 적이 있었다. 그럴 때, 나는 대부분의 사람들이 겪어봤음직한 경험을 예로 들어 설명하곤 했다. 그중에서도 내가 주로 예를 든 것은 자전거를 배우는 경험이었다. 자전거를 처음 타는 사람은 안장에 올라타서 페달을 밟으면 넘어진다. 앞으로 조금 나아가다가는 넘어지고, 또 나아가다가 다시 넘어진다. 어떻게 해야 넘어지지 않고 자전거를 타는지 배울 수 없을 것 같은 생각이 든다. 하지만 어느 순간 갑자기 완벽한 균형이 잡히면서 자전거를 탈 수 있게 된다. 그것은 단계적으로 그렇게 되는 것이 아니다. 경험의 축적에서 오는 것이 아니라, 자전거가 '나를 이끌기' 시작하면서 나타나는 일종의 '기적' 같은 것이다. 두 개의 바퀴가 만들어내는 불균형에 자신을 맡기기로 마음먹으면, 넘어지게 하는 힘을 커브를 틀거나 페달 위에 부어 앞으로 나아가는 더 큰 힘으로 변환시킬 줄 알게 되는 것이다.

오후 네시에 엘 세브레이로 산을 올라가면서, 나는 그와 똑같은 기적이 일어나는 것을 보았다. 그토록 오랜 시간 산티아고 순례길을 걸어온 끝에, 이제는 길이 '나를 이끌기' 시작한 것이었다. 나는 흔히들 직관이라고 부르는 것을 따르고 있었다. 그날 내내 체험한 소멸시키는 사랑의 힘으로, 검의 비밀을 발견했다는 확신의 힘으로, 그리고 인간은 위기의 순간 언제나 올바른 결정을 내린다는 믿음의 힘으로, 나는 두려움 없이 안개 속으로 걸어 들어갔다.

'이 안개는 어떤 목적을 가지고 있는 게 분명해.'

나는 그렇게 생각하면서 순례길의 돌과 나무에서 노란 표지를 발견하려 애쓰고 있었다. 그러기를 한 시간, 가시거리는 현저히 줄어들었다. 나는 어떤 놀라운 사건이 일어나기를 기다리면서 두려움을 떨치기 위해 계속 노래를 불렀다. 홀로 안개에 휩싸인 채 현실이 아닌 것 같은 기묘한 분위기 속에서, 나는 산티아고 순례길을 영화 속의 한 장면처럼 바라보고 있었다. 영화 속 장면에서 주인공은 이제 관객들이 '저런 일은 영화에서나 일어나는 일이야'라고 생각할 만한 일을 겪을 때였다. 하지만 나는 그 현실을 생생히 겪었다. 시간이 지날수록 숲은 정적 속으로 빠져들었고, 안개는 서서히 걷히기 시작했다. 드디어 안개의 끝까지 도달한 것일까. 눈부시도록 밝은 빛이 주변 풍경에 신비로우면서도 공포스러운 빛깔을 드리우고 있었다.

완벽한 정적이었다. 그런데 그때, 내 왼쪽에서 여인의 목소리가 들려오는 듯했다. 난 즉시 걸음을 멈추고 귀를 기울였다. 다시 소리가 들리기를 기다렸지만, 아무런 소리도 들리지 않았다. 귀뚜라미 울음소리나 곤충들의 소리, 동물들이 낙엽을 밟는 바스락거리는 소리 같은, 숲에서 들릴 법한 소리조차 들리지 않았다. 시계를 들여다보았다. 정확히 오후 다섯시 십오분이었다. 토레스트렐라에 도착하려면 아직 사 킬로미터 정도가 남아 있었다. 해가 지기 전까지 걸어서 도착할 수 있는 거리였다.

시계에서 눈을 드는데, 다시 여인의 목소리가 들려왔다. 그 순간 나는 직감했다. 그것이 내 온 생애를 통해 가장 중요한 경험이라는 것을.

목소리는 바로 내 안에서 들려오고 있었다. 숲속에서가 아니었다. 목소리는 점차 분명하고 크게 들려왔다. 내 직관이 작동하고 있었다. 목소리의 주인은 나도, 아스트랭도 아니었다. 목소리는 다만 계속 앞으로 나아갈 것을 명령했고, 난 주저 없이 복종했다. 페트루스가 돌아와 명령과 복종에 대해 이야기하는 것 같았다. 그 순간 나는 '나를 이끄는' 순례길의 도구일 뿐이었다. 안개는 빠르게 걷혀가고 있었다. 내 주위에는 드문드문 서 있는 나무들과 젖어서 미끄러운 땅, 그리고 내가 이미 오래전부터 걸어온 것 같은 가파른 경사로가 보였다.

홀연 마법처럼 안개가 말끔히 사라졌다. 그리고 내 앞에 보이는 산 정상에, 심어놓은 것 같은 십자가가 우뚝 서 있었다.

주위를 둘러보았다. 내가 뚫고 나온 구름바다가 발아래 놓여 있었다. 멀리 머리 위로는 또다른 구름바다가 보였다. 그 두 구름바다 사이로 그 지대에서 가장 높은 산봉우리들과 엘 세브레이로 산의 봉우리가 보였다. 갑자기 기도하고 싶은 간절한 마음이 일었다. 나는 토레스트렐라로 가는 길에서 벗어날지도 모르는 위험을 무릅쓰고라도 저 산꼭대기까지 올라가 십자가 아래에서 기도를 하기로 마음먹었다. 나는 사십여 분 동안 산을 올랐다. 내 마음도, 내 주위도 모두 적요에 잠겨 있었다. 내가 지어낸 언어는 이미 나를 떠나갔다. 그 언어는 이제 인간이나 신과 소통하는 방법이 될 수 없었다. '나를 이끄는' 것은 산티아고 순례길이었고, 그 길이 내 검이 있는 장소를 보여줄 것이었다. 페트루스가 옳았음을 다시 한번 깨달았다.

정상에 오르니, 십자가 근처에 한 남자가 앉아 무언가를 기록하고 있었다. 순간 나는 그를 초자연적 환영인 사자라고 생각했다. 하지만 내 직감은 그렇지 않다고 말했다. 그의 옷에 붙어 있는 가리비껍데기가 눈에 들어왔다. 그 역시 순례자였다. 나를 한참 쳐다보던 그는 내 존재에 불편함을 느꼈는지 그 자리를 떠나버렸다. 그 역시 내가 그랬던 것처럼 천사를 만나는 기대를 했던 것인지도 몰랐다. 하지만 우리가 발견한 것은 한 인간이었다. 평범한 사람들의 길을 걷는.

그토록 기도하고 싶은 마음이 간절했건만, 나는 아무 말도 할 수 없었다. 그저 십자가 앞에 멍하니 서 있을 뿐이었다. 높은 산봉우리들만 남겨놓고 온 천지를 뒤덮고 있는 구름과 안개, 그리고 산들을 바라보면서. 아래쪽으로 백여 미터 떨어진 곳에 열다섯 채 정도 되는 집과 작은 성당으로 이루어진 작은 촌락에서 불빛이 반짝이고 있었다. 적어도 순례길이 정해주는 대로 밤을 지샐 곳은 발견한 셈이었다. 페트루스가 없는 지금, 그곳에 언제 도달하게 될지는 정확히 알 수 없었다. 그러나 내게 안내자가 없는 것은 아니었다. 길이 '나를 이끌어주고' 있었으니까.

그때 길을 잃고 산 위로 올라온 어린양 한 마리가 십자가와 나 사이로 들어오더니 자리를 잡고 앉았다. 그러고는 약간 겁먹은 듯한 눈빛으로 나를 바라보았다. 한동안 나는 거기 서서 검게 물들어가는 하늘과 십자가와 그 아래 앉아 있는 하얀 어린양을 응시하고 있었다. 그러다가 갑자기, 오랜 시간 치러낸 시험과 전투와 배움과 도보로 인해 쌓인 피로가 한꺼번에 몰려드는 걸 느꼈다. 위장에서부터 시작된 강렬한 통증이 목구멍까지 치솟아올라 눈물 한 방울 흐르지 않는 메마른 오열로 터져나왔다. 나는 울었다, 어린양과 거대하고 외로운 십자가 앞에서. 그것은 인간이 세운 십자가였다. 신이 아닌 인간 자신을 위해, 인간이 창조한 운명에 대한 상징이었다. 흐느껴 우는 내 앞에 산티아고 순례길의 가르침이 하나하나 찾아왔다. 길 잃은 외로운 어린양을 내 증인으로 대동하고.

마침내 내 입에서 기도가 흘러나왔다.

"나의 주님, 저는 이 십자가에 못 박히지도 않았고, 당신 또한 이 십자가에 계시지 아니합니다. 이 십자가는 비어 있고, 앞으로도 영원히 그러할 것입니다. 죽음의 시간은 지나갔습니다. 이제 신께서 내 안에서 부활하고 계십니다. 이 십자가는 우리 모두가 지닌 무한한 힘의 상징입니다. 이제 그 힘은 생명을 위해 부활하고, 세상은 구원받고, 저는 당신의 기적을 수행할 수 있습니다. 제가 평범한 사람들의 길을 걸었고, 그 길에서 당신의 비밀을 발견했기 때문입니다. 당신께서도 평범한 사람들의 길을 걸으셨습니다. 당신께서는 우리 중에 내려와 우리에게 우리가 할 수 있는 것을 가르쳐주셨지만 우리는 받아들이지 않았습니다. 당신께서 권능과 영광이 모든 사람의 것임을 보여주셨지만, 우리가 받아들이기에는 너무 큰 것이었습니다. 우리는 당신을 십자가에 못 박았습니다. 신의 아들인 당신께 등을 돌리고자 한 것이 아니라, 우리 자신의 능력을 받아들이기가 너무나도 두려웠기 때문입니다. 우리 자신이 신이 될까 두려워 당신을 십자가에 못 박았습니다. 그리고 시간의 흐름 속에서 당신께서는 다시 아득히 멀리 있는 신성神性이 되었고, 우리는 인간으로서의 운명으로 돌아갔습니다.

행복해지는 것은 죄악이 아닙니다. 대여섯 가지 훈련을 실행하고 귀 기울여 듣는 것만으로도, 인간은 불가능하다고 여겼던 꿈을 실현할 수 있습니다. 당신께서는 사사로운 지혜로 인해 교만한 마음을 품었던 저로 하여금, 모든 사람이 갈 수 있는 길을 따라 걷게 하셨습니다. 삶에 조금만 귀 기울이면 누구나 알 수 있는 것을 발견하게 하셨습니다. 행복을 추구하는 것이 지극히 개인에 속하는 일이며, 다른 사람들에게 전해줄 수 있는 행복의 원형이라는 것이 없다는 것도 깨닫게 해주셨습니다. 검을 찾기 전에 저는 그 비밀을 먼저 발견해야만 했습니다. 그 비밀은 지극히 단순한 것이었습니다. 그 검으로, 그 검이 주는 행복으로, 무엇을 할 것인지 아는 것으로 충분했으니까요.

저는 저 자신과 우리 모두가 알고 있는 것, 하지만 받아들이기가 너무도 어려운 것을 발견하기 위해 이 먼 길을 걸었습니다. 주님, 인간에게 가장 어려운 일은 자신이 힘을 지닐 수 있음을 깨닫는 것입니다. 지금 제가 느끼는 가슴의 통증, 저를 흐느끼게 하고 어린양을 두려움에 떨게 하는 이 고통…… 이것들은 인간이 존재한 이래 늘 우리와 함께해왔습니다. 승리의 무거운 짐을 받아들이는 이들은 많지 않습니다. 우리 중 대부분은 마침내 실현되려는 꿈을 그냥 놓아버립니다. 그들은 자신의 행복으로 무엇을 해야 할지 몰라 '선한 싸움'을 거부합니다. 그들은 세상의 것들에 갇혀 있는 포로들입니다. 무엇을 할지도 모른 채 검을 찾기만을 바랐던 저 자신처럼……"

잠들어 있던 신이 내 안에서 깨어났다. 고통은 점점 더 강렬해졌다. 내 곁에 마스터의 존재가 느껴졌고, 마침내 메마른 흐느낌은 눈물로 변해 봇물처럼 터져나왔다. 나는 검을 찾아 산티아고 순례길을 따라 걷게 해준 그에게 감사했다. 그리고 내게 아무런 말도 않은 채, 먼저 무엇을 할 것인지를 안다면 내 꿈을 이룰 수 있을 것임을 깨닫게 해준 페트루스에게 감사했다. 나는 비어 있는 십자가를 바라보았다. 산 속 어디든 갈 수 있는 어린양과 머리 위와 발아래 깔린 구름들을 바라보았다.

어린양이 일어나 걷기 시작했다. 나는 양을 따라갔다. 그가 나를 어디로 이끄는지 알고 있었다. 구름이 끼어 있었지만 세상은 투명해 보였다. 하늘에 은하수는 보이지 않았지만, 그것이 그곳에 그대로 존재하며 모두에게 산티아고 순례길을 안내해주고 있음을 확신할 수 있었다. 어린양은 산과 똑같은 이름을 지닌 엘 세브레이로 마을을 향해 가고 있었다. 언젠가 기적이 일어난 마을이었다. 내 검과 신비한 산티아고 순례길의 비밀처럼, 그 기적은 하고 있는 것을 믿는 것으로 변화시키는 기적이었다.

산을 내려가는 동안, 그에 관한 이야기를 떠올렸다. 기적은 폭풍우가 거세게 몰아치던 날에 일어났다. 그날, 이웃 마을의 농부가 엘 세브레이로의 미사에 참례하기 위해 이 산을 오르고 있었다. 미사를 집전할 수도사는 폭풍우를 뚫고 힘겹게 산을 오르는 농부를 보고 혀를 찼다. 그다지 신심이 깊지 않은 수도사였다. 그런데 그가 성찬식을 행하는 순간, 면병은 그리스도의 살로 바뀌었고, 포도주는 그리스도의 피로 바뀌었다. 그 성유물은 바티칸의 모든 보물보다 더 고귀한 보물로, 지금도 그 작은 예배당 안에 보관되어 있다고 했다.

어린양은 마을 입구의 한 길에 멈춰 섰다. 그 길은 오직 교회로만 나 있는 길이었다. 나는 겁에 질린 채 계속 외쳐댔다.

"주님, 저는 당신의 성전에 들어갈 자격이 없습니다."

어린양은 그러고 있는 나를 똑바로 바라보았다. 그 눈빛에 내 마음이 움직였다. 양은 내게 말하고 있었다. 내가 자격이 있는지 없는지 따위는 영원히 잊어버리라고. '선한 싸움'을 이끌어갈 모든 사람에게 다시 힘이 솟아나듯, 내게도 새로운 힘이 다시 솟아날 거라고. 언젠가 인간이 다시 스스로를 자랑스럽게 여길 날이 올 것이고, 그러면 온 자연이 그의 안에 잠들어 있던 신이 깨어났음을 축복하리라고, 어린양의 눈은 내게 그렇게 말하고 있었다.

이제 산티아고 순례길의 내 안내자는 어린양이었다. 순간 사방이 어두워지면서, 요한계시록에서 읽었던 구절이 눈앞에 떠올랐다. 왕좌에 앉아 있는 거대한 어린양과 어린양의 피에 옷을 씻어 정화시키는 인간들의 모습이. 그것은 그들 각자의 안에 잠들어 있는 신이 깨어나는 순간이었다. 또한 다가올 수년 내에 전 세계를 뒤흔들 전쟁과 혼란의 시기, 대재앙도 보였다. 하지만 그 모든 환란은 온 힘을 다해 잠들어 있는 신을 깨워낸 지상의 인간을 상징하는 어린양의 승리로 끝나리라는 것도.

어린양은 작은 예배당으로 나를 이끌었다. 그 예배당은 농부와, 농부로 인해 진정한 믿음을 가지게 된 수도사에 의해 세워졌다. 그들의 이름은 후세에 전해지지 않았다. 다만 마을에 이웃해 있는 교회 묘지의 이름 없는 두 비석만이 그들의 유골이 묻혀 있는 장소를 말해주고 있었다. 하지만 어떤 것이 수도사의 무덤이고 농부의 것인지는 구별할 수 없었다.

내가 입구에 도달했을 때 예배당 안은 환하게 불이 밝혀져 있었다. 그렇다. 난 들어설 자격이 있었다. 내겐 검이 있고, 그것으로 무엇을 할 것인지 알고 있었으니까. 이 문은 용서의 문이 아니었다. 나는 이미 용서를 받았고, 어린양의 피로 내 옷을 씻었다. 이제 나는 내 검을 손에 잡고 '선한 싸움'을 이끌어가기만을 바라고 있었다.

작은 예배당 안에는 십자가가 없었다. 제단 위에는 기적의 성유물만이 놓여 있었다. 춤을 출 때 본 성배와 성반, 그리고 예수의 살과 피가 들어 있는 은으로 된 성유물함이었다. 다시 한번 나는 인간이 매일의 삶에서 이루어낼 수 있는 기적을 믿었다. 높은 산봉우리들이 내게 말하는 듯했다. 자신들이 존재하는 것은 오직 인간에게 도전하기 위해서라고. 그리고 인간이 존재하는 것은 오직 그 영예로운 도전을 받아들이기 위해서라고.

어린양이 장의자 뒤로 숨어버렸다. 나는 앞쪽을 바라보았다. 제단 앞에 내 마스터가 미소를 지으며 서 있었다. 어쩌면 안도한 표정인지도 몰랐다. 그의 손에는 내 검이 들려 있었다.

나는 그 자리에 멈춰 섰다. 그가 다가오더니 나를 지나쳐서 밖으로 나갔다. 나는 그를 따라갔다. 예배당 앞에서 어두운 하늘을 바라보던 그는 칼집에서 검을 뽑아들었다. 그는 내게 칼자루를 함께 잡으라고 요구했다. 그는 검을 높이 치켜들고, 길을 떠나 승리를 위해 싸우는 이들의 성스러운 시편을 낭송했다.

네 왼쪽에서 천 명이 쓰러지고

네 오른쪽에서 만 명이 쓰러져도
너는 조금도 다치지 아니하리라.
야훼를 너의 피난처라 하고
지극히 높으신 분을 너의 요새로 삼았으니
어떤 불행도 너를 덮치지 못하리라.
어떤 재앙도 네 집을 가까이 못하리라.
주께서 너를 두고 천사들을 명하여
너 가는 길마다 지키게 하셨으니
행여 네가 돌부리에 발을 다칠세라
천사들이 손으로 너를 떠받고 가리라.

나는 무릎을 꿇었다. 그는 내 두 어깨에 차례로 칼날을 가져다 대면서 말했다.

그대는 사자와 독사를 몰아낼 것이며
새끼 사자와 용을 발밑에 두게 될 것이다.

그가 말을 마치자, 하늘에서 빗방울이 떨어지기 시작했다. 내리는 비는 대지를 적시고, 씨앗에 싹을 틔우고, 나무를 자라게 하고, 꽃을 피운 후에야 다시 하늘로 돌아갈 것이다. 빗줄기는 점점 더 세차게 변해갔다. 내가 산티아고 순례길을 걸은 이래 처음으로 맞는 비였다. 나는 쏟아지는 물을 온몸으로 느끼며 하늘을 향해 똑바로 얼굴을 들었다. 내가 지나온 가문 들판들을 떠올렸다. 이 밤 그곳엔 물이 풍족하게 넘쳐날 터였다. 이 밤, 하늘의 기운을 담고 시원하게 쏟아지는 빗물을 흠뻑 마시며 기뻐할 레온의 바위들과 나바라의 밀밭, 카스티야의 메마른 땅과 리오하의 포도밭을 생각했다. 내가 힘겹게 세워놓은 십자가도 떠올랐다. 이 비바람이 그 십자가를 다시 쓰러뜨릴 것이다. 또다른 순례자가 쓰러진 십자가 앞에서 명령과 복종을 배우리라. 이 비에 물줄기가 더욱 거세어졌을 폭포도 떠올랐다. 많은 힘을 쏟아부었으므로 다시 비옥해질 폰세바돈도, 내가 지나오면서 수없이 마신 모든 샘물들도 떠올랐다. 내가 마신 물들도 이제 다시 충분히 채워졌으리라. 나는 검을 받을 자격이 있었다. 그것으로 무엇을 할 것인지 알고 있기 때문이었다.

마스터는 내게 검을 내밀었고, 나는 그것을 받았다. 어린양을 찾아보았지만 이미 사라지고 없었다. 하지만 그건 중요하지 않았다. 내 검은 하늘에서 내려오는 순결한 물을 받아 빛나고 있었다.

에필로그
산티아고 데 콤포스텔라

내가 묵고 있는 호텔 창문으로 산티아고 대성당과 그 정문 앞에 있는 관광객들이 보인다. 검은색 중세 복장을 하고 사람들 사이에서 어슬렁거리는 학생들과 좌판을 벌이고 있는 기념품 상인들도 눈에 띈다. 이른 아침이다. 순례중에 끼적여놓은 메모를 제외하고는, 지금 쓰고 있는 것이 산티아고 순례에 대해 말하는 내 첫번째 문장이다.

나는 어제 엘 세브레이로 근처의 페드라피타에서 버스를 타고 이곳 콤포스텔라에 도착했다. 백오십 킬로미터의 거리를 네 시간 동안에 달려온 것이다. 페트루스와 함께 걸었을 때가 생각났다. 그만큼의 거리를 걸어가는 데 우리는 꼬박 이 주일이 걸리기도 했다. 나는 이제 곧 성 야고보의 무덤으로 갈 것이다. 그리고 아파레시다에서부터 가져온 가리비껍데기 받침 위의 성모상을 무덤에 올려놓을 것이다. 그런 다음 가능한 빨리, 많은 일들이 날 기다리고 있는 브라질행 항공편을 잡을 예정이다. 페트루스는 자신의 순례 경험을 한 폭의 그림에 담았다고 말했었다. 나는 내 경험을 책으로 써야겠다는 생각이 스쳐간다. 하지만 아직 요원한 계획일 뿐이다. 검을 되찾은 지금, 내겐 할 일이 많다.

내 검의 비밀은 오직 내게만 속한 것이기에, 지금은 그것을 누구에게도 밝힐 생각이 없다. 그 비밀을 적어 돌 아래 넣어둔 종이는 이미 비에 씻겨내려갔을 것이다. 그 편이 더 낫다. 페트루스가 그것을 알 필요는 없을 테니까.

나는 마스터에게 그곳에 내가 언제 도착할지를 알았느냐고 물었다. 혹시 이미 한참 전부터 그곳에서 나를 기다리고 있었던 것은 아니냐고. 그는 웃으면서 대답했다. 자신은 전날 아침에 도착했다고, 또 내가 오든 말든 다음날 그곳을 떠날 예정이었다고. 어떻게 그게 가능했는지 물었지만 그는 아무 말도 하지 않았다. 헤어질 시간이 되자, 그는 자신을 마드리드로 데려다줄 렌터카에 올라타면서 내게 산티아고 기사단을 상징하는 작은 배지를 건네주었다. 그리고 말했다. 내가 어린양의 눈을 바라보았을 때 이미 위대한 계시를 받은 것이라고. 그리고 조금만 더 노력하면 언젠가 나도 알 수 있을 거라고, 사람들은 누군가 자신을 기다리는 곳에 가야 할 순간을 거스르지 못하고 결국 제때 그곳에 이르게 되리라는 것을.

작가의 말

지금 내 곁에서는 아내 크리스티나가 책을 읽고 있다. 유럽에 봄이 왔다. 이제 겨울옷들을 다시 가방에 넣을 때이다. 나와 아내는 자동차를 타고 우리 생의 지표가 되었던 곳들을 돌아보고 있는 중이다(크리스티나는 1990년에 산티아고 순례를 했다). 천천히 여유를 가지고 여행했는데도 벌써 일주일 만에 오백 킬로미터를 횡단했다.

생수. 커피.
토론하는 사람들, 걸어가는 사람들.
커피를 마시는 사람들, 생수를 마시는 사람들.

이렇게 나는 이십 년 전인 1986년 7, 8월의 어느 오후로 돌아가 있다. 커피, 생수, 걸으면서 토론하는 사람들…… 그러나 그때 내 눈앞에 보이던 것은 카스트로헤리즈라는 작은 마을 너머로 펼쳐진 평원이었다. 내 생일이 다가오던 즈음이었고, 오래전 생장피에드포르를 출발해 산티아고 데 콤포스텔라로 가는 순례길의 절반을 조금 넘기고 있었다.

그 당시 우리는 하루 이십 킬로미터를 걸었다.

나는 내 앞에 펼쳐진 단조로운 풍경과, 이런 황량한 평원에 대체 어디서 솟아났는지 모를 바에 앉아 커피를 마시는 내 안내자를 바라보고 있었다. 뒤를 돌아봐도 역시 똑같은 풍경이었다. 다른 것이라고는, 걸을 때마다 흙먼지를 날리며 찍힌 내 발자국이 남아 있다는 것뿐이었다. 하지만 그나마도 덧없을 것이었다. 밤이 내리기도 전에 바람에 다 지워져버릴 테니까.

눈앞의 모든 것이 비현실적으로만 보였다.

그곳에서 나는 무얼 했던가? 이 질문이 몇 주 전부터 나를 놓아주지 않는다.

나는 검을 찾고 있었고 '람'의 의식에 참례중이었다. 그리고 무언가에 속았다는 생각을 하고 있었다. 영적인 탐색이라는 것은 어떤 의미나 논리도 통하지 않는 것이니, 브라질로 돌아가 이제까지 해온 수련에 다시 전념하는 편이 최선책이라는 생각도 들었다.

이 영적인 탐색을 내가 마칠 수 있을지도 의심스러웠다. 결코 자신을 드러내 보이지 않는 신을 발견하려고 노력하고, 적절한 순간에 기도를 드리고, 낯선 길을 걷고 훈련을 받고, 부조리해 보이는 지시들을 받아들이는 것 모두가 너무 힘든 일이었기 때문이다.

그랬다. 나는 그 순례를 끝까지 마칠 수 있을지 의심스러워했다. 페트루스는 매일같이 산티아고의 길이 모든 이의 것, 평범한 사람들의 것이라고 말했다. 그 말은 나를 적잖이 실망시켰다. 나는 이 순례를 통해 일찍이 우주의 위대한 원형에 가까이 다가갔던 소수의 선택된 자들 가운데서도 으뜸을 차지하게 될 거라 믿고 있었고, 또한 티베트의 현자들이 만든 비밀단체나, 불가능한 사랑도 이루어지게 해준다는 묘약, 천국문을 열어주는 의식 등에 대한 이야기들이 전부 사실일 거라고 믿고 있었으니까.

그러나 페트루스의 말은 그와 정반대였다. 선택된 자들은 따로 있는 것이 아니고 "지금 내가 여기서 무엇을 하고 있는 거지?"라고 묻는 대신 마음속의 열정을 깨워줄 무언가를 실행하겠다고 결단을 내리는 사람이었고, 천국문의 열쇠는 열정을 쏟아 행하는 그 일 속에 있었다. 그렇게 사랑은 변화를 부르고, 인간이 신에게 다가갈 수 있다는 것이었다.

그는 말했다. 우리를 신께 한 걸음 더 가까이 가닿게 해주는 것은 열정이지, 수백 수천의 고전을 읽는 것이 아니라고. '비밀의식'이나 '심오한 교리를 따르는 입문식'이 아닌, 삶이 기적임을 믿으려는 의지가 기적을 낳는 것이라고.

그때 나는 산티아고 데 콤포스텔라로 향한 여정의 절반을 조금 지난 곳에 있었다. 그런데 모든 일이 페트루스의 말대로 그렇게 간단하다면 이 무익한 여행을 왜 해야 하는 것일까?

1986년 레온에서의 그날 오후, 나는 그로부터 육칠 개월 후에 내가 산티아고 순례의 경험을 토대로 책을 쓰게 될 거라고는 생각도 하지 못했다. 보물을 찾아 떠나는 양치기 산티아고, 알약을 먹고 자살하려는 베로니카, 피에트라 강가에서 울면서 일기를 쓰는 필라의 이야기가 그때 머릿속에 떠올랐음에도 말이다.

그때 내 머릿속에는, 지루한데다 이해할 수도 없는 순례길을 걷고 있다는 한 가지 생각밖에 없었다. 쉬어갈 만한 곳도 거의 찾아볼 수 없었고, 팩스도 휴대전화도 없었으므로 내 모든 것을 두고 온 브라질에서 무슨 일이 일어나고 있는지 전혀 알 길이 없었다.

단지 그 순간 내가 페트루스에게 말을 건넬 수 없을 정도로 긴장하고 신경이 날카로워져 있었다는 것 정도만 인지하고 있었다. 그동안 내가 해왔던 것들을 더는 할 수 없으리라는 걸 막 깨달은 참이었기 때문이다. 매달 꼬박꼬박 들어오는 만족스러운 급여와 심리적인 안정, 내가 익히 알고 있으며 기술적으로 얼마든지 제어할 수 있는 일을 포기해야 하는 상황이었다. 나는 바뀌어야 했다. 내 꿈을 좇아야 했다. 비록 그것이 유치하고 우스꽝스러우며 실현 불가능한 것이라 해도. 늘 마음속으로는 바라왔으나 뛰어들 용기를 내지 못했던 꿈, 그 꿈은 작가가 되는 것이었다.

페트루스는 커피와 생수를 다 마시고 내게 계산을 부탁했다. 그리고 앞장서 걷기 시작했다. 다음 마을까지 가려면 아직 몇 킬로미터를 더 가야 했다. 지나가던 사람들이 우리를 곁눈질하며 수군거렸다. 나이깨나 먹은 두 순례자를 보며, 이미 결정된 과거를 다시 살려는 이상한 사람들도 있다고 여기는 표정들이었다.* 오후도 끝나갈 무렵이라 기온은 27도 정도였다. 지금 내가 잘못

* 내가 순례하던 그해에는 산티아고 순례자들이 연간 사백여 명에 지나지 않았다. 그러나 2005년의 비공식적인 통계에 따르면 매일 사백 명이 넘는 순례자가 이 글에 나오는 바 앞을 지나갔다고 한다. (원주)

된 길을 걷고 있는 건 아닐까. 이런 생각이 수도 없이 고개를 들었다.

나는 진정 바뀌길 원하고 있었던가? 그랬던 것 같지는 않다. 그러나 산티아고 순례길은 궁극적으로 나를 변화시켰다. 나는 세상의 신비를 발견하고 싶었던 것일까? 그랬다고 생각한다. 그러나 그 길은 세상에는 신비란 없다는 것, '감춰진 것은 드러나기 마련이고 비밀은 알려지기 마련이다'라는 예수의 말씀을 일깨워주었다. 결국 내가 기대했던 것과 정반대로 모든 것이 흘러갔다.

우리는 자리에서 일어나 말없이 걷기 시작했다. 나의 생각과 불안 속으로 다시 걸어 들어갔다. 페트루스는 성전의 지시대로 이곳에 있는 것이었으므로 가능한 한 빨리 순례를 끝내고 돌아가기를 바라고 있는 것 같았지만, 밀라노에 두고 온 자기 일을 생각하고 있는 것 같진 않았다.

그날 오후 우리는 한마디도 하지 않고 걸었다. 어쩔 수 없이 함께 있었지만 우리는 각자의 세계 속에 있었다. 산티아고 순례길이 우리 앞에 있었다. 그리고 나는 그 길이 나를 다른 도시들로 인도해주리라는 생각밖에는 하지 않았다. 그날 오후 레온 평원을 걷고 있는 나도 페트루스도, 십 년이 지난 후 내가 '연금술사'라는 제목의 책을 들고 그의 고향 밀라노를 방문하리라고는 추호도 생각지 못했다. 나는 그때, 그렇게도 꿈꾸었지만 또 그만큼이나 부정해왔던 내 운명을 향해 걷고 있었는데도 말이다.

며칠 후면 그때의 나는 그곳에, 그러니까 이십 년이 지난 지금 이 글을 쓰고 있는 이곳에 닿게 될 터였다. 그때 나는 항상 꿈꾸어왔던 것을 향하고 있을 뿐, 내 삶이 변화하리라는 데 대해 어떤 믿음이나 희망도 가지고 있지 않았다.

하지만 나는 멈추지 않았다. 그리고 그로부터 먼 훗날인 오늘, 오래전 그날 페트루스와 함께 지나갔던 이 바에 앉아 내 아내는 책을 읽고, 나는 노트북을 두드리며 글을 쓰고 있는 것이다. 오늘도 나는 미래를 향해 걷고 있다. 1986년 8월 그날 오후를 떠올리며.

2006년 3월 27일
레온의 정원에 앉아 강물을 바라보며
파울로 코엘료

지은이 **파울로 코엘료**

전 세계 170여 개국 88개 언어로 번역되어 3억 2천만 부가 넘는 판매를 기록한 우리 시대 가장 사랑받는 작가. 1986년 첫 작품 『순례자』를 썼고, 이듬해 자아의 연금술을 신비롭게 그려낸 『연금술사』로 세계적 작가의 반열에 올랐다. 이후 『베로니카, 죽기로 결심하다』 『11분』 『흐르는 강물처럼』 『브리다』 『알레프』 『아크라 문서』 『불륜』 『스파이』 『히피』 『다섯번째 산』 등 발표하는 작품마다 세계적으로 엄청난 반향을 불러일으켰다.

옮긴이 **박명숙**

서울대학교 불어교육과를 졸업하고 프랑스 보르도 제3대학에서 언어학 학사와 석사학위를, 파리 소르본 대학에서 불문학 박사학위를 받았다. 옮긴 책으로 『염 무덤의 남자』 『라 퐁텐 그림우화』 『누구나의 연인』 『로마의 역사』 『위대한 열정』 『가고 싶은 길을 가라』 등이 있다.

문학동네 세계문학
순례자

1판 1쇄 2006년 8월 8일 | 1판 12쇄 2011년 5월 6일
2판 1쇄 2011년 10월 5일 | 2판 27쇄 2024년 6월 26일

지은이 파울로 코엘료 | 옮긴이 박명숙
책임편집 박아름 | 디자인 이경란 이원경 | 저작권 박지영 형소진 최은진 서연주 오서영
마케팅 정민호 서지화 한민아 이민경 안남영 왕지경 정경주 김수인 김혜원 김하연 김예진
브랜딩 함유지 함근아 고보미 박민재 김희숙 박다솔 조다현 정승민 배진성
제작 강신은 김동욱 이순호 | 제작처 영신사

펴낸곳 (주)문학동네 | 펴낸이 김소영
출판등록 1993년 10월 22일 제2003-000045호
주소 10881 경기도 파주시 회동길 210
전자우편 editor@munhak.com | 대표전화 031) 955-8888 | 팩스 031) 955-8855
문의전화 031) 955-1927(마케팅) 031) 955-2646(편집)
문학동네카페 http://cafe.naver.com/mhdn
인스타그램 @munhakdongne | 트위터 @munhakdongne
북클럽문학동네 http://bookclubmunhak.com

ISBN 978-89-546-1600-3 03890

www.munhak.com

자신의 생을 성취로 이끈 사람들,
치열한 열정으로 자신의 길을 개척한 이들이
소중한 이에게 추천하는 책!

연금술사

연주여행을 가기 위해 비행기에서 긴 시간을 보낼 때면 이 책을 거듭 손에 잡게 된다. 성악가로서 세계를 떠돌다보니 왜 난 이렇게 집시처럼 떠돌아다녀야 하는지 생각을 많이 했다. 그런데 『연금술사』를 읽고 나서 인생은 자아를 발견하기 위한 영원한 여행이라는 생각에 위안을 얻게 됐다. 내가 찾아 헤매던 답을 찾아준 책이라고나 할까. **조수미** (성악가)

인생에서 진정 찾고자 하는 것은 무엇인지 차분히 생각해볼 기회를 주는 책. 주인공 산티아고의 여정을 통해 그동안 잊고 지내던 인생을 살아가는 진리를 다시 한번 되새기게 된다. **한완상** (전 대한적십자사 총재)

코엘료의 책을 잔뜩 쌓아두고 읽고 싶다. **빌 클린턴** (전 미국 대통령)

학창시절, 비겁했던 나의 여고시절에 이 책을 접했더라면 얼마나 좋았을까. **추상미** (영화배우)

『연금술사』를 읽으면 자기 앞에 놓인 빈 공간을 새로운 색깔들로 채워나가고 싶은 마음이 든다. **최윤영** (아나운서)

기막히게 멋진 영혼의 모험이다. **폴 진델** (퓰리처상 수상작가)

아름다운 문체, 결 고운 이야기, 마음을 움직이는 감동… 코엘료는 혼탁한 생의 현실 속에서도 참 자아를 지켜갈 수 있는 힘을 보여준다. **정진홍** (서울대 종교학과 명예교수)